闽水泱泱

闽水泱泱

福建师范大学文学院文学创作丛书

另一种笔墨

徐阿兵 著

图书在版编目（CIP）数据

另一种笔墨／徐阿兵著.— 福州：海峡书局，2015.8
(2024.7 重印)
(闽水泱泱：福建师范大学文学院文学创作丛书)
ISBN 978-7-5567-0125-4

Ⅰ.①另… Ⅱ.①徐… Ⅲ.①散文集-中国-当代 Ⅳ.①I267

中国版本图书馆 CIP 数据核字（2015）第 186532 号

责任编辑　刘晓闽

另一种笔墨
LING YI ZHONG BIMO

著　　者	徐阿兵
出版发行	海峡书局
地　　址	福州市台江区白马中路 15 号
印　　刷	三河市兴博印务有限公司
厂　　址	河北省三河市杨庄镇大窝头村西
开　　本	710 毫米×1000 毫米　1/16
印　　张	14
字　　数	230 千字
版　　次	2015 年 8 月第 1 版
印　　次	2024 年 7 月第 2 次印刷
书　　号	ISBN 978-7-5567-0125-4
定　　价	59.80 元

版权所有　翻印必究
如有发现印装质量问题请寄承印厂调换

序一

相对于中原而言,无论是经济还是文化,福建都是开发较迟的区域。然而,经过唐、五代的发展,至北宋、南宋时期,随着文化南移,处于东南海疆的福建在文化投入方面令人注目,整个宋代福建就出了五千多位进士。宋代的福建文化处于崛起的状态,州县学、书院的兴办,科举的发达,刻书业的繁荣,让福建一时文化精英荟萃。北宋著名词人、婉约派代表人物柳永就是今天的武夷山人,南宋著名词人张元干、刘克庄也是福建人。时间发展到近现代,冰心、庐隐、林徽因、郑振铎、高士其等闽籍作家影响广泛,他们的作品成为经得住考验的"长销书",用今天学术界的话来说,就是他们的许多作品都"经典化"了。

我无意过分强调福建的灵秀山水对孕育出一代代文人墨客的不可替代作用。地域文化的某些特征有时能让人发挥天赋,有时则制约人的创造力和洞察力。我只是说,从福建这片碧水青山走出来的读书人,他们对世界的思考,他们的审美创造,随着近代伊始"放眼看世界"的时代潮流不断涌动,表现出地域性文化与世界性文化的消化、融合大于冲突的特征,同样,他们的审美书写,既有博大的胸怀,又不乏细腻的精致。而这些特点在福建师范大学文学院创作文库的诸多作品中,亦能得到有力的印证。

福建师范大学文学院培养的学生相当部分已经是福建省语文教学的骨干教师,培养优秀的师范类大学生无疑是教学方面的重点。同时,不少博士、硕士、本科毕业生也走上了大学教育、文化传播或行政管理等岗位,与师大文学院有着学缘关系的各类人才活跃在教育与文化建设的各个层面,他们的工作在毕业后已经有了很大的差异,但有些能力的不断强化依然是他们的共同点:一是能写,二是能说。

如果是一位语文老师,能写意味着老师的下海作文要能为学生作出示范,示范性意味着难度性。语文老师的高素质表现之一就是老师写出的文章学生不但能服气,无论是议论文还是记叙文,而且具有带动、启发的作用。近在咫尺,且与学生形成教学共同体的语文老师若"能写",其为"班级订制"的作品通常能发挥教材上的文章所无法替代的作用。如此,文学院的学生写诗歌、散文、小说、随笔,不是一种"业余行为",而通过写的"游戏状态"达到写的"专业状态"。这是因为这种"游戏之写",不是通过必修性的学分制度让学生受约束,而是通过鼓励性的氛围创造来推动进步。一位学生只有通过写小说、写散文、写诗歌才会有耐心琢磨自我情感如何通过文字获得有效而别致的表达,一个运动员光看教学录像无法成为运动员,只有参加训练和比赛,才可能锻炼体魄,习得技术和战术。文学院从2009年开始举办一年一度的文学创作大奖赛,得奖作品汇编成正式出版物,展现学生的创作才能,通过"作品会操"提升创作水准,检讨作品得失,活跃创作氛围。如此持续多届,为形成创作批评与学术研究积极互动之特色打下基础。这样,从"运动员"到"教练员",今后师大文学院的毕业生无论是从事教师工作,还是当新闻记者,或是从事其他文字工作,不但自己要写得好,更由于自己有了对写作的深切体验,懂得教他人写出一手好文章,而不是只会用几个既有的概念或术语来敷衍出几则写作方法。能力的培养,许多是习得性的,而不是概念性的。方法的"懂得"不见得会写,从方法学习到应用学习,有一大段距离要去亲自经历,也就是说,写作能力的习得具有不可替代性:只有体验过,受挫过,豁然开朗过,积累了一定量的写作体验,懂得自身的天赋如何通过写作发挥出来,才可能找到属于自己的表达路径。光说不练,写作体验是不可能达到深切的。从这个意义上说,此次创作文库的出版,对鼓励性的创造氛围的进一步形成,将起到明显的推动作用。其影响也将是长期的。

此次文学院创作文库的推出,其特色除了学生作品系列,更有教师与校友系列。我们知道,福建师范大学文学院的历史可追溯到1907年清宣统帝的老师陈宝琛创建的福建优级师范学堂的国文系科,是全国较早创办的中文系学科之一。历史上,叶圣陶、董作宾等著名作家曾在此任教。著名的翻译家项星耀也曾任教于师大中文系。创作、翻译、研究、教学,这在诸多现代文学人那儿,多是相得益彰、相映成趣。我们无意倡导高校中文系教师在教学、研究与创作诸方面的全能化,但至少应该欢迎有创作才能的高校教师发表文学作品。文学作品创作不像体操比赛,上了年纪的体操教练很难与年轻的运动员一比高低。创作可类比射击运动,经验丰富的老教练亦可充任赛手,与年轻运动员同台竞技,有时还能获得不俗成绩。此次教师系列与校友系列的创作者,既有名家,又有年轻的教师作家、散文家、诗人,说不上洋洋大观,但济济一堂,第一次如此集中地推出在文学院工作以及在外就职的知名校友的文学作品,既是文学院教师群体创作实力的阶段性总结,亦通过作品的共同展示,了解知名校友的创作现状,深化知名校友与母校的学缘纽带联系,构建以师大文学院为出发点的创作共同体,让在校与校外的文学院文学创作者的各种作品,从各个侧面体现文学院历史与现阶段教学的成果性、成长性与标志性。

文学院这三个创作作品系列,从年龄的角度看,也可视为老中青三代的不同生活与思想情感面貌的差异性汇合,他们都与师大文学院有着种种"不得不说的故事",他们的作品也或多或少反映了在母校生活的各种情感痕迹,当然,这是小而言之。就大处看,这三十年来,在我们这片土地上发生了各种变化与各种故事,然而,无论如何变化、如何不同,这三个系列的创作群体至少有些共同记忆密切地联系着福建师范大学,紧紧地联系着他们共同拥有的中文系和文学院。除了这一颇有意趣的共性之外,他们各自的生活与情感面相更可以让我们激动地发现,我们的同学、教师、校友通过他们的笔,对生活有着怎样的发现,又提供了什么样的思想与审美的景象,这犹如一系列的精神橱窗,让我们漫步其中,驻足品味,或会心一笑,或沉思感慨,或退后打量,或移情投入,说一声:"看看,毕竟都是师大文学院的人,他们有些地方太像了。"或是"怎么都是师大文学院出来的人,他们的风格真是千差万别,争奇斗艳。"也许,这正是中文系、文学院应该有的写照,他们为了一个共同的爱好、趣味曾经或现在正走在一起,他们以各自的思想与表达呈现各种看法,同时,又以他们的笔,共同表达对世界、祖国、家乡以及文学艺术的热爱。

福建师范大学副校长　汪文顶

序二

1988年,我进入福建师大中文系,从那时起,我和文学的不解之缘就开始了。

那是文学创作的黄金时代,文科楼教室和宿舍楼里永远闪着不愿熄灭的日光灯,紧蹙的额头和双眉,格子簿上黑色的笔迹,一簇簇橙红明灭的烟头,都在暗示着文学风尚在那个时代是多么为人尊崇。我记得,中文系的《闽江》文学社云集了一大批文学爱好者。当年的文学爱好者,大多数现在已成了作家、评论家,他们将爱好做成了事业;更多的人,他们在工作岗位上发挥中文专业的特色和优势,在柴米油盐中眺望自己的理想,尽管当年的爱好已默默沉潜到生活的褶皱里,但毫无疑问,我和他们一样,用四年的时光培育了一生的情怀。

我们为什么需要文学?每个人都有各自的判断。毫无疑问,文学让我们更清楚地看见人生和世界,我们在艺术的视距里"看见"从来没有看见到的,这也许就是文学永恒的意义。因此我们说文学是一项不朽的事业,所有曾经和正在进行文学创作的人们都值得嘉许和崇敬!

热爱文学的方式有多种,一种人以文学创作为终生的事业;另一种人持续阅读文学作品并关注文学的发展,用读者的身份和阅读的力量来影响文学的发展。大学毕业后,我曾经在莆田一中当过语文老师,经常鼓励和指导学生多写作文,写好作文,不断提高写作能力。如今虽然沉浮商海多年,但我依旧对文学创作怀有深深的情结。我愿意做后一种人,虽然放下了文学创作,但永远不离开它!

福建师大中文系是一个文学人才荟萃之地,这里有很多优秀的文艺创作者，有的作品还对当代中国文学的发展产生过重要影响，而我也因之受益良多。今天，欣闻《福建师范大学文学院文学创作丛书》即将出版，我非常荣幸能为这套丛书的出版尽自己一份绵薄之力，一方面表达我作为一名中文学子的拳拳之心，另一方面我也想对那些依然在进行文学创作的老师和同学们表示敬意！持续关注福建师大文学院的文学创作和研究发展情况，并能有所助益，这是设立"文学创作与研究基金"的初衷，《福建师范大学文学院文学创作丛书》的出版不仅是福建师大文学院老师和学生文学创作成果的一次重要结集，更是一次集体展示，它不仅总结过往，更预示着将来。我想，福建师大文学院的文学创作传统也必将因之迈上新的台阶，继续发扬光大！

福建师范大学文学院1988级　林　勤

目录 CONTENTS

序一　汪文顶 / 001
序二　林　勤 / 005

第一辑　面向尘世

百感交集愚人节 / 003
误几回天际识归舟 / 008
对不起了,"底层"! / 011
面向尘世 / 013
关于钱与穷的胡思乱想 / 017
"第七"的宿命 / 019
日有所出,夜有所入 / 021
珍惜"可耻"的孤独 / 023
无法直视的缘分 / 025
一件小事 / 027
又是一年九月一 / 029
自行车随想录 / 032
孩子,你终于来了 / 034
无言以对 / 037
在南京大学听课 / 039
火炉里做文章 / 045

第二辑　荒腔走板的年代

不尽相同的身体 / 053
被过度开发的边城 / 057
书店的新旧之别 / 061
历史、姑娘与豪情壮志 / 064
赵树理这只酒杯 / 066
短信文学与革命文学 / 069
历史感在细节中沉落 / 076
男性作家的"女性情结" / 081

小说家的偏见与远见 / 083
荒腔走板的年代 / 088
关于年龄的困惑 / 091
挑剔文字 / 095
无网不在枷锁之中 / 100

细节的抗拒力 / 104
与史铁生相遇 / 107
黄鹂为什么美丽？/ 119
三封信 / 125

第三辑　心上的桥

心上的桥 / 129
爷爷的学问 / 135
源头水事 / 143
腊货故乡味 / 146
六十年的距离 / 150
白马岭传说 / 154

父亲的手 / 167
医者大伯心 / 174
老屋里的旧时光 / 177
母亲的迷信 / 183
人有好伴 / 199

后记 / 211

第一辑 面向尘世

百感交集愚人节

愚人节一直是我不愿意记住的一个节日。此中颇有缘故。所谓愚人节者,彼洋人之嗜好也,近年来居然风行于我泱泱大国,尤以校园为甚,不仅坏我校风、乱我校纪,且令年轻人为之神经错乱、嬉笑无常,岂不可笑?吾等爱国爱校青年,必当鼎力拒之!

这段故作严肃的文字,当然只能是说笑。认真考究起来,关于"愚人节"的起源,有很多种说法,但似乎没有人证明过哪一种说法最为合理、最为可信。实际上,它的起源已经不再重要。人们只需要相信,"愚人节"是一个奇特的节日。它默许人们撒谎、开别人的玩笑,哪怕是恶作剧整人,只要这一切发生在4月1日这天,就都是"合法"的。更奇怪的是,似乎世界各地都有自己的"愚人节文化"。一向以幽默风趣自许的英美人,当然不能错过这样的机会;甚至务实、低调、敬业的日本人,也有自己的节日娱乐方式;就连出产过那么多严肃谨慎满脑子理性思辨的哲学家的德国,也愿意在节日里适当松弛一下绷紧的面孔。耐人寻味的是,愚人节的各种骗局及其影响,与报纸、广播及网络等各种媒体所提供的传播便利之间有极大关系。如英国的BBC电台报道过瑞士农民种植的意大利面条树获得大丰收,美国全国公共广播电台甚至宣称因"水门事件"辞职的尼克松决定复出竞选总统,等等,都曾经引发公众一片哗然。这些故事,似已成为关乎愚人节的"常识"。让人惊讶的是,在这些赫赫有名的骗局中,始作俑者竟是本应向公众如实报道事实真相的公共媒体。我无论如何都无法想象这类事情会发生于华夏大地。这时常让我感慨,中西之间的文化差异,仅在一个"节日"上就表现得这么明显,而我们还时常奢谈中西交流与对话,谈何容易!

中国人是什么时候开始对愚人节有了兴趣,我无法确定。我只记得,自己第一次听说这么个节日,是在二十世纪九十年代中后期。那时几乎没有学生用手机,就连电脑和网络也只是学校的"电子阅览室"才有。2000年以后,随着网络应用和手机通信的普及,愚人节风潮蔓延开来,大有一发而不可收之势。到了这一天,胆大的蠢蠢欲动,似乎不做点什么就对不起这个节日;胆小的明哲自保,或许仍不能幸免于中招。年复一年,许多骗局的花样成了明日黄花,但总有更多的小花招在这一天竞相绽放,令人目不暇接、防不胜防。国人的爱耍小聪明以及向来的不够严谨务实,似乎与愚人节把戏的内在特性及游戏规则不谋而合、相见恨晚。这又让我觉得,中西交流与对话,在一定程度上还是可能的。不过,耐人寻味的是,中国的媒体是不"过"愚人节的,中国式的愚人节游戏也从未如同英美那样,强行将名人或公众拉入到骗局中去。所以,中国的愚人节游戏多半在年轻人群体中风行。

我之所以不愿记住愚人节,与自己的一次亲身经历有关。2003年上半年的时候,我在一所乡村中学任语文教师。一天上午,因为没课,我在另一位同样没课的老师房里闲聊。大概是太过无聊太过寂寞的缘故,当我说起今天是愚人节时,这位同事提议:咱们找个人来捉弄一下吧?我立即欣然同意。接下来的问题是,谁有这份荣幸得到两个无聊人士的关顾呢?我们不约而同地想起了另外一位同事。过去我们大家都是相熟的,只是他如今已经被一所县城中学借调过去。因为他的名字里面有个"路"字,大家平时都亲昵地喊他"路儿"。既然他人在县城,我们也很久不见了,他应该不会那么快意识到自己成为娱乐的对象。对了,应该是这样的,这样才比较好玩儿。目标既已锁定,我就给他打电话。电话快要接通的时候,我才感到为难:其一,我从没玩过类似的游戏,突然间感到一些紧张。其二,刚才居然没计议妥当,到底该说些什么呢?

我看了一眼身边的哥们儿:"要不咱们算了?"他回答说:"你就随便说点什么吧,没事的。"正犹豫间,电话接通了,只听得路儿在那边高兴地说道:"哈,你怎么想起给我打电话了?"他爽朗的笑声真让我感动,我都忍不住要终止阳光下的阴谋了。身旁的仁兄一脸关切地看着我,示意我继续。于是我狠起心肠,动用自以为是的所谓随机应变,告诉他说,我和某某(身边的同事)今天到县城来了。对方一听,极为高兴,说是很久没见到我们了,难得今天自己也有空,大家见个面吧。他问我眼下所在的具体位置。我心慌意乱地瞅了一眼身旁的仁兄,随口说"在人民公园附近"。路儿又高兴了:"我离你们不远的。等着我来找你们啊!"挂了电话之后,身旁的仁兄笑了:"这家伙,今天怕是要当一回愚人了!"经他这么一提醒,我刚刚生出的一丝不忍就又变成了残忍:"那他找不到我们,我们该怎么说?""就说我们又去别的地方了,让他再来找我们!""好吧……"

正说话间,路儿的电话打来了。我刚接通,就听他在那边有些气喘:"怎么没看到你们啊?"

"我……我们刚才有点事,现在到了汽车站了。"

"哪个汽车站?"

"嗯……就是某某汽车站。"该死!我竟然忽略了人民公园与这个汽车站之间距离有些远,我们根本来不及迅速完成转移的。如今想来,我应该为自己蹩脚的所谓应变能力感到羞愧,更应该为欺骗了对方而自我反省。

他明显犹豫了一下:"我说,你们去那边汽车站做什么呀?"我已经记不得当时怎么敷衍他的了。好像是说另一位同事也坐车来了县城?好在他还是入彀了,他匆匆地说了一句:"那你们先别急着走啊,我马上过来找你们!"通话又告中止。身边的老兄听说路儿又奔向汽车站了,就又对我的应变能力表示赞赏。我有点心不在焉,勉强笑了一笑:"等他到了汽车站,我们又该怎么办?坦白吧?"他说:"要得。"

过了一会儿,路儿的电话又打过来了。他果然已身在车站,周围一片嘈杂之声,迫使他提高了自己的嗓门,又问我要具体位置。我用眼神征求身边这位的建议,他轻声说:"车牌号。"于是我又不无自得地耍弄了一把小聪明:"我们在一部车旁边,车牌号是62250……"通话再次告一段落。身旁的老兄再次对我的应变能力表示赞赏。他是教数学的,没有理由读不懂这串数字的"寓意":62音谐路儿,250则是二百五了。但是,我突然忐忑起来,心跳骤然加速。

电话再次响起。路儿在那头焦急地表示,找了很久,还是没找到。我的不忍和不安汇集起来,沉沉地压在心头,刹那间竟有些不堪重负。于是我草草地结束了游戏:"对不起,今天是愚人节……"他愣了几秒钟,然后问道:"那为什么还要弄个什么车牌号码?"我只能提示他再"好好想想"。

他似乎想通了。通话也彻底结束了。身旁的老兄抚掌笑了,他并没有在电话里亲耳感受到路儿的急切和失落,所以笑得并不勉强。我大概也附和着笑了几声,但有些勉强。走出房间之后,我不安地想到,自己第一次导演愚人节的欢乐节目,竟然这么不轻松。这样得到的所谓欢乐,其实是利用了路儿对我们的同事之情、朋友之谊。我甚至担心,就为了片刻的欢乐,我可能已亲手毁了长期积累起来的一份情谊。我暗下决心,以后要找个合适的机会,向路儿表示歉意。后来,我离开了这所中学,跑到外面来继续读书了。路儿的工作也从借调变成了正式调动。我们后来还见过一次,他对我离职"深造"表示羡慕和祝贺,但不知为什么,我还是没有亲口表达自己的歉意。或许是碍于自尊?或许是心存侥幸,认为他已默默原谅了我?无论如何,这都是我交友经历的最大失败。我愿意以这篇文字表达我对他最深的歉意。

此后,每逢愚人节,我都格外警惕,一方面告诫自己不要再搞恶作剧,另一方面提醒自己要经得住恶作剧的关怀。幸运的是,研究生阶段的同学们心智似乎都较为成熟,未曾表露出对于这类游戏的兴趣——至少,我是没有被谁特殊关照过。我有理由放下戒备心理。我万万没想到,就在昨天晚上,我终于被人盯上了。一同"遇难"的,还有同屋的周君。准确地说,应该是在 4 月 1 日的凌晨,当时才 0 点过了 20 分钟的样子,人家就顺利地让我明白自己被算计了。由此可见,彼等实乃蓄谋已久,不可谓用心不良苦也!

我与周君一向是睡得比较晚的。一般说来,晚上十二点过后,仍然还在读读写写。这天,我由于偶感风寒,准备早些休息,所以零点刚过,就已手握书卷斜倚床头了。台灯的光亮黄澄澄地洒在书页之上,我徐徐翻动书页,心中洋溢着一种浅薄的幸福和满足感。不料,周君突然对我说,小朱发来短信告急,说是小陈与男友外出归来时,恰逢停电,被困于电梯之中了!周君当即问我保卫处在哪,我告诉他在学校大门口。他立即将保卫处电话查找出来发给了小朱。我又拿起书本,准备再起一段。这时我的手机振动了,我随即打开,看到小朱的短信:小陈被困电梯里了,怎么办呀?我当时立即想到,小朱平时办事都是从容自若游刃有余的,今天连连发短信求助,事情必定万分火急了。不及细想,立马拨通了小朱的手机,响了三四次之后,终于接通了。虽然我已经事先预感到事情的糟糕程度,但让我猝不及防的是,里面竟然传来小朱的哭声。当时对话大致如下:

陈被困在电梯里了,我们怎么办呀?

那你现在在哪里呀?就一个人吗?

在宿舍里,一个人,呜呜,我们这里停电了……

周不是把保卫处的电话告诉你了吗,打通了没有啊?

没有……呜呜……

那……那你先别着急啊,我和周再想想办法……

……

你先别着急啊,我先挂了啊?

嗯,好吧……

满腹愁肠的我立即披衣坐起,准备和周君商议对策。我想,我肯定是做好了奔赴她们宿舍楼的准备。我挂断电话。可就在挂断前的一刹那,我似乎听到那头爆发出一阵刺耳的声音,似笑非笑,似哭非哭,这又激起我的疑惑之心了。于是我把这疑惑告诉了周。周也急道:"天知道她们是咋弄的?"我问:"现在几点?""十二点多了。"我恍然大悟:"已经4月1号了,咱上当啦!"我俩面面相觑,颓然卧倒。

果然,小朱马上给我来了短信,说今天是愚人节。我说:你们可把我害惨了,我都差不多准备披上衣服冲出去了。她回道:你问小陈,刚刚你来电话时我真哭了,觉得你们还真是好哥们。我说:看来你们还真是童心未泯啊,下次六一节我一定买俩气球送你们。她说:我错了,晚安吧。我说:甭管对错,都先好好睡了吧。后来周君告诉我,小陈刚才给他发短信。说是有一次在食堂里听他亲口说自己素性淡漠,于人于己似乎都不例外;不过今天看来,他还是挺热心的!周君答曰,看来热心就是上当的根源哪!……

这次事件当中,当然有许多经验教训值得总结。这事初看有些可恼,但我很快就释然了。而且,我又想起了四年前的愚人节。我还想到,不管将来的愚人节你如何中计了,那都是因为,有人还记得你。你的苦与乐,总要以某种方式,与他人的苦与乐交织在一起。愚人节以它独有的方式告诉你,生活就是这样令人百感交集。这当然不可能是愚人节的起源,但可以成为我们记住愚人节的理由。于是,我写下这些文字,来纪念这样的日子,纪念曾经体验过的生活滋味。

2007年4月

误几回天际识归舟

——我与"伊妹儿"

第一次注册电子邮箱,大概是在 2003 年底。那时我刚从老家那个山沟沟里爬出来,有幸进入省城的一所高校读书,也有幸更多地接触到了神奇的网络。在一个教育技术学专业的老乡的建议之下,我申请了一个邮箱,当时他眯缝着眼睛尖着嘴巴告诉我:"这叫伊妹儿。"我听着他用朴素的乡音读着洋文,一脸茫然。首次进行那样的操作,自然免不了问这问那的;所幸,在他的耐心指点之下,我顺利地熟悉了我在雅虎中文网站的"伊妹儿"。自那以后,我如法炮制,陆续在其他网站注册了"伊妹儿"。奇怪的是,虽然有了那么多电邮,我仍然很少通过电邮和他人联系。现在想来,当时不厌其烦地去注册申请,很有可能只是为了满足好奇心和占有欲吧。今谨记之,一省。

现代化还在继续向前"化"着,网络的应用也在向前发展着。不知从何时起,我渐渐地离不开网络了。当然,也渐渐离不开"伊妹儿"了。投稿,求职,联系朋友,同学之间的资源共享,甚至上交某某课程的作业,都不能缺少它。个人以为,"伊妹儿"虽然不如"传统"的鸿雁往来有"人情味",但也正是这点,使它凭空拥有了某种"现代"的便捷之处。例如投稿吧,大部分情况下,对方会给你一个自动回复:"你好,你的稿件已经收到。如能录用,我们将尽快联系你。"这当然有些公事公办的冷冰冰,不过同时也避免了纸上书信往来的某些尴尬。再如投递求职简历,有修养的人事处负责人员,一般都会及时给你一个礼貌的答复,其内容可能简短,但至少表现出诚以待人、广纳英才的胸怀气度。

以上二例,体现了"伊妹儿"作为"对外"交际工具的现代化效率。同学之间共享学习资料时,"伊妹儿"的便利之处则更不在话下了。此外,在朋友的交往方面,"伊妹儿"也有其长处。且不必说你在往邮筒里投递一封情书时,会三顾其封口是否稳当,甚至担心邮递员不慎将其遗失或延误;也不必说你会担心自己潦草的字迹影响到对方阅读的心情,或者过于工整的字迹给人以刻板的印象;单就营造朋友之间那种独特的氛围而言,"伊妹儿"就堪为首选。你可以上载大容量的附件,可以选择文本的格式和背景颜色,可以选择定时发送,也可以在节日里为对方寄送一张贺卡以示祝福……尤其那种似近似远、似远还近的关系,特别适宜于用"伊妹儿"来交往。只要你足够有心,"伊妹儿"就能很好地传达出复杂微妙的情感态度:亲/疏、远/近、冷/热、拒/纳……

"伊妹儿"好比你家门口的一个邮箱。但是你不必忧虑风吹日晒雨淋,也不必尴尬老爸老妈错拆了你的情书,更无须恼火不良医生塞进来的广告宣传单。(当然,某些网站还是容许大量的垃圾邮件流入,这确实可恼。)某个阶段里,"伊妹儿"的往来,正好可以反映出你最近的动态和实况,也稍稍能提示你下一步的动向,顺便也能映射出你的心情。

每次打开电脑,我做的第一件事就是打开"伊妹儿"。然而,最近的情况却不是很妙:"伊妹儿"的往来,明白无误地显示我最近与人联系很少。一无所成,生活近于幽闭状态。我无法从中得知自己该干什么。但有一点却是无可置疑的,我的心情近于麻木和空白!

当然,也有例外的时候:你打开"伊妹儿"之时,发现了一个陌生的邮件。这总算是一件好事。至少,在那一刻,你由衷感到生活随时可能给你意想不到的惊喜。经验告诉我,雅虎中文最乐于为你制造这样的机会。某人初次给你发信,无论其人姓甚名谁、是男是女,来信都有可能被视为"垃圾邮件"。只有你打开邮件,才会知道对方姓甚名谁、是男是女以及有何来意。你端详邮件的发信人和主题;你心怀某种猜测点击打开该邮件;这邮件缓缓地展放于你眼前;随后,你验证了此前的猜测或者体验到猜测受挫的快感……这样的过程类似于猜谜,却又需要不同于猜谜的技巧。我称之为"沙里淘金"。不知从什么时候开始,我练就了一套从泥沙里挑出真金的本领。但自从可恶的病毒借助某某附件肆虐以来,我不得不忍痛割爱,直接将垃圾邮件们删除。可恨的是,真正的垃圾邮件似乎永远无法除尽。不是某某诚邀我去学习看"风水",就是某某鼓动我去参加考研或考博辅导班,再不然就是让我去参加某某 MBA 培训,等等。就第一件事情而言,我或许有学习的必要,只可惜现在俗务多忙,无暇他顾。后两件事就着实可恼了——我这边的千头万绪还在忙活着,还在苦苦煎熬着,你们还让我去弄这个什么MBA那个什么博士的,真可谓居心叵测也!

还有一种情形是,你正焦虑地等待某一个答复,满怀期待地打开邮箱,看到的却是信用卡中心发来的催款单,或者某某朋友意外发来的告急信。前者直接粉碎你的梦幻和憧憬,让你意识到自己的困窘;后者往往需要你"两肋插刀"。(我不怕为真正的朋友两肋插刀,我只是担心自己不能真正帮到朋友。)这才真是"在正确的时候遇到了错误的事情"了,真让你哭笑不得,无可奈何。一个字:"误",如此而已。柳三变词云:"想佳人妆楼颙望,误几回天际识归舟。争知我,倚阑干处,正恁凝愁。"如今似可化而用之,曰:"伊妹儿来信急阅,误几回泥沙杂黄金。争知我,电脑桌前,正恁凝愁。"当然,我不是佳人,而是俗人——时刻期待新鲜事的俗人。

待到夜深人静,扪心自问一番,我就没有了被"误"的不平。生活如水,既然不可能总是波澜壮阔、动人心魄,那么,潜流涌动、潜滋暗长也好。即便有时泥沙俱下鱼龙混杂,也好过古井不波死水一潭。那么,误就误吧。误又如何?愈误愈盼,愈误愈勇。

2007年4月

对不起了,"底层"!

最近在苦读赵树理,整个人感觉惨兮兮的。每每又联想到一些相关问题,比如"文艺大众化"运动,赵氏创作之时解放区的"真实"情形,现实主义的"演变",等等,更觉得发表意见之前还是得多读书。于是,又将未及成型的写作思路全盘推倒。哎,这个折腾!

昨日集中阅读了一批近年来有关"底层""底层写作"和"底层文学"的文章,不见清醒,反而更加迷糊起来,可谓身心备受摧残和蹂躏。但是,至少有一点是可以肯定了。当前文学语境中的"底层"形象,一般来说主要包括三种类型:一是农民(包括进城务工和留守乡村的);二是城市的下岗失业工人;三是其他弱势群体和"边缘人物"。一旦想通了一点小问题,人也就迷迷糊糊进入了"黑甜乡"。我这人有时很容易满足。

补充说一句,所谓的"黑甜之乡",黑则黑矣,甜则未必。梦里的怪力乱神,起床之后就马上消失了,这里先不多说。怪力乱神一去,有关"底层"的问题重又浮现出来。这不,今天中午从超市回来的路上,我就遇见了"底层"。

当时,我提了几个方便袋,好不容易过了红绿灯路口,走到了汉口路,满以为这下可以健步如飞了。不料,斜刺里突然窜出一辆施工的大车,带起一阵飞扬的尘土,行人都忙不迭地四散躲避。我恰好走到车前,抬眼看去,那车原来是向前开动以便再倒回去的。车斗上站立着一名中年男人,满身的尘土,却连头盔也没戴一个,很可能是一个临时出力的民工。从他粗短的浓须中,我依稀看到了某位乡亲大伯的影子。他正在极力挥舞着手臂,示意我们这些走在车后的行人赶快让到一旁。他那不知隶属何地的方言口音,夹杂在发动机的轰鸣声中,坦白地说,我是一个字儿也没听懂。幸好我还能看懂手势,就如其所愿地让到了一旁。然而正要放开脚步之时,他又做了一个手势,把我引向了相反方向。为了交通安全起见,我又照办了。抬头看他,居然又做了一个相反的手势!再看车身,已经大半顺利倒退进旁边的施工工地了。然而,高立在车斗之上的他,兀自挥舞着手臂,不能自已。我就有些恼了,朝他吼了一句:"你怎么指挥的,简直是瞎指挥嘛!"他看了看我,嘴里似乎分辩着什么。我听不清也听不懂他的话,但是我看懂了他脸上尴尬的笑容。不管怎么说,他也是为行人的安全计。于是,我安静地走开了。

回宿舍的路上,心里颇不顺畅。那个高立于车斗之上的人,不正属于"底层"的第一类么?再想想自己,似乎正可划入前述第三类"边缘"的弱势群体。纷纷扰扰尘世间(当时尘土飞扬的情景,让我顿悟"尘世"得名之妙),偶然相遇,本当令我有所感发,不想竟然失礼了。现在,请容许我说一声:对不起了,大伯!对不起了,"底层"!

2007年4月

面向尘世

我们这一届入校的男博士生,被学校安排住进上海路的集体宿舍。入校前我曾多次设想,博士阶段的生活,未必要深居简出与世隔绝,至少也得是"躲进小楼成一统,管他冬夏与春秋"吧。直到我放下行李,推开门窗,走向阳台,这才发现,"小楼"的确是有几栋,但"成一统"却很困难。人站在阳台上,俯瞰树木草地,倒也可喜,而无须抬眼远望,小楼旁的那道围墙就赫然在目了。围墙之外则是"上海路"。这上海路车流如织,市声如潮,算得上交通要道了。越过上海路,触目是一大片望不到尽头的房子,那大概是居民生活区,整个色调似乎都是灰蒙蒙的。置身于这样的宿舍中,无异于置身于车水马龙的凡常俗世。这情景略微有些让我失望。回过神来一想,难不成念博士就非得与世隔绝么?这围墙内的小楼、树木和草地,倒也算是灰暗中的一抹绿意了。不得不说,这个宿舍的选址还真是有些眼光。

后来我们才知道,这几栋小楼建于上世纪九十年代初,当时的入住者皆为院士,所以这些小楼也叫做"院士楼"。不知从什么时候起,院士楼变成了博士楼。相应地,院士套房里的一间卧室、一间客房、一间书房、一间客厅,如今也变成四间相对独立的博士生卧室。每间容纳两人。我与周君两人被安排在客厅歇息。虽说住在客房的同学每日要从这客厅进出,去阳台晾晒衣服的同学必得经过这客厅,但我们还是很快就适应了将客厅当成主卧兼书房的新形势。新生活开始了。最可喜的当然还是树木和草地。楼前楼后绿树葱茏,颇有几分小院住家的温馨感觉。美中不足的是,这里离学校的食堂远了些,且不利于睡眠。

民以食为天,博士们当然也不能啃书本喂饱肚子。从宿舍步行去学校食堂,差不多要走上二十分钟。有同学打趣说,我们都是"白吃":吃完饭走回宿舍,大概就把刚才吃下的都消耗了。没过多久,我就越来越少去食堂了,这倒不是怕消耗体能,主要是食堂供餐都很准时,而我的作息时间经常不合常理。再说,天天吃大锅饭也让我接受不了。好在与我情形相似的也不止一位。汉口路上的雄峰快餐、汉林饭店,很快就成为学校食堂的最初替代物。上海路对面巷子里的牛肉面馆、饺子店,则是后来找到的去处。印象最深的是汉口路与青岛路交界处有一溜儿饭店,店面不大,生意却都不错。限于财力,我们去的次数也不多。最初都在路口那家,后来打算换口味,就换到了最里面那家。没想到这家地理位置上虽是劣势,生意上却不落下风。这真是"酒香不怕巷子深"了。这家厨师的手艺不错,我们脑子里这样想着,口舌间似乎也品出了可口的味道。之后再去过两次,我们又有了新的发现:这家的老板娘不仅年轻,还颇有几分风韵。她的主要工作是在柜台收银,人手不够的时候,偶尔也出来端个饭菜递个酒水,但这就已经够了。因为,我们都相信秀色可餐和酒不醉人人自醉的道理。

类似的经历还有一次。那天,我和住在客房的王君一起出去吃晚餐。连日天气闷热,两人都懒洋洋的,不想去学校食堂,也没有什么胃口。于是议定往上海路对面的巷子里走走。牛肉面馆和水饺店都没能挽留我们前行的脚步,直到抬眼看见"双鹏缘鱼馆",对剁椒鱼头的一丝向往终于把我们引进了门。剁椒鱼头果然有开胃的功效,更难得的是,我俩不约而同地发现,为我们传递美食的,竟是一位青春靓丽的小姑娘。于是,王君提出加菜,我则要求添饭。离开的时候,我们不仅深感腹内充实,而且由衷感慨:饭馆里有美女招待员是多么有必要!食、色,性也,老祖宗们早就留下了至理名言。以前我一直想不通:学校食堂一楼的西红柿鸡蛋面,味道并不怎样,为什么用餐者仍是络绎不绝?道理很简单,就凭守在窗口开票收费那女孩的粲然一笑,再清汤寡水的面,你也没有理由觉得难吃啊。

话说回来,在外面吃饭就像打游击战,毕竟缺乏稳定感。学校食堂终究还是我们去得最多的地方。饭点一到,你呼我喊,个别原本意志不坚定的同志也怕自己落得个孤军作战,于是就三五成群地向食堂进军了。这时,食堂饭菜的味道就不重要了。大家说笑着去,说笑着回,这里面更有味道。这一路说笑,若是不穿过校园,就要路经汉口西路的几家旧书店。"唯楚书店"门面很小,但文史哲类的图书倒是不少。再有"复兴书店",空间更为敞亮。这两家书店不仅为推动我们的日常消费作出了巨大贡献,也培养了我们饭后逛书店的优良习惯。此外,广州路上的"品雨斋书店"和青岛路上那一串大大小小的书店,也是我们饭后消食消费的好去处。购买新出的书籍,则多半是去青岛路的"万象书店"和五台山路的"先锋书店"。但是,我们似乎都更喜欢去旧书店挑拣陈货。

一群人同去食堂、同逛书店、同回宿舍,人数若是多些,那规模真称得上浩浩荡荡。然而,走进小楼之后,就是你一个人面对你自己的问题了。晚睡晚起的习惯一旦养成,整个人就像上紧了发条的钟表,不到走完预计的那一段路程,怕是无法恢复原状了。我不止一次地暗下决心,要严格地执行作息时间表,最终还是无济于事。失眠的情形是常有的。每当那时,仰卧、侧卧、平躺、横躺、垫高枕头或者蒙上眼睛,均无济于事。越是不能入睡,脑子就越是走马灯似的变换出各种问题。具体想了什么,也说不上来。我不知道自己为什么不能放心地睡去。

在那些等待睡意的夜里,我对"春眠不觉晓,处处闻啼鸟"有了新的体会。诗人之所以天晓之后才闻得鸟声一片,那是因为他晚上睡梦香甜。其实,鸟儿们不是等到天亮才开始练声的。有一段时间,每晚入睡之前,躺在被窝里,我总能清晰地听到窗外树上的鸟叫声。它们的声音是那么清脆,那么欢快。好不容易有了一些睡意,鸟儿们却极不合作,还是尽情地在夜空中吟唱。我不知道它们是否习性如此,但我明白,它们有歌唱的权利,正如我有失眠的权利。

我尽力不去注意鸟鸣声时,围墙外的噪声就格外清晰起来了。"轰——轰",这是汽车呼啸往来。"呜呜——嗡嗡",这是摩托车疾驰而过。"丁零零",这是自行车来了。车上的人是下了夜班回家,还是早起去菜市场呢?这么听着,想着,我突然悟到:围墙内外,其实没有分别。他们在路上奔走往返,我在床上辗转反侧,其实我们生活在同一片天空下。奔走也好,失眠也罢,我们都得面向尘世,继续生活。超脱现实的渴求,或许人人都有;而生活的常态,却只能是日复一日地奔走和辗转。生活的状态不应该是波澜起伏,大起大落,而应如同墙外的车水马龙,川流不息。因此,我们首先应在现实中而不是在拟想中确认自己的存在。诗人海子曾经祝愿陌生人"在尘世获得幸福",他自己却"只愿面朝大海,春暖花开",这种超越现实的极端渴求,或许正源于在现实中找不到自己的位置。我禁不住想到,"面朝大海,春暖花开"固然美妙,而"面向尘世,找到自己"才更可靠。终于有一天,我放肆地改写完海子的名作,放心地睡去了。

面向尘世，找到自己

从明天起，做一个忙碌的人
看书，写作，吃饭睡觉
从明天起，关心报纸和刊物
我有一间陋室，面向尘世，车水马龙

从明天起，向每一个牛人取经
告诉他们我的困惑
那困惑和焦虑折磨着我
我将告诉每一个人

给每一本书每篇文章做一份翔实的笔记
博士们，我要为你们祷告
愿你们有一个健康的身体
愿你们写的论文都能发表
愿你们顺利拿到博士学位

我只愿面向尘世，找到自己

2007 年 6 月

关于钱与穷的胡思乱想

入睡之前,我总是习惯性地陷入回想:回想我的这些年,尤其是这几年。在回想中将一些或深或浅的印象勾连起来,从中可以窥见自己的心路历程。这也是人之常情。可以说,回想,既是告别过去的一种方式,也是进入当下的一种方式。回想,甚至可以是略有几分诗意的一个话题。然而,搜寻自己的记忆,印象最深的居然是经济拮据——自己一直都过着捉襟见肘的日子。说白了,这些年来,经常困扰我的就是一个字:"钱"。或者说:"穷"。这不能不说是一个让我黯然心酸的发现。

清夜扪心,我从未认为自己是爱财如命、贪得无厌之徒。早在中小学阶段,父母和老师们,就已经合谋似的帮助我们这一代"共产主义事业接班人"树立了"正确的"金钱观:一名好学生应该艰苦朴素、不讲吃穿、好好学习、天天向上。"五讲四美三热爱"里面,只字不曾提到讲吃穿和外观美。某某同学若考试成绩糟糕,老师训话可能就会以"你看你,养得又红又白的,穿得像模像样的,你说对得起你父母吗?"而告终。所以,每当我穿上那双打了补丁的"解放鞋",心里就格外踏实。所以,周日从母亲手里接过五角零花钱,到了下周六回家,我至少还会剩下两角。一次两次地下来,母亲终于忍不住说:"孩子,你要是吃不饱,就去买点零食吃啊!妈不用你把钱剩回来。"母亲的担心里带着些许欣慰,这无疑助长了我坚持做一名好学生的决心:下周,我还要把钱剩回来!还记得中学毕业时,同学之间盛行互赠一寸的黑白照片,我不得不连续两次从母亲那里要钱加洗照片,心里很是愧疚了一段时间。

记不得是哪一次早操之后的集合会,校长大人亲自登台,语重心长地向全体同学讲述了一个故事。大意是,某不良青年,因为抢了人家的两毛五分钱去买冰棍,最终被判处了若干年有期徒刑。此后,这个故事在开学典礼、期中总结以及班会上被反复提及,那真是月月讲、日日讲。在校园之外,《铁窗泪》《钞票》等"囚歌"悄然代替了《中国少年先锋队队歌》。警笛轰鸣之后,男中音声泪俱下、顿挫有致地唱出自己的悔恨,这俨然成为一种时髦。其中有一句至今记忆犹新:"钱哪,你是杀人不见血的刀!"当时听了毛骨悚然,但也算初步认识了金钱的万恶不赦。如今想来,其实未必。歌词的作者实际上巧妙地将"罪恶"转移到了金钱本身,而让人疏忽了犯罪动机中肯定包含着的贪婪心理,还有人们曾长期身处极度的物质贫困这一不争的事实。这种悔恨的囚歌,由此就带上了中国特色的社会主义教育色彩:它教育包括少年红领巾们在内的广大人民务必要认清金钱之罪大恶极、罄竹难书,却有意无意地引导人们忽略金钱的用处。

那么,广大人民是从什么时候开始真正认识到"钱是有用的"呢?我不敢妄议。但我觉得,这种认识实在是人的进步,是社会的进步,也是改革开放的成果之一。而且我切身体会到,社会在发展,财富在增加,金钱的用途也随之而扩展。某种意义上,判断一个人与社会发展是否同步(或曰是否"与时俱进")的有效标准之一,便是看他使用金钱的方式。当然,从一个人使用金钱的渠道和数目,也可以反观这个人在社会中所处的大致情状。比如,就我辈而言,由于我们主要是将钱花于学校食堂和附近的书店等处,因而我们毫无疑问属于穷书生一类。不过,我们也不必认为"穷"就是一个绝对糟糕的字眼。"穷"历来有两方面的意思。一指物质上贫困,如果温饱问题尚且存在,那当然是有些糟糕了。不过,"穷"也可以指精神和心理上处于一种窘迫、逼仄的境地。古人所说的"穷则变,变则通""诗穷而后工",等等,似乎就不是指称物质上的穷困,而是偏向于一种由心态和事态造成的总体性困境;而且在他们看来,"穷"往往可能就是通向"变"和"工"的必经之路。

引述古人关于"穷"的见解,并不是想要由此简单地推论我辈不"穷"——如果那样,我们就已经是十足的"穷酸书生"了。至少,从物质条件上看,我们显然是"穷"的。如果再从精神上和心理上"穷"下去,那么,很不幸,我辈将无可挽回地变为一个彻头彻尾的"穷"人了。目前的情形是这样:在物质条件上,"我辈固穷也";在精神财富上,我也自觉所剩无几。故而每当胡思乱想一通之后,我总免不了提醒自己:最好能让自己在精神上富裕一些,不然就真是穷得叮当作响了。

总而言之,钱是什么呢?依我之见,钱,就是在没有钱的情况下才有用处的东西。或者说,钱,只是个人财富的一半,也是个人贫穷的一半。

2007年9月

"第七"的宿命

近日再读钱理群《丰富的痛苦——堂吉诃德与哈姆雷特的东移》,自觉收益不少,尤以其中一再追问和反复申说的"哈姆雷特式的命题",让人感慨颇深:

"忧郁、犹豫不决、缺乏行动性,正是根源于他对未来未知苦难的疑惧、清醒与正视——这才是典型的哈姆雷特式的命题。"

"这也正是哈姆雷特的真正人格和事业所在——正因为彻底抛弃了一劳永逸地结束一切矛盾与痛苦的自欺欺人的精神幻梦,用彻底怀疑的目光看待已知与未知的一切,就永远不会停止知识分子的独立思考、探索与追求。"

我当然不敢自比哈姆雷特,但我仍然觉得,"一劳永逸"的"精神幻梦"一说击中了我心里某个暗昧的角落。多少年来,我一直惯于以这样的方式劝勉自己:即将到来的某件事情、正在进行的某件事情,必须是"最后一次"了,以后不会再有了。谁又不曾这么想过呢?最后一次犯错误,最后一次下决心,最后一次参加令人厌烦的考试,最后一次缅怀尘封的往事,最后一次熬夜伤身,最后一次伤了他人的心……然而,下定决心之后,似乎照旧还是会有下一个"最后一次",下下一个"最后一次"。我们总是自觉不自觉地一次又一次地推迟"最后一次"的实现,这是不是"哈姆雷特式的"一种"延宕"之表现呢?我想,恐怕是的。至少我在很大程度上就是这样的。变化总是超出计划,行动总是后于想法。尤其还经常做着一劳永逸的幻梦,只知道频频回首往昔,却从不敢真正迎接未来。

那么,就做一个满腔热情和理想的"堂吉诃德"吧?或许,曾经的我是这样的。然而,曾几何时,我开始分裂为白天和夜晚两半了:白天的我,有一大半时间处于睡眠状态;晚上才稍有几分生气似的。我渐渐习惯于在睡前构想即将到来的明天,构想即将要做的事情,有时甚至为此而辗转不眠。但是,一到白天,我基本上总是处于瞌睡虫的掌控之下,一无作为。

日子一天天消逝在通往食堂和宿舍的路上,猛然回首,竟已不知今夕何夕。

如果说钱理群所概括的罗亭"下半身是哈姆雷特、上半身是堂吉诃德",那么,我或许可以自况为"白天是哈姆雷特,夜晚是堂吉诃德"。我还想说,我肯定不是第一个这样的人,正如我肯定也不是最后一个这样的人。回首过去的日子,我的生活中总是有那么多的"第一"和"第一次",我的记忆也总是由诸多的"第一"和"第一次"编织而成的——这种发现如今让我倍感惊讶。我为什么就要念念不忘那些"第一"呢?记得我们乡间有一句俗语:"世上没有第一,只有第七。"此前虽曾多次耳闻,但往往一笑了之不予深究,于今方悟其中况味也。

"第七",自然不是第一,当然也不是最后。"第七"只是一个虚数,一种泛指。成为"第七",或者身为"第七",就不仅意味着你已经出发,而且还时时提醒你迄今仍未到达。"第七"明白无误地告诫你:你还在路上,你也只是在路上而已——因此,"第七"的身份决定了,你早就应该抛弃"一劳永逸"地"最后一次……"之类不合时宜的念想。"第七",意味着你不能以堂吉诃德为榜样,因为前面其实没有大风车,你无须也不可能在短时内火速到达"第一"现场参与搏斗。同时,身为"第七",你应坚决摈弃耽于哈姆雷特"To be, or not to be"之类哲思玄想的做法,除非你甘愿中途被掷出局。因此,"第七"的使命唯有行动,"第七"的处境几乎宿命般地永无安宁之日。

突然想起,我的生日里居然也带有"七"的。看来,我早该意识到自己永无安宁的宿命。既已身为"第七",那么,抛弃一劳永逸的想法,上路吧。

2007 年 10 月

日有所出，夜有所入

一

很多时候，我都庆幸自己是一个中国人。之所以这么说，并不是想要表明我多么地爱国，也不是为了给自己不够理想的外语水平找一个体面的台阶下，而是由于这些天以来，我对汉字和汉语又有了一些新的体会和认识。

因我所习并非汉语言文字专业，所以即将谈到的话题不打算、也不可能谈得专业化和学理化，先请谅解。本学期开学以来，当我试图描述自己的生活状态时，我首先想到的总是两个字："出"和"入"。或者说是一个词："出入"。我的基本行动就是出入于宿舍、食堂、书店和图书馆之间。也就是说，仅"出入"一词，就足以概括我的现状了。每念及此，我就会遥想起当年造字的仓颉先生，就会忍不住要用感慨向他传达我无言的崇敬之心。

"出"和"入"，多么简洁而不简单的两个汉字！前者中间的那一竖，后者的那一捺，总是引起我不可遏制的联想和想象。不难设想，如果没有那一竖和一捺，又如何能表现"出"和"入"的意思？在我看来，那一竖意味着一个动作的伸展，一个即将离开巢穴的姿态，就好比我等离开宿舍去食堂。那一捺，则勾画出一个前进的姿势，一种初步的到达，就好比我们结束了在外面的奔走，重又回到宿舍。而一旦撇和捺之间的角度过大，就会让人想起一种舒展放松的姿态。噢，那是我们回到宿舍后又上床休息了。

"出"和"入"用在成语中也有不同凡响的效果。比如昼伏夜出、深居简出、入不敷出，这三个词都以"出"结尾，虽然"出"字的发音稍嫌平淡，但这三个词总能在我心中掀起波澜——因为，用它们来描述我的现状，可谓是"入"木三分了。

先说"昼伏夜出"。敝人当然未患夜游症，亦没有夜间出去伺机作案的癖好。不过，考虑到我白天总是比晚上睡得多，而且晚上所花费的时间和精力也较白天要多，此说于我也算基本符合。

次说"深居简出"。我等所居之地，虽然毗邻大街，市声日夜不绝于耳，但有

绿树环绕围墙高耸,多少也有些"隐于市"的味道。

再说"入不敷出"。个中详情无法细述,可参见"关于穷与钱的胡思乱想"篇,此处不赘。

二

夜读费希特《论学者的使命 人的使命》,该书哲思情趣盎然,行文"出"神"入"化,令我颇有感慨。此处略举两例。

如,欲论"学者的使命",费氏先论"自在的人的使命""社会的人的使命",次述"社会各阶层的差别",最末才论及"学者的使命"。真真可谓"出"于"自在的人",而"入"于"学者的使命"也。费氏之意其实很清楚:学者既为学者,则必然负有较之他者更高、更重的使命。环视我们当下,费氏意义上的学者,当属凤毛麟角;心中顿生感慨无限。

再如,费氏如此描述自己对于现状的怀疑和对于知识的探求:"愤懑与恐惧折磨着我的心。我诅咒那白天的来临,这白天把我唤向生命,而生命的真谛与意义却使我怀疑。夜晚,我从那令人不安的梦境中惊醒。我焦急地寻求一线光明,好让我摆脱这怀疑的迷津。我寻找呵,寻找呵,却总是更深地陷入迷宫。"

费希特细致地描摹怀疑与渴求给他带来不安时,他那种无情的自我解剖令我十分不安。我们又何曾没有过愤懑和恐惧,没有过怀疑和焦虑?可是,我们终究还只是我们,费希特却已经是费希特了。造成这一差别的重要原因,我想,首先是我们与费希特对待"白天"和"夜晚"的态度不同。我们虽然也向往夜晚的静谧,惯于在静夜里沉思,可我们似乎从来没有认真地"诅咒"过白天——至少在我而言,每当白天走在路上,抬眼所见的花花世界,总能激荡起我世俗的欢心和向往。费希特在白天里犹自翘首等待夜晚,所以他其实一直身处夜晚之中;而我们的夜晚,似乎总是不可避免地要迎来白天。

如果夜晚意味着进入精神世界的通道,白天则可能是世俗生活的领地。既然我们已经不可能成为费希特,那么为什么不尝试着白天出没于"世俗"之中,而夜晚则进入那个如梦似幻的"精神"领地呢?日有所出,夜有所入,或许也不失为一种生活之道吧。愿以此语与受苦受难的广大博士们共勉。

2007年10月

珍惜"可耻"的孤独

今天打开网易邮箱,居然收到系统发来的一封莫名其妙的信,其中说道:

11月11日,是年轻人的一个另类节日,这一天的日期里面有连续四个"1",像四条光光的棍子,因此这个日子便被定为了"光棍节"。11月是最易让光棍感到孤单寂寞的月份,也是单身一族最渴望"脱光"的月份,渴望爱和被爱的心在光棍月最易撞出火花。

让我们放下光棍的惰性和谨慎,勇敢地对他/她表白吧!

坦白地说,对于这类无聊的言论,敝人向来是不屑一顾也不屑一驳的。不料,眼下竟遭遇了强制性的阅读。读完,删除,也没什么大不了。只是,临末那句不无怂恿和揶揄意味的宣言("孤独是可耻的!"),真让人忍无可忍了。千百年来,中国人一向以置身于某个"集体"为荣,一向以成为"集体"之一员而自以为具有无上的话语权,这实在可悲。"个人"和"个体"的权利,几乎无从想象。就连你做"光棍"的权利,现在都要被无形而无所不在的集体剥夺去了。试问,有多少人体会过真正的孤独,又有多少人曾经体会过孤独的好处?至少,持"孤独是可耻的"这类偏见的人,绝对是与真正的"孤独"无缘的,因而也绝对没有资格振振有词地对真正的孤独者做出"可耻"这一道德伦理宣判。实际的情形可能是,这类人处处以流俗好恶为行事之标准,时时唯时尚风潮之马首是瞻,实则从头到尾都不曾活出自己的个性,乃彻头彻尾的一个随波逐流者,可怜十足的空心人。仅此而已。

由1111的排列而联想至光棍,进而从个人角度将这一天理解为"光棍节",在始作俑者,这应该是一个不无创意的个人行为。或许,这也正是"光棍节"这一说法风靡一时的重要原因所在。但是,当几乎所有的年轻人都对这一联想式的命名大为激赏并且极力推广的时候,就不能不说是一种可悲。1111,为什么就不可以是拦"腰"一束,为什么就不可以是关于沉甸甸的收获的一种象征呢?至于由光棍节推广至光棍月,甚而言之凿凿此月最易"感到孤单寂寞""最易撞出火花"云云,实在已距星相占卜迷信八卦不远矣。

也许有人会说,"光棍节"的命名其实反映了当下年轻人的一种或隐或显的心态,光棍节的风行一时正好反映出我们当下社会文化心理的"年轻"状态。我却以为大谬不然。盲从世俗,成为不敢选择孤独、不知珍视孤独、更不知孤独为何物的"年轻人",成为为赋新词强说愁、盲目盼望长大成人而不知修身立人、追求个性、追求自我的所谓"年轻人",这实在并非追求个人价值的实现,而是误入歧途。

再者,"光棍的惰性和谨慎"之说,看似有理,其实未免以偏概全,据我看来,某些自居为不是光棍的人,其实比光棍更容易产生浅薄的幸福感和安全感,更容易产生不可救药的惰性,因而也更容易葬送自己的"幸福",再次成为无可归依的光棍。这才是名副其实的"光"棍。

至于"脱光"一说,自以为很有几分灵巧和俏皮,实在只是恶俗的谐谑。一个人,只有深切体会过保持单身的孤独和自由,才有可能充分意识到,结束单身不仅意味着幸福也意味着责任和义务——而不只是轻率的所谓"脱光"。这本是一个轻薄媚俗甚至有意引人想入非非的说法,如今却借了网络传播的助力得以四处散布,其始作俑者和传播者,都应当认真反思。放眼四顾,善于拨弄两片嘴皮而不知生活咸淡的人,不明就里而信口雌黄的油滑之徒,比比皆是,实在不值一驳。

我可能措辞太过严厉了,但我不是"愤青"。我也算是"年轻人"。而且我认为,在某些方面保持一定程度的愤青姿态——保持年轻人的心态和活力,绝对是有必要的。坦率地说,每一个孤独的日子里,我都"渴望爱和被爱",而不仅仅是11月份。每一个孤独的日子,我都渴望幸福地结束单身,但未必就是11月份。更加重要的是,我珍视自己包括其他孤独者的权利和自由。或许,这很"可耻",但总不至于比随随便便就呼吁单身一族都"脱光"更为可耻。因为,我们首先应该活成一个人,活成一个血肉丰满、气韵生动的人,而不是一根棍子。

2007年11月

无法直视的缘分

因为想去先锋书店一逛,我独自走上了广州路的人行道。冬日虽已来临,但街上行人依然不少,摩肩接踵,令人避之唯恐不及。我习惯性地将双手插进衣兜,将脖子缩进衣领,自顾自地低头走着。目无所见,心无所思,略带几分谦卑,又有几分傲慢地低头走着。

突然,耳旁响起一句带着外乡口音的话:"哎,师傅(读作 shifo)……"实话说,我也不知道是哪里口音,只是觉得陌生和刺耳。我稍感吃惊,正待抬眼看去,又立即反应过来:若是驻足细听,接下来想必对方将会向你说出一大套理由——那种让人习以为常的行乞或是行骗的理由。于是,我不敢细看,稍作停顿又继续前行了。耳边听得他又急切地连喊了两声"师傅",而我双眼的余光依稀瞥见了三个人的轮廓:两个夫妻模样的中年人,旁边还站着一个小孩。

过了路口就要到书店了。我原本平静的心中却若有所思了。其实,这样的遭遇,在我已为数不少。其实,我也知道,即便当时停下倾听一番,我既不会作出任何回应,也不会费神去分辨他们所言是真是假。这一次,不知为什么,我竟然感到有些遗憾:当时,至少也应该停下看清他们的面容再离开的。

然而我又想到,就算看清了他们的样子,又于事何补呢?看到他们正在寒风中瑟瑟发抖,我会脱下自己的外套送给他们或是带他们去买一件外套么?如果他们手上拿着一只盛着几个零星硬币的破碗,我会倾空自己羞涩的荷包去充实它么?如果他们要求一顿晚餐,如果他们要求回家的盘缠……我会答应他们的要求么?我想,我是不会的,我确实也无能为力。既然如此,我为什么又凭空来这一套无聊的瞎想呢?一时之间,我为自己的无力和无聊而感到心烦意乱。于是,我刚刚穿过红绿灯路口的双脚又掉转了方向,颓然走上了回来的路。

我依然缩着脖子,双手插着衣兜,尽力做到目无所见心无所思。不料,快要到校门口的红绿灯时,我的耳旁又响起了一句:"哎,师傅……"这次虽然也算突然,但"shifo"那两个音节却是我曾经耳闻过的。我暗叹了一声,强自按捺住心头的一阵狂跳,仍然缩着脖子、垂着眼皮,穿过他渴求(我猜测如此)的眼神,穿过校门前的十字路口,匆匆逃进了学校食堂。

  吃着晚饭的时候,心情犹未平静。我的脑海中不时地重复着一句话:于千万人中遇见你。是的,于一刻钟内于同一条街两次遇见你,我们本该是何等的有缘之人。然而,我只能一次又一次地低着头缩着脖子穿过你热切、期盼的眼神。因为,我无法直视、也无力珍惜这样的缘分……

  晚饭食而无味。回宿舍的路上,我又胡思乱想起来。在下一个十字路口,我的耳旁还会想起那一句似曾相识的"shifo"么?那时,我还会低着头缩着脖子穿过他们焦急而又渴求的眼神么?人生的长途中,究竟会有多少这样的十字路口,又有多少这样令人无法直视的缘分?这样想着,走着,猛一抬头,我已走到了宿舍门口。

2007 年 12 月

一件小事

——拟鲁迅

我从南昌跑到南京来,一转眼已经一年多了。期间耳闻目睹的所谓国家大事,算起来也很不少;但在我心里,都不留什么痕迹。倘要我寻出这些事的影响来说,便只是增长了我的好脾气——老实说,便是教我一天比一天的温和少言。

但有一件小事,却于我有意义,将我从好脾气里拖开,使我此后忘记不得。

这是2008年的第一天,大北风刮得正猛,我因为缺吃少穿,不得不独自往超市去。超市里处处都是人,好容易才挑好了几样自己需要的物品,到得收银台前排队。不一会,队伍短了,耳边的喧嚣似也更轻,剩下一条够宽的通道来,我也向前挪得更快。刚近柜台,忽而注意到正在付款的那个人。

付款的是一个青年,油光头发,着装很是时髦。他从皮夹里潇洒地拨拉出会员卡,收银员告诉他一共12.20元,他便掏出一张面值20元的钞票递过去,期间两人还微笑地说着话,似乎还是熟人。收银员已经接过钱,但他没有合上他的黑色皮夹,而是一手握着,向外展开,等待收银员找零。然而,他的同伴又从旁边递过两毛零钱来,以便于收银员找零。

我移开眼睛稍向别处注视了几秒,听到收银员说:"找您九元。"接着便递给青年一张五元的纸币和四枚硬币。青年用红润的手掌轻轻托住,却并未立即装入皮夹,微微地停顿了一下。我料定这青年并没有算错,错的只是收银员,便饶有兴味地看着他们,猜测事态的进一步发展。然而收银员已将视线转移至我的提筐,准备着新一轮的服务了。

我的行动略有迟疑,再抬眼望去,青年不知何时已将皮夹和零钱放进兜里。见我正看他,他竟顺势横了我一眼。

收银员毫不理会——或者并没有醒悟自己出错——却放下我的提筐,将里面的物品一一扫过,再向我报价收款。而我的视线兀自追随着那个青年油光的头颅去了,他走到自动楼梯口,又回头横了我一眼。

  我这时突然感到一种异样的感觉,觉得他潇洒挺拔的身姿,霎时低矮了,而且愈走愈小,须俯视才见。而且他对于我,渐渐地又几乎变成一种托力,甚至于要托我飘升至超市的上空去。

  然而,我的手脚这时却有些迟滞了,口也没有动,什么也没有想,直到付款后拎着东西走了出来。

  走出超市门口,冷风嗖嗖地灌进脖子。我终究没有飘升而去,一路脚踏实地走回了宿舍。

2008 年 1 月

又是一年九月一

又是一年九月一,依然混在校园里。记得研二时被人问过不止一次:"同学,你大几了?"我每次都厚着脸皮答以"大六"。好在如今多半时间待在宿舍,很少被人问及,否则我还真不好意思回答自己"大九"了。前几天,某同学从系办公楼回来,碰见有人问路:"老师您好!请问逸夫楼怎么走?"回来说给大家一听,竟然没有人为他当了一回南大老师而高兴,倒是纷纷感慨:"老都老了,不容易啊!"

昨天,同屋周君回屋时对我说,刚刚在路上碰见几个小女生。说时,一副不胜感慨的样子。我问:怎么了,美女乎?心动了?答曰:非关美女与心动,只是看着她们抱着新课本的样子,想起了自己的当年。原来如此!我们都沉默了。不过,我当时没有立即联想到自己的当年。直到今天,我在本学期第一次(噢,我多么希望,明天我就是"第二次")坐在系图书资料室看了一下午书,回来时也见到不少怀抱着新课本的妙龄男女,这才实实在在地想起了当年。

当年,上学的时候,九月一日总是不可避免地与新老师新同学新教室联系在一起。感觉整个人都是新的。尤其难忘的是,一大帮学生乖乖地坐在教室里,等待着班主任的到来。铃声响起的时候,班主任就会带着花名册到来了。班主任说过几句开场白,拿起花名册逐一点过名,随后,就会叫上几个学生去办公室搬运课本,有时还象征性地带来几摞练习本。我因为不够身强力健,一般是没有那份荣幸随同老师去搬书的。不过,这倒也成全了我,可以静静地坐在教室里等待,还可以兴奋地猜想:这一次,不知道会发几本书呢?我的书包能不能装得下呢?老师再来到教室的时候,就带着新课本来了。临时搬运工们进进出出,渐渐地,整个教室就充溢着新鲜的墨香味。在我的记忆里,九月一日的味道,就是那种新鲜的墨香味。

除此以外,乡村学校里发放课本时的常见情形是:根据学校的规定,部分同学因为没有缴纳学费(或者没有缴全),暂时还不能领到课本。每当那时,那些同学总是涨红了脸,或者低头百无聊赖地摆弄空书包,或者故作不在意地四处张望,其实心里打翻了五味瓶。我那时自然不会去设想,放学以后,那些同学的家长将如何面对他们?我只记得,在我抚摸着新书的时候,总是油然生起一股对父母的感激之情。于是我想,放学回家之后,当务之急就是给新书们包上封皮……

当年,教书的时候,因为角色已经更换,九月一日的味道虽然没变,但是心情和体会已经大有不同。做班主任的那两年,我也"主持"过给学生点名和发书等事情。每次,看着那一张张稚气的新面孔和一双双期待的大眼睛,我多么希望他们不再像我当年的同学一样,因为学费问题而不能立即领到新书。然而,让我懊恼的是,那样的情形仍然不能避免。我去找校长询问,得到的答复是:缴费没有过半的学生,发书的事,只能先缓一缓。再问下去,校长的答复很可能是:有没有哪位老师可以替某个学生担保(学费)的呢?我答:没有了,担保过的都发了书。校长说:那就是了。你自己要替谁担保吗?我讷讷。退而一想,我一月的收入,全部加起来,恐怕也不够两个学生的学费呢!于是只好作罢。

好在除了收费这些让大家都不快的事以外,还有其他许多有意思的事。记得第一次给学生开班会,在宣布了一些大条款和小事项之后,我施行了一个"互动"的办法:让学生向我提问。其目的是让学生自己来了解老师,附带的小条件是:第一,提问之前要先举手;第二,提问要用普通话。这两个条件,意在培养学生的课堂秩序意识和说普通话的胆量。在我们乡村学校的课堂,举手其实不是大问题。至于普通话,除了语文老师朗读课文以外,其他情况下就很随意了。我的建议提出之后,先是一番沉默。后来,随着几只攥紧的小拳头大胆地张开、举起,气氛渐渐活跃起来。

"老师,你是哪的人?"

"老师,你读了几多书啊?"

"老师,你吃烟的吗?"

"老师,你喝酒的吗?"

"老师,你几岁了啊?"

意料之中的问题先后出现,我从容不迫,逐一回答。突然,坐在最前排的一个女孩,没举手就站了起来。我正想告诉她应该先举手,她竟然用家乡话问道:

"老师,你说 bo 了没?"说完,她径自在满堂哄笑中坐了下去,脸上因兴奋有些微红,但整个人竟是不慌不忙的。

这个"bo"发音近于普通话第二声,"说 bo"在我们乡下即是讨老婆的意思。这个说法比"成家"更为随意、更为俏皮,多见于同辈之间。经她这么问出来,同学们的哄笑可想而知。只剩下我涨红着脸(我想我当时应该是脸红了),吞吞吐吐地答道:"啊……这个……嗯……还没呢……"事后想想,当时自己怎么就慌了呢,怎么就忘记先纠正她了呢?第一,应该先举手的;第二,应该用普通话提问的。还有,怎么就自乱阵脚了呢?今天再想想,当时的徐老师还是不够老啊,不慌乱才怪。

第二年,我依然带五年级二班。开学那天去办公室的路上,我无意中听到两个学生在前面交谈。

甲:"你知道五二班是哪个老师当班主任吗?"

乙:"不知道啊,怎么了?"

甲:"是×××老师呢!"

乙:"哈哈,太好了!我早就听说过,×××老师从来不打人的!"

这对话听得我哭笑不得。那个×××就是我了。我扫了乙一眼,心想,这肯定是个调皮的家伙,在四年级想必没少挨班主任的打。到了教室,点过名,我记住了小家伙的名字,还有他那黑溜溜亮晶晶的眼珠子。日后的事实一再说明,小家伙果然不是一般的调皮。贪玩,迟到,上课小动作,夏天午睡时偷偷到河里去洗冷水澡,回家不复习生字,到学校背诵不出课文,等等,他往往名列其中;时不时还要跟人打上一架。不过,小家伙数学倒是学得挺好,而我这个语文老师却没办法让他多考几分。今天想来,我也记不得自己有没有"打"过他了。我真的无法保证。谁让他"欺负"我从来不打人呢?谁让他数学比语文学得好呢?

2008 年 9 月

自行车随想录

这两天是周末,适逢斯诺克上海大师赛到了半决赛和决赛环节,于是,我很幸福地把自己关在小屋里观看直播。只是,看的时间长了,有时就疑心自己的视力又遭受损害。刚才出去用餐,途经一个邮筒,看见投递的入口处张贴了一张白纸,在微风中醒目地摆动着。于是近前一看,其上赫然写着:

转让自行车八九层新

一瞥之下,我以为自己视力果真出了问题;再看,依然如故。不免就纳闷起来,胡乱展开了联想:

其一,车主拥有一大堆的自行车,叠起来达八九层之高,全新;

其二,某款自行车的设计造型犹如楼房,计有若干层,其中的八、九两层还是新的。

大家莫要以为我此番联想是无事找事,实在是事出有因。

首先,这里的自行车确能给人以特别的观感。刚来这边不久,我发现了食堂前排的一棵树,树杈大概有大半个人高,上面就挂着一辆自行车。多么别致的停车方式!想来食堂周围一向人群熙攘,必然不至于有窃贼敢于明目张胆对树杈上的自行车下手。这位车主同学的智商绝对不低啊。前不久,我恰好还看见了车主从树上把车取下来,大概他已经在家享受完假期,要来这边驾驭他的爱车了。既然可以有别致的以树停车方式,为什么就不可以有别致的自行车呢?

其次,本人刚入住这边的校园之后随即发现,这是一片广袤的沃土。但是,要用自己的一双小脚来丈量脚下的大地,那就难了。我仍然记得第一次出去上课的情景。为了赶上下午两点钟的课,我一点多就顶着烈日出门了。我很快意识到,自己并不认识去立诚楼的路,只好边走边问。无奈大中午的路上行人甚少,我又想抄近路,结果不知走了多少弯路。最终找到教室,距离上课时间已不到十分钟。所以,至今为止,除了出去办紧要的事,我从未有过胆量和兴致独自出去领略校园风光。即便有限的几次外出,也是不堪道路漫长和烈烈骄阳之苦。退一步说,就是你能忍受这一切,也无法忍受每次在路上花费时间那么多。这样,买车的念头就不经意间冒了出来,挥之不去。鉴于电动车太贵,自行车就成为首选。

于是,邮筒上转让自行车的告示就引发了我的思考。尽管上面附有某车主同学的联系方式,权衡再三,我还是放弃了联络的打算。原因有二:

其一,八九层之高的一摞自行车,而且全新,本人的购买能力显然无法胜任。再者,我一个人用不上那么多自行车,也无意于发展车行业务。

其二,假如真有楼房版的自行车问世,想必也是价格不菲吧。还有,那样的交通工具也太出风头了。不难料想,徐老师驾驶着那样的庞然大物穿行在宿舍、食堂、教室和图书馆之间,将会是何等令人惊心动魄的景象!我只想做一名普通教师,而不想成为校园明星,所以,实在犯不着做出此等惊世骇俗之举。

该停笔了。突然想起,住处不远就有一个自行车行的。我应当尽快去买一辆、十成新的、单层的自行车。

2009 年 9 月

孩子,你终于来了

多少个日日夜夜的担心和期盼之后,你终于来了。

在那个初冬的早晨,在那个县城的医院,刚刚见到人世的你,不待医生拍打,就迫不及待地发出了蓄势已久的哭声。或许你是在表示对妈妈的恋恋不舍,或许你是为了告慰妈妈的长期辛劳,或许你是为了给手术室内的医生和守候门外的奶奶一个惊喜;总之,那无比响亮的哭声无比庄严地宣告:我——来——了!

而我此前还在南昌的火车站无比焦急地等待火车的出发。候车室一如既往地喧嚷嘈杂,但怎比得我心中的激动难耐。直到电话中得知消息,我才稍稍平静下来。这所谓的平静,很快又被新的期待所打破。我不断地在候车室内走来走去,不断地在那巨大的挂钟上看来看去,似乎唯有如此,才足以平复内心的激动与期待。现在想来,幸亏那里是火车站,我的行色举止才没有引起不必要的注意。哎,惹人注目又何妨呢?那时,我莫名地渴望得到所有人的关注,甚至渴望得到所有人的询问和祝福。

……

火车终于开动了。它飞快地穿越田野和隧道,飞快地驶向我的目的地。快了,快了……不,它还不够快。它又怎能称得上快呢!它缓慢地行走在山野之间,好让阳光铺满了田野也照亮了车厢,却不在意我对这一切无心品味。初升的太阳使得车厢里的旅人渐渐活跃起来,但我更向往你初生的容颜。

终于下了火车,我迫不及待地钻进一辆出租车。那司机却想尽法子多载了几个才走。好不容易到了医院门口,我一路跑进了病房。推开房门,满是笑语盈盈的亲友。我已经记不得当时是怎样回答他们的道贺了。总之,放下行李,看过你妈妈之后,我的视线即刻转向了旁边的床上。大家告诉我,你正乖乖地睡在这里。我轻轻地来到床边,轻轻地揭起被头,终于看见了你。你那时已经戴上了妈妈给你买的小帽子。那帽子上的小熊,和你粉嫩的脸蛋一样圆乎乎的。你的眼睛半张半合着,身子微微颤动。孩子,你是不是觉得冷呢?外婆明明用热水袋热过床铺的呀。那么,你是知道我来了吗?是的,我相信是这样!我多么想抱起你来好好看看!但大家都说不可,怕你会着凉。于是,我只能俯身端详。我甚至不敢放松呼吸。我终于看清了你细而淡的眉毛,细长的睫毛,内双的眼皮,明亮的眼珠,软而自然卷曲的耳郭,小小的鼻梁,线条分明的嘴唇……孩子,你真像极了妈妈!这就是你报答妈妈的方式吗?你真是个好孩子!

孩子,接下来的几天之中,我总算有很多机会抱你了。当然,抱得最多的还是奶奶。七斤八两的净重,再加上圆滚滚的包裹,你时常让奶奶觉得手酸呢。奶奶乐呵呵地照料你,爸爸则主要负责看护妈妈。

接下来就是你的许多第一次了。第一次便便,第一次尿尿,第一次打哈欠……下午的时候,你又一次大哭,我们确认你是饿了。去问医生,她说暂时只能喝水。到了晚上,你又一次大哭,分明是要求进食。医生来看过之后,同意你开始喝奶粉,同时嘱咐要冲得稀一些。于是,爸爸准备的奶粉派上了用场。奶奶忙着冲奶粉了,我轻声劝慰哭着的你要耐心等待。接下来的事实证明,吸吮果真是婴儿的本能,而你在这方面尤其优秀。我半蹲在奶奶的旁边,看着她臂弯中的你,无师自通地用你的小嘴含住了奶瓶嘴儿,闭着眼睛就开始了吸吮。但那奶瓶十分可恶,新式的防溢奶理念设计出的奶嘴,短时内竟难吸上奶来。我徒劳地站在旁边,看着你撅起的嘴唇一次又一次地努力,同时深切地体会到什么才是"爱莫能助"。功夫不负有心人,那万恶的小孔终于被你吸开了,细细的奶流顺着管子缓缓上来了。奶奶和我欣喜地看着你吞咽,再吸吮,再吞咽,再吸吮。尽管你柔嫩的唇儿在奶嘴上磨砺得红红的,但看着奶流的上升越来越畅,听着你吞咽的声音越来越响,我还是确信,你是幸福的。

到了第二天,一次三十多毫升的稀奶已然无法满足你的需求。但是,医生强调不能喂得太多,奶奶也不敢多喂。每当意犹未尽之时,房里总有你响亮的哭声响起。奶奶只能小心翼翼地隔上一段时间又喂一次。不过,奶奶最为欣喜的是,你真正吃饱之后立马就睡,绝不吵闹。记得有一天,爸爸的两位朋友特意赶来看你,进房时还听得奶奶在夸奖你"吃完了,真能干",等我们走近身来,你却闭眼就睡了。大家大声说话,你却丝毫不为所动。他们不忍弄醒你,只好带着一丝遗憾离开了……

真正感到遗憾和留恋的是我。我们相处不到一周,我必须赶回单位上班,无法再陪伴你和妈妈了。这半个多月以来,我最大的幸福就是听见奶奶、爷爷和妈妈在电话里夸你很乖。他们说,你保留着吃完就睡的好习惯,从不胡闹。妈妈特别告诉我,你有时会睁着眼睛看她在你身旁接电话。有时我还能在电话中听见你发出的声音——那真是我最幸福的时刻。但那也是心酸的时刻:我竟不能在你身边,看着你,抱着你,陪伴你和妈妈。我只能在这样的午夜,写下这样的文字:

孩子,谢谢你的到来。因为有你,午夜和文字将不再沉闷。孩子,希望你健康成长。

2010 年 12 月

无言以对

  最近课程不少,事情也不少,有时难免觉出从没有过的累来。于是感觉自己真的老了。于是特别想念远在老家的孩子——带了一种特别的感情。虽说大家都盼望他茁壮成长,但我潜意识里却不希望他长得太"快"。我只愿他一直无忧无虑的。但这又是怎样的一个妄想!

  今天从老校区上课回来,排队等候43路公交车。排在我后面的是一个老师模样的人,她大概是来接小孩回家的。小家伙披着一件大红的小风衣,背部中间隐现出小书包的轮廓,手中拿着一杯温热的——但愿是温热的——饮料。他显然无心排队,不住地东看西问。

  "一个43路,两个43路……,妈妈,为什么有三个43路啊?"

  "因为有很多人要坐车啊!"

  "那么多个43路,都是一个人开吗?"

  "不是的,有三个人开。"

  ……

  我听着有趣,就转过身来问他:"三个43路再加一个是多少?"

  "四个43路。"

  "那再加一个呢?"

  "五个43路。"

  "五个再加一个呢?"

  "六个43路。"

  小家伙还真行!我发狠再问:"六个再加十个呢?"

  "嗯……,你一下子加得太多,我就不知道了……"

  我笑了:"好好读书就会知道得更多,明白吗?"

  "嗯!"

  随后我和小男孩的妈妈简单聊了几句,得知小孩五岁,正上着"中班"。不

禁感慨现在的小孩真不容易,中班就要学这么多东西了。回想当年,我像他这般年纪时,数学还得过36分。正想着,眼尖的小家伙居然看见了一只不知哪里窜出来的老鼠,兴奋地连连大喊:"老鼠,有一只老鼠!"那老鼠大概是耐不住饥饿才出来觅食的,没想到一下子见到这么多人,一时间居然慌不择路,退到了石壁下面。小家伙当然不会放弃此等良机,一路跟了过去,嘴里还"喵呜喵呜"地不停叫唤。等车的很多人都笑了。我也笑了。

车要开动了。我在前面一个单独的座位坐下,以便小憩。蒙眬中听到车厢里播放着电台的广告:

女声(甜蜜地):老公,你今天去哪里啦?

男声(犹豫地):嗯……这个

女声(凶巴巴地):快说,去哪啦?

男声(迟疑地):去……福州……泌尿专科医院了……

女声(宽宏大度地):这有什么不敢说的?你们男人有问题,不都是去那里吗?

男女齐声(欢快地):福州泌尿专科医院,专为男科……电话8818……

脑子里快要一片空白了。突然在嘈杂中听出一个似曾相识的童音问道:"妈妈,那我以后就去那个医院了啊?"

我的意识立即萌动起来,很想听听他妈妈怎么回答,但终于没听见。我想,他妈妈确实也只能无言以对吧。

车厢继续摇摆,睡意重又袭来。但我还是听到小家伙还在问:"为什么我不能去啊?"

呜呼,谁能回答他?

2010年12月

在南京大学听课

一

莫砺锋老师给博士生开设的课程,名为"唐宋文学专题"。这本来与我所修专业相距甚远,但我这次还是硬着头皮去蹭课了。我包里揣着课表,"按图索骥",来到一间小教室。已近上课时间,这里却满是自习的同学。怎么回事?我赶紧问了系办。原来,这课最初是安排在这间小教室的,不料竟然人满为患,只好临时改在另外的大教室了;只是,这一改,后来就没再改回来。看来,奔着莫老大名来蹭课的同学还真不少。

我现在来蹭课也太晚了,真是后知后觉。我应该为此感到惭愧。不过我还是想说,这个"莫老大名",应该读作"莫老/大名",而不是"莫老大/名"。中文系的博士生同学,谈及莫老师,不乏称其为"莫老大"者。此中缘由不外乎以下四点:其一,莫老师1984年取得古代文学博士学位时,乃是新中国第一位文学博士;其二,由程千帆先生带出来的南大中文系的"两古"专业阵营极为强大,最盛时有"程门八大弟子"之说,而莫老师乃是程门大师兄;其三,莫老师也曾当过系主任(据说很快就以不胜公务为由,卸职专心于学术研究),可谓名副其实的"老大";其四,极言莫老师学术造诣之深、学界声望之高。我不确定"莫老大"的命名灵感是否与金庸《笑傲江湖》中的莫大(其人乃是衡山派掌门,不仅武功造诣荣列所谓正教十大强手,而且拉得一手好胡琴,《潇湘夜雨》就是其拿手曲目)有关,但是我想,"莫老大"这个说法中的江湖气,肯定是与莫老师照片及文字中的儒雅之气无法协调的。

等我找到大教室,见其人,闻其声,更坚定了自己先前的看法。莫老师的这门课,据说以往都是从杜诗讲起,但今年有变化了。这一堂,他讲的是治学的功底与眼光。虽然观点常见,然而课中举例,旁征博引,信手拈来,妙趣横生,足令人深感其大家风范。那时我突然悟到:刻意求新的,未必真是大家;而真正的大家,却往往能于平淡之处见新奇,引人入胜。

这堂课上颇有几件事令我印象深刻。

莫老师说,古代文学专业的研究生,可以适当写诗填词,借以熟悉诗词格律及陶情养性,却不可耽迷其中无法自拔。我们现代人不去融入当下的生活,而成天学古人作诗说话,那是有"走火入魔"的可能的。莫老师甚至不惜"现身说法",举了他的一个学生为例。该生对诗词之偏爱已经到了不以莫老师的再三劝诫为转移的地步。迄今为止,每逢过年过节,他必定照常给莫老师寄贺卡;每寄贺卡,则必定抄上自己新填的词。莫老师举出这个例子之后,竟有不少同学互相打听那位学长"如今安在"。我却禁不住开了小差。说起学术研究,真有太多的人强调过要全身心融入其中,而莫老师却提出,要适当保持与对象之间的距离感。我对古代文学研究界的情形一无所知,自然不知有多少研究者会认同并推行莫老师这样的做法,但我却曾不止一次地领教过:现代文学研究界中,将自己研究成研究对象的人,的确不乏其人。譬如研究鲁迅吧,就不止一位研究者把自己研究成了鲁迅,从思维方式到行文风格都刻意模仿鲁迅。人们常说要"深入浅出",这类研究者是不是有些出不来了?我不敢确定。

讲到学术研究者要善于辨别真伪,莫老师油然感慨:不只今人造假,古人早已为之。两者不同之处在于:古人之造假,以己所作假托前人所作,借以传世也;而今人之造假,往往窃人成果据为己有,重在谋利!我心里一惊,这"传世"和"谋利"之别,不正是世风日下、学风日下的明证吗?莫老师并未做太多的引申和发挥,但我分明感受到,学术研究者也可以用出世之心做入世之事的。

论文写作应小中见大、"小题大做",这观点当然不算新鲜。莫老师的举例却有些意思,他先后引述《鹤林玉露》宗杲语和《朱子语类》朱熹语,随即指出,当下有很多论文都是"花拳绣腿",而不能做到"寸铁杀人"。其时,端坐我身旁的同桌女生点头颔首,俯身记下数语。我斜目视之,乃"花拳绣腿,一剑封喉"八字也!看她笑靥如花,再看她的这番心得,我突然明白了什么才是"艳如桃李,冷若冰霜"。这大概也算得上蹭课的另一收获。

二

"人如其文",只要听过王彬彬老师的课,你必然会深感此言不虚。他不是一上来就亮出一套体系及一堆名词概念,而多半讲自己近期写过的文章。他说,这才叫做讲自己体会最深的。他的学术文章,大多是化零为整、化繁为简,将枯燥繁杂的问题对象分析得明白而透彻。而在课堂上,你不仅能随着他的思路一起思考问题,更能深深体会到"现场直播"的特殊效果:声音高亢,中气十足,看似优游自如,实则语带机锋,往往令人心领神会又忍俊不禁。

王老师讲课当然也有自己的"底稿",但他更期待在座同学的参与。因此,他会时常停下来问:这个人,你们知道吧?这本书,你们有没有看过?是不是这样?对不对?耐人寻味的是,他的询问基本上是得不到回应的,"互动"只能变成"独角戏"。个中原因,我曾私下里与其他同学探讨过。我们列出了如下几项可能:同学出于对老师研究成果的尊重,选择了沉默,以免当场交锋;同学们自觉读书太少,故而不敢露怯;老师本身的气势过盛,令人不敢轻易接招。虽说前面两种说法各有其道理,但不知怎么的,我心里总觉得最后一种解释才最为合理。所谓的气势过盛,其本质是自信,即有底气;其前提则是老师本人对当下所探讨的问题确实下过很多功夫,做过多方面的思考。"气盛则言之短长与声之高下者皆宜",韩愈的名言说的是写文章,但在口头表述中,"言之短长"与"声之高下"其实更容易得到直观的体现——至少,在王老师的课上就是如此。

在一个学期的课上,王老师的讲题牵涉面很广,从对刘禾《语际书写》的批评、对王德威的沈从文研究的质疑,到对钱钟书的《七缀集》的指摘;从毛泽东与中国古代小说的渊源,到鲁迅与自由主义的关系;从日本对中国的"文化反哺",到"城市文学"在当代中国的流变;时常让人深感其读书之"杂乱"与问题意识之"不纯"。这倒也符合他这门课程的名称:"多维视野中的现当代文学研究"。他很少提倡"纯文学"的研究立场,比如他对鲁迅丧事的分析、对辞典中的"历史"的探究,就基本上不涉及具体的文学问题。这类论题的意义,主要是呈现文学史的背景,还原历史语境。

几堂课听下来,大家不约而同地发现,王老师的课上,极少出现"新"东西,而经常出现的,则是最基本的东西——所谓常识。与此相关的,则是他时常"坦白"自己如何在"胡乱"读书中发现问题,又如何通过读书思考去解决问题。他在课上提得最多的,是钱钟书和陈寅恪。他对钱钟书《围城》中的比喻艺术做过一些研究,但在课上没讲。他的即兴发挥,有时会让人不由自主地联想起钱钟书式比喻的生动、风趣和机警。我印象最深的有以下几例。

"翻译的不透明性,在前人那里早已被说得很透明了。这样的常识,犹如人饿了就要吃饭,实在不是一个真问题。"

"魏晋时期研究佛学,是很时髦的学问,一如今天很多人研究后现代。"

"这是一个事物的比喻意义压倒了事物的本来意义的时代。比喻意义本来是附丽于本来意义的,就像树影附丽于树身。但在五十年代,初升的太阳令每一棵树的影子都远远大于树身。于是,人们全身心地拥抱这些树影,相信凭着这些树影,就可以建造起万年不朽的万丈高楼。"

三

丁帆老师的课,大概是最自由而又最沉重的了。说它自由,是因为老师本人只讲一个类似"总纲",再讲两三个论题,其余时间则组织大家自由讨论。课堂上甚至会有专题性质的视频可看,对于博士生而言,这真是久违的款待了。说它沉重,则是因为这门课名为"二十世纪后半叶中国文学选题",但诸多问题的源头都会被追溯至"五四"乃至更远时期。我们被迫时时回眸八十年代,屡屡回溯五四时期,倏忽间又回到当下。但这并不像"穿越"那么好玩。丁老师说了,这是思想史的关怀:"缺少哲学文化和思想史背景的支撑,我们的文学研究就只能是工匠式的研究。"丁老师毫不担心同学们会不堪思想的重负,相反,他一上来就用坚定而洪亮的声音说过:"我们大多数人,是站在作家作品之下——至多也只是站在作家作品之中——看问题,这样就永远也无法居高临下、俯瞰全局。"要求文学研究要有思想史研究的视野、格局和气度,这样的开场白虽然简短,但却令我震撼。在这样的课堂,主角似乎已不是老师,也不是学生,而是"启蒙""知识分子""思想""文化""价值判断""立场""精神",等等。这不让人感到沉重才怪。丁老师大开大合,指东道西,其酣畅淋漓处,时常给出不留情面的痛快一击,但他对于学生的点评,却总是以肯定和鼓励为主。像我这样的同学,物理海拔原本不高,后来竟也敢于"居高临下"地指点江山激扬文字,这显然在很大程度上得益于这样的课堂。

如果说丁老师在课上大开大合的激情源自个人多年的读书、观察与思考的深厚积淀,那么他充沛的体能则得益于平时的打拳。据知情的同学说,作为清末名将丁汝昌的后代,丁老师一直习练一套家传的"丁家拳",故而他能够随时随地保持面色红润、思维敏捷、行动果敢。这些我从未考证过。我能确定的是,丁老师丝毫没有"武夫"的习气。他练得一手好字,堪称俊秀灵动。

四

黄发有老师的大名,我在硕士阶段就时常听一位老师提起——那时他还在山东大学任教。大概是我们这一届博士生入学的时候,他恰好调来了南大。这真是相逢何必曾相识,得来全不费工夫。等到在他的"文学传媒研究"课上相逢,我们才惊讶地发现,黄老师非但一点都不老,而且年轻得有点过分了。的确,黄老师从年纪到长相,都很年轻——这是许多同学的共同印象。

第一堂课下来,黄老师让人惊讶的不只是他的年轻。黄老师讲课时,语调平和,娓娓道来,并不以气势或锋芒见长,但时不时地迸发出一些亮点。比如:"二十世纪的中国文学史,可以看作一部青年文学史,只是很多作家青年成名之后就可能被'招安',故而此后的创作很难再有'突破'。"再如:"许多文学史著作,由于忽视文学传媒的研究,往往把文学场的复杂演变简化成线性的单一化进程,甚至得出荒唐的结论。"这里的锋芒和锐气就开始遮掩不住了,但也符合我们对年轻老师的期待。

黄老师讲课时,面前放着一沓稿纸,偶尔停顿一下,翻动几张,但毫不影响整体进展的顺畅。那些我们平时听过的和没听过的编辑家的名字,期刊、副刊、出版社、出版物、丛书、书系的名称,以及相关史实及当前现象,从他的口中缓缓道出,一时间让人眼花缭乱,手足无措。好记性不如烂笔头,我们赶紧低头,记下。当你再次抬起头来,黄老师还是平缓地讲着。下课了,我们跟在老师身后走向通道。我跟得近了些,禁不住好奇,就对他拿在手中的稿纸看了几眼;竟然都是白纸!黄老师只带着一叠白纸就讲了一堂课,这能让人相信吗?这是真的吗?

接下来的日子里,我确信了一切都是真的。他随身携带的稿纸,经常是空白的。讲课时的黄老师,目光非常平和,那里面满满的都是自信和诚恳。有意思的是,课外的黄老师,看人时总是微眯着双眼。后来我才知道,他有轻度近视,但一般都不戴眼镜。那时我也有些轻度近视了,也还没戴上眼镜。一次在青岛路,我们远远就看见了对方,硬是到了近前才敢相认。他居然和我一样,有些不好意思。事后,我想,黄老师终究还是不够老啊。

也正是因为黄老师不那么"老"吧,我们几个总愿意向他请教写作和投稿的经验。那时,他正在一家刊物上策划和主持"评刊"栏目。又一次请教经验时,他给我们派下了任务:课程作业要用心去写,写完可以考虑在这栏目上发表。

我平生第一次被"约稿",心里的紧张和激动可想而知。在随后到来的暑假里,我忘记了南京的暑热,也原谅了连日的暴雨,每日早早就去图书馆埋头苦干。我的付出后来得到了回报,其中不仅有生平第一笔论文的稿费,还有黄老师的肯定。这不能不让我记忆深刻。同样记忆深刻的,还有在评刊栏目发表的又一篇文章,以及毕业之后在这刊物上发表的其他文章。这些都得益于黄老师的提携与关爱。

五

相比于很多同学,我的课堂出勤率肯定是很低的。由于多种原因,有些课我只能"浅尝辄止"了。比如马俊山老师的《中国话剧舞台艺术发展史》,我抱着亲近话剧的态度去听了第一堂课,就没敢再去第二次。马老师开宗明义:这课主要探讨舞台艺术,本来就是专为戏剧戏曲方向的同学开设的;平时的课堂讨论该如何如何;期末的作业又该如何如何。我连继续旁听蹭课的勇气都没了。就连晚上跑步,与马老师在运动场相遇,他对我的一两声关切,也总让我觉得心虚。这想必就是底气不足了。周群老师的《明清文论专题》,我也只是试听了一次,就没敢再去。这既是因为课上所讲的明代复古运动于我实在太过陌生,也因为他的口音实在令我难以领会。

还有一些课,我甚至都没去试听。现在想来,徒有遗憾。历史系的高华教授,以《红太阳是怎样升起的》一书而奠定了他在现代史和中共党史研究界的重要地位。他的课往往人满为患,有不少外系同学坚持旁听。我从来不爱赶热闹,恰好手头又找人帮忙复印了那本书,于是就想着先把书看完再说。后来又因各种原因,决定等到最后一年好好去听课。待我下定决心时,一位同学告诉我:高老师已经病重住院了,最近都是由人代课。于是我只好作罢。我甚至还想过,毕业之后再回南大的话,一定要去补上一堂。可是,我直到如今都还没有回去过,而高老师已于2011年病故了。很多人争相回忆高老师讲课的风度,而我却连回忆都没有——这真是莫大的遗憾。

2012 年 3 月

火炉里做文章

来福州四年了,我一直感觉福州的夏季很热,而且似乎越来越热。据知情者说,福州过去是没有这么热的。最近这些年,因为江边新建的房子越来越高、越来越多,把风都挡住了,所以就热起来了。更有研究机构统计分析之后,将福州与重庆、杭州和南昌一起列为新的四大"火炉"城市。我对福州的过去无甚了解,当然没有发言权。至于重庆,那可是老资格的火炉之一了,只是我迄今都还没去过,自然也无法对它评头品足说三道四。杭州呢,我倒是在夏天去过几次,有过一点肤浅的体会,似也不足为据。只有说到南昌,我才多少有点发言权。上中专时,我在南昌生活了两年;考研之前参加暑期培训班,又在南昌苦熬了一个月;硕士阶段的三年,也是在南昌。

南昌是久负盛名的老火炉之一。不过,南昌最初给我的印象,却是冬天的寒冷。我老家在赣北山区,霜冻冰雪是很常见的。我刚到南昌念书的时候,冰雪虽然很少见到,寒冷却没少体会。大概是因为学校偏居郊区、地处空旷的缘故,一到冬天,凛冽的寒风就让人唯恐避之不及。那时学校宿舍的条件很差,木制的窗户不知用了多少年,玻璃旁边总有那么一些小缝隙。即便蜷在被窝里,我也能感觉到寒风穿过窗户缝隙的"呼——嘶"声。这时我就越发想家了。我由衷地想念家里的大火炉和火锅盆。可到了夏天,老天说变脸就变脸,气温说上升就上升。郊区虽然相对空旷,这时却很少有凉风袭来。宿舍里闷成一团,风扇吹久了,那风也是热的。那时的宿舍里面还没有单独的洗浴间,不知是谁带头在大白天跑去宿舍楼的公共水池冲了冷水澡,这一物理降温法很快就得到了大规模的推广。只要没去上课,大家就接二连三往公共水池跑。越是大白天的,就越是有必要去降温。宿舍前面的走廊上,来回穿梭着不少光着膀子、拎着盆子和桶子的男同学,这也算是沉闷夏日中的一景。对面宿舍的女同学可就惨了,她们多半奉行非礼勿视非、礼勿听的古训,忙不迭地拉上窗帘。哎,她们的夏天可是更热了。其时,公共水池只有两排水龙头,没有淋浴喷头。后来有人出了一个歪点子,把最里边的一个水龙头拧下来,简易的淋浴设备就此出现。这样的物理降温法,堪称痛快淋漓,淋漓尽致。前面一个同学淋漓尽致之后,拧上水龙头;后来的同学又拧下,享受完淋漓尽致的痛快,再拧上。可惜的是,宿管处的大叔很快就发现了这个秘密,并报告了相关领导。痛快淋漓的日子一去不复返,大家又被打回水深火热之中。

我相信,只要在南昌度过一个冬天和一个夏天,你对南昌的认识就会深刻很多。这座"英雄城"像所有的英雄一样,立场坚定,铁面无私。夏天里对你酷热无情,冬天里对你冷冽无情。冷热分明,毫不含糊。好在我那时从没做过勤工俭学或者暑期家教,一到假期就火速赶回老家,倒也没遭受太多的摧残。

到我念研究生时,南昌的面貌发生了很多变化,酷热却是丝毫未变——如果一定要说变了,那就是变得更热了。不过,这时的住宿条件已有了一定程度的改善。研究生们终于无须再去公共水池拧下水龙头冲澡了。研究生宿舍自带洗浴室,这是比本科生住宿条件更为优越的地方。至于洗浴室里只有冷水而没有热水,这很有可能就是为同学们夏天消暑量身打造的。物理降温法自有其长处:冷水劈头盖脸地冲下来,瞬间就带给你极致的凉爽。但是它的不足之处也很明显,你无法随时随地无拘无束地享用冷水淋浴。所以,还是老话说得好:心静自然凉。可是,研究生们的生活多半无法静下来,越到假期就越折腾。硕士阶段的第一个暑期,我参加了校学生会组织的暑期培训班,给初中的孩子们补习语文。学生会租用的教室本来是挺大的,不料培训班的招生过于火爆,教室里最后硬是满满地塞下了一百来号人。教室里的几只大吊扇早已忙得团团转,可又怎么消受得起一百个人火热的学习热情?没多久,大家就都是汗流浃背挥汗成雨了。那真叫一个热火朝天,热情洋溢。当然,表现得最为热情的还是我。每次下课回到宿舍,衬衣都能拧出水来。另外一个小班的教室,倒是有空调。人数也超不过十个。只是,那教室位于某大楼的第十二层,而假期里的电梯经常不让运行。回想起爬上十二层楼去上课的往事,我的双腿至今仍会下意识地发抖。等到四节课上完,再走回宿舍,我往往连饭都顾不得吃,也顾不得热了。仰面躺倒,四肢放松,这才是最要紧的事。

第二个暑期还没正式开始,我老早就做好回家的准备了。不料,"保持共产党员先进性教育"的活动,已在全国范围内开展。"保先"活动的热潮,配上英雄城夏季的热浪,真是一阵热过一阵。学校里紧急通知:党员学生不得擅自离校,应就地接受教育,开展学习。个别同学已在通知下发之前回家了,那就再通知他们赶回学校。记得在全体研究生党员的动员大会上,研究生院的某院长给我们作了激情澎湃的演讲。在大部分的时间里,他所讲的内容都属于"一贯正确"的范畴,也早已为诸生耳熟能详。所以,大家都很安静地享用中央空调,不失时机地鼓一鼓掌。后来,该院长话锋一转,对某些拒不赶回学校集中学习的同学提出了严正的批评。他挥动双掌,慷慨陈词:个别同学竟然以在家参加"双抢"为由,拒不回校参加"保先"……人群中开始有不安分的声音了。该院长严厉地扫了一眼会场,说:"有没有这样的事情?"下面有好事者回答了:"有!"该院长满意地点了点头,说:"党员同志不听从组织号召,这真是荒唐。大家说说看,是保先重要,还是双抢重要?"这时,居然有不少人异口同声地答道:"双抢重要!"该院长顿时就愣住了。他之前的设问,大概是准备好了自问自答的,没想到竟被这么多人粗暴无礼地打断了。但他还是很快表现出了不凡的气度,摆了摆手,示意大家静下来,"我也在农村待过……我知道,水稻嘛,只要不去收割,它就会在田里好好的,不会烂掉……"不料,又有好事者接上了话头:"会烂掉的!"更有一位说:"水稻不能保鲜!"一语既出,四座皆惊。瞬间的沉默之后,会场里发出了笑声。大家都反应过来了,他说的"保鲜"不是"保先",发音虽同,意义却大有不同。该院长脸上有些挂不住,话锋一转,又回到了一贯正确的话题之上。会议结束之后,我们就以小支部为单位,在宿舍里自学和座谈。一度有人担心会上那些粗暴的发言者会受到追查,但好像也没有什么不幸的消息传来。事实证明,该院长确实是高人雅量气度不凡。既然如此,我们有什么理由不认真学习不努力保先呢?我们连日座谈,谈天谈地谈人生,还讨论过"防腐保鲜"和"防腐保先"的关联呢。多年之后回想此事,我总是禁不住感慨:不知是炎热的夏季激发了那些粗暴者的发言热情,还是每一个年轻人都有可能表现出那种对话和参与的热情?我疑心是后者。可是,后来的很多年里,我再也没有见到过那样有热情的年轻人。我们都不再年轻了。

硕士毕业之后,我幸运地考入了南京大学,继续念书。去报到的那天,我拎着不多的行李,边走边问,终于找到宿舍,早已是满身大汗。我不无懊恼地想,看来自己是"老了"啊,这么一只箱子一个小包,就把人累成这样了。给我开门

的宿管员是个热心人,她说:"同学啊,累了吧?"我说,其实也不算累。她看了看我的行李,又说:"嗯,主要还是天气热。南京可是火炉地呢,你们要注意防暑……"我听了心里一惊。实话说,我报考南大之前,了解得最多的,是南大,是南大中文系和本专业,当然也了解过南京的历史底蕴和人文环境,但从来没去注意南京也是火炉城市之一。这么说来,我岂不是刚刚逃脱了一座火炉,又落入了另一座火炉?我苦笑了一下,既来之则安之吧。同时,我心里还存了一丝不服气:不管怎么说,我也是在火炉里锤炼过一遭的。南京再怎么热,能热过南昌吗?

第一个学期,我只赶上了夏季的尾巴梢。大概也是因为有一股子新鲜劲,还因为宿舍楼周边有绿树掩映,我当时的确没品味出南京的热劲来。再加上要为一些新课程做准备,我根本就无心去理会热不热、有多热之类问题。转眼到了第二个学期,我真正地体会到了南京夏季的滋味。在外面行走的时候,一门心思赶着回宿舍,心想回到宿舍就好了。到了宿舍才发现,斗室一间,拥挤而杂乱,居然连电扇都没有安装,似乎很不欢迎夏天的样子。可夏天还是不可避免地来了。小台扇呼啦呼啦地吹个不停,把皮肤都吹得有些麻木了。一旦关掉风扇,湿热的闷气即刻将你包围,让你气闷。最要命的事情,莫过于不能入睡。天热,不能入睡;论文没有进展,不能入睡;想家,不能入睡……辗转难眠,左思右想,我终于发现,天热乃是所有烦心事的罪魁祸首。得出这个结论的同学,显然也不止我一个。某同学在博客中写道:"哎,每天都睡在水里。"我们都知道,这"水"是汗水。还有一位同学,她不仅极富概括力地以"火炉里做文章"一语道破广大博士们的艰难处境,而且将这句话作为QQ个性签名,持续了数月而不曾改换。我想,这当然可能是因为她做文章太忙,忙得无暇管理自己的QQ,但更有可能是因为南京的暑热持续时间太长,给她的体会也太过深切,以至于她耿耿于怀咬定签名就不放松了。

离开南京之后,我至今都没有回去过。奇怪的是,我对南昌的暑热印象还很深切,对于南京却有些找不着感觉了。好在当年的博客中还有一些文字,留下了一些记忆:

南京是有夏季的。长夏。

它往往来得比较早。即使你初来乍到,一下子跟不上它的节奏,那也不要紧。因为,在5月份前后,路上的行人们,尤其是校园周围的学生们,特别是外国来的朋友们,他们就已争相穿上各式清凉的夏装了。你于是意识到:哦,它来了。

南京的夏季,是难得有"好"天气的。

5月份至6月份,气温会持续上升,某日可能会突然下降一些,随之就几日里在某一个点上徘徊。有时竟很凉快。但你不会高兴太久,因为,这很可能就是雨季到来的先兆了。这里的雨可以来匆匆去也匆匆,可大可小,可长可短。在各种变化和过渡中,你的心情往往随之而波动起伏:由阴郁、低迷而转为激动、兴奋,再转为烦躁,终归于暂时的清静……巧的是,在你的住处,蚊子们的心情大致也是如此,而且,它们的激动兴奋烦躁清静总是影响着你的激动兴奋烦躁清静。只是,它们可以来去无踪,而你只能望蚊兴叹。

7月份前后,雨脚渐渐收住之时,也是气温发疯飙升之时。空气中的湿度却并不见减弱多少。当空气中的湿度越来越高,热烈的时刻也就来临了。那种热烈的滋味,也是一种需要耐心品尝的滋味。是的,除了耐心品尝之外,你还能有更好的办法吗?当然,你可以选择逃离……

除了蚊子扰人,知了也不饶人:

南京的暴雨一过,气温立即剧增,使人不得安宁。心烦意乱之时,你不免就迁怒于窗外的知了:从早到晚,它们一直在不知疲倦地制造噪音。有时,你又恨不得和它们一样,能无所顾忌地大吼一通。当然,这也只是想想罢了。你知道,你与它们不同,也无法与它们相比。尽管你已经在心里吼得声嘶力竭头昏眼花,他们的声音却还是那么高亢有力、声震林樾。你只能转而去想:它们的嘶鸣究竟是诉苦鸣冤呢,还是喜极而泣?它们为什么总是在炎炎夏日出现?它们究竟是夏天的原因,还是夏天的结果?……最后,你好像想通了。不管怎样,它们都实实在在地只有夏天。而你,还有秋天和冬天,还有春天。他们的夏天只为夏天而存在,而你的夏天可以为秋天、冬天和春天存在。于是,你终于平静下来了。你想,那就和他们一起平静地度过这个聒噪的夏天吧。

这两段文字均写于我在南京的第二个暑期。它们真实地记录了南京的夏季曾带给我的惶惑与释然。可我还是觉得"火炉里做文章"这个说法更好。"文"者,纹理也,文采也。"章"者,乐竟为一章。"火炉里做文章"则意味着:不进入火炉试炼一番,就不能炼成你想要的纹理和文采;每试炼一次,即为奏毕一章。这个说法既包含着置身火炉时的自嘲,也暗含着面对火炉的勇气,更暗合"不经一番寒彻骨,怎得梅花扑鼻香"的体悟。考虑到眼下所说并非严寒而是酷暑,这个体悟应该改成"不经一番火炉苦,怎得文章字数多"。

那么,我从从南昌到南京再到福州,从一个火炉跃入另一个火炉,大概算得上笃志不移或执迷不悟了吧?坦白地说,我从未立志要以身试火炉、修炼成正果。我没有那样的勇气和魄力。从南昌到了南京,又从南京来到福州,这些都只是幸运和巧合而已。福州夏季的确是热,好在我总算经历过几番火炉之苦,很快也就安之若素。要说各地的暑热各自有何特色,我以为,南昌是干热,南京是湿热,福州则是闷热。三地夏季的主角,无疑都是当空烈日。不同之处在于,南京时常有暴雨肆虐,福州则偶尔有台风掠过。起初,我对台风还颇有些畏惧,如今发现了台风多半会带来雨水和凉意,竟然就总在夏季里盼它来临了。我知道,这种想法缺乏大局感,大有置人民的生命和财产安全于不顾的嫌疑。可是,"火炉里做文章"的人,也该有望梅止渴的权利和想象力啊。

回顾自己的一路奔波,多多少少都让我感到有些憋屈,凭什么我就得在几个火炉里轮着烤来烤去?自然而然地,我有时就会冒出后面这个念头:要不要换一个不那么热的生活环境呢?我认真想了想,我确实怕热,但实在找不到换环境的理由。想想当初念书时还有火炉里做文章的斗志,再看看自己眼下每天关在空调房里而不思进取,我就更找不到换环境的理由了。哎哎,还是先尽力做点文章吧。

写于 2013 年 7 月酷暑中

第二辑 荒腔走板的年代

不尽相同的身体

最近几年,从美学理论的角度探讨"身体"的文章,不期然间多了起来。我们的身体,在理论热潮的侵袭之下不由分说地持续升温,犹如毫无防备的人突然感染了细菌病毒。这个比喻或许有些不妥,但我还是觉得,拥有一具有热度的身体,显然要好过冷冰冰的躯壳。在相当长的一段时间里,中国当代文学中四处行走着的,尽是些政治理念打造的骨架子,而不是普通的血肉之躯。当下,理论界对身体及相关理论的热情关注与深入探讨,不管其现实动因及来龙去脉如何,都在一定程度上弥补了中国文学界几十年前的错漏。亡羊补牢,说的就是这类情形吧,但不知是否为时已晚。

在"身体美学"的热潮中,学界已有不少专业人士发表过见解,似乎由不得我再来饶舌。对身体美学的理论来源及其流变,也有研究者说过很多。我首先感兴趣的是,大家对身体美学的态度是怎样的?最近很是花了一些时间,集中阅读这方面的文章,颇有感慨。借身体美学的理论来阐释更大的问题者有之,如毛崇杰的《后现代美学转向》;对身体美学表示欢迎和支持者有之,如王晓华就称身体美学为"回归身体主体的美学";冷静谛视身体美学热者有之,如彭富春的《身体与身体美学》和《身体美学的基本问题》。除此之外,更多的言论还是停留在理论层面的基本介绍和现象层面的简略描述上。可见,关于身体美学,似乎还有待进一步探讨之必要。

总起来看,身体美学牵涉的问题非常复杂和广泛,其之所以在近年来受到较多关注,一方面由于中国当代文坛的创作现实("身体写作""个人化写作""私人写作"及"下半身写作"等现象,莫不涉及身体,甚至可以说以身体为中心),另一方面也由于一批热心的学者试图从西方输入相关理论来分析和解决中国学界的实际问题。由此造成的结果是:理论问题本身并未谈清楚,暂时呈现出较为纷乱的情形;一旦将相关理论用于具体作品的具体分析,情况就更加纷乱。事实上,这也是西方理论登陆中国本土之后的普遍情形:"水土不服"或

"隔靴搔痒"。我直觉地认为，如果承认西方的身体不完全相同于中国的身体，那么也就应该意识到西方的身体美学理论并不完全适用于分析中国实际。下面我就根据个人的阅读体会，谈一点隔靴搔痒或言不及义的看法。

对于身体的重要性，西方许多哲学家、思想家都有过重要论述。如维特根斯坦说过："人的身体是人的灵魂的最好的图画。"梅洛-庞蒂也认为："世界的问题，可以首先从身体的问题开始。"从美学的学科史来看，已有研究者指出，鲍姆嘉登首创的"美学"，最准确的翻译应该是"感性学"。所以，伊格尔顿后来指出，"美学是作为有关身体的话语而诞生的。"影响最为深远的论断可能是笛卡儿的二元对立的划分方法：身/心二元论。将身置于心的控制之下，这无疑使得感性的身体处于理性的压制之下，无法得到重视。后来，马克思赋予了身体以自然和社会的二重属性，尼采第一个将身体上升至前所未有的重要的哲学高度，才有了海德格尔、福柯、梅洛庞蒂、德勒兹等人的进一步论述。"身体美学"作为一个较为完备的命题，是由美国的美学家理查德·舒斯特曼提出来的。这一理论概念的重要背景是，伴随着消费社会语境的全面铺展，身体也日益成为一种消费品，成为一种消费符码。身体美学是在这样的语境中得到越来越多的关注和思考的。

总体看来，"身体"在西方的状况是，由一开始被笛卡尔提出的"理性"所控制，而转为被海德格尔发现的"存在"、尼采提出的"权力意志"所控制。身体的屡遭禁锢、不得自由，显然有着复杂的历史文化因素，即便"性解放"和"身体解放"闹得再怎么轰轰烈烈，也无法真正彻底解决问题。"性解放"的意义在于，它从反面证明，身体的不自由已经被越来越多的人所深刻体认。

比较而言，中国文化传统中的身体，显然有太多的独特性。古人关于身体的看法，其理想化的期待，最早可能始自《黄帝内经》的"形与神俱"或"形神合一"。与此同时，对于身体的禁锢也丝毫不弱："身体发肤，受之父母，不敢毁损，孝之始也。"《诗经》中已经出现若干对于女性身体美的描绘，但出于温柔敦厚的诗教理念，那些身体极少带有肉体的色彩和意味。儒道两家都极为关注身体。儒家的"修身齐家治国平天下"就是从"身"开始的。老子说得更妙："吾所以有大患者，为吾有身，及吾无身，吾有何患。"这个身首先指身体，但更包含因身体而生出的欲望与需求。后来道教将老子附会为始祖，这当然是老子所始料不及的,而道教子弟专注于长生不灭的问题,可谓实实在在地以另一种方式延续了老子的生存焦虑。

身体真正在全社会得到普遍的关注,应在汉以后。如对罗敷之美的描写,如曹植笔下的洛神之美。魏晋时期,玄言清谈,品藻人物的形貌和气度,成为一时风气。故宗白华先生在《美学散步》中说道,中国美学竟是从品藻人物开始的。然而总体来看,尽管此后的文学虽然也有对身体的表现,理论方面却似乎没有相应的发展,或者说"身体"存在的丰富性被忽略了。至"存天理,灭人欲",人的身体存在的合理性被有意加以改写。中国文化环境中缺少西方意义上的终极信仰,对身体的观照很难深入内在的灵魂层面。因此,作为一个不无极端的反叛,《金瓶梅》中出现大量对于身体及肉欲的直接表现,几乎是不可避免的。近现代以来,中国社会剧变,身体也几经沉浮。建国之后,文学中的身体往往只是一具具政治思想的躯壳,对于身体的理论探讨更是无从想象。"新时期"以来,人的非政治属性渐渐得到应有的确认和表现,但真正的改变应该是八十年代中后期尤其是九十年代以来的事情。在一大批作品当中,身体得到更为普遍的书写。然而问题也不见得减少,反而在某种程度上多了起来。例如,在许多被称为"女性主义文学"的作品中,女性作家对于女性身体的细致描绘,主观上固然不乏反叛意味;这种做法的被认可和被提倡,客观上却可能迎合了男性化的社会目光的期待。

在西方,理想化的身体标准似乎有其实在的对象,比如古希腊和文艺复兴时期的大量人体作品,而中国却没有。西方的身体美学有一整套可以依据和传承的标准,如灵/肉,身/心,理性/感性,意识/存在,等等;中国古代的典籍中虽然也有过某些并不成体系的话语,但后来是没有得到传承发展。故此,现今的中国学者用一整套西方的话语来分析中国的情形,总不能让人觉得贴切。有时候,读到某些头头是道的文章时,我不免会想到:我们怎么就突然之间有了一具西方式的、充满肉欲的、解放了的身体了呢?我们的温柔敦厚、含蓄蕴藉、不着一字尽得风流都到哪里去了呢?以我之见,西方话语和中国实际之间的不匹配,正如同白皮肤和黄皮肤一样,原本就是两架不同躯体之上的不同肤色,不可置换和等同。与此相关的是,某些源于西方学界的理论概念,在中国学者的笔下总是被误解和滥用。在这方面,学界亟待达成某些基本的共识。

身体美学是美学的一个分支,还是一个独立学科?我的看法是,身体美学其实是社会学、美学和哲学互相交叉的一个领域,但本质上应该还是美学。并非只要与身体有关的问题,就都可以纳入身体美学。不能把美学当作一个大筐,什么都往里装。那么,中国学界是否应该积极运用西方的身体美学理论话语来从事中国文学的批评和研究?我以为,对包括身体美学在内的西方理论加以译介和研究,绝对是有必要的;以西方理论来研究中国实际,却须十分谨慎。我们尤其不应满足于随手从我们的典籍中搜罗出若干相关表述,然后欣然向人展示:吾固已有之。这并不是说对我们传统文论积淀的发掘不重要,恰恰相反,我们只有全面梳理出我们传统文论中的相关范畴和可能的体系,然后才有可能与西方话语加以区别和比较,甚至可能进行"对话"。或许只有这样,我们才能真正地确认:我们原本有着与他们不尽相同的身体。过去如此,现在和将来仍然如此。

2006 年 11 月

被过度开发的边城

"路上只我一个人,背着手踱着。这一片天地好像是我的;我也像超出了平常的自己,到了另一个世界里。我爱热闹,也爱冷静;爱群居,也爱独处。"最初读到这段文字的时候,不曾悟出更多的意味。直到自己也经历了多次"只我一个人"的冥思遐想,才觉出一片属于自己的天地多么令人向往,才觉出"超出平常的自己"多么令人向往。如今看来,朱自清先生其实是在以他的方式,审慎地为读书人的心态作一画像。

细究起来,我首先得算一个爱热闹的人,不只是以前的同事、朋友和家人这么说我,我自己也常常怕落了单,怕茕茕孑立形影相吊。多数时候,我害怕孤独,愿意"随大流"一起去做某件事情。事实正是这样,我曾经跟随百万考研大军一起挤过独木桥,然后乘上了文学"研究"(观光?)这一趟旅游专列。但是,不知从什么时候起,我竟然习惯了独处,甚至觉出孤单落寞的好处。

时至今日,独处的空间和机会却是越来越少了。文学观光的专列路线日见其多,班次日见其多,交通现状也日见其拥挤和阻塞。据说,在过去的动乱年代,是难得放下一张平静的书桌;如今,在务求和平与和谐的社会,却是难得找到一块安静的角落了。不论是工作日还是休息日,也不论你是去西湖还是西藏,都是人头攒动、人满为患。中国以人口众多而著称,每次搭乘交通工具,总是能强化你这一观感。如今的趋势似乎是,越是偏僻边远之处,越是发展势头看好。于是,越来越多的偏僻之地被变成旅游胜地。日后再想寻求人迹罕至之处,恐怕只有回归老家的深山老林了,也只有在那样的处所,才能闻得自然的天籁。以我之见,在一拨一拨从某地观光回来的人群中,真正能说出一己之见的人,恐怕是极少的。大多数人只不过以自己的行动,再一次印证了旅游观光指南之类的"教科书"上已有的东西。这与文学研究好有一比:多数的人辗转奔波,似乎风尘满面劳苦功高,实则一无所获,只能再向他人转述某一印象,或者印证文学史已有之定论,仅此而已。

以其人数之众,中国似乎总有很多人"在路上",或者说跟着别人一起"上路"。以中国之幅员辽阔,也不至于让人没有安身落脚之处。然而不无讽刺意味的是,现如今可以开发的地方似乎越来越少,甚至几近于无了。许多过去渺无人烟的林荫小道,如今四处布满了现代文明社会的标志:废旧纸张、方便袋和饮料瓶,随处可见。越是悬崖峭壁,越能留下文明人的印记。地老天荒海枯石烂此情永不渝的同心锁,千人一面万口同声的"某某到此一游",俯拾皆是。于是,作为一种权宜之计,许多旅游景点所在地的相关部门,不得不挖空心思,重新开发旅游"资源",一而再再而三地增设"景点"。繁复精巧至极,斧斫刀刻亦精。其结果是,每至一处,你应接不暇地将一路景点看将下来,却不免心生疑惑:这些景观究竟是浑然天成,还是事在人为?大自然之造物,真可谓巧夺天工,即便是小小一处景点,也有如此之多的花样和机巧!这就是所谓的"皇天不负有心人"么?还是"只要用心,就能发现"?个中意味,的确值得深思。

平心而论,当前未经开发的地方实在少得可怜,而已经过度开发的地方却触目惊心,比比皆是。一如现实生活中没有一座边地小城没有生意兴隆财源茂盛的旅游业,现代文学中的《边城》也是"游人"络绎不绝。这当然只是字面意义上的简单比附和联想,而是铁的事实。随手在电子期刊网以"边城"为"篇名"搜索,自1994至2007的相关研究文章就多达六百多篇,这还不包括二十世纪九十年代之前以及未上传电子版的文章。更重要的是,对《边城》的阐释策略已经到了见缝插针的地步,从其悲剧意义、优美意境到完美形态,从其语言特色、意象氛围、情节策略到诗性美感,从道德思想、道家思想、文明反思、文化批判到生活理想,从命运感悟到人生形式,从人性到诗性再到神性,从文化美学到生命哲学,从爱情牧歌到风情民俗和民族命运,从比照到隐喻再到象征,简直无所不用其极。《边城》研究方法的更新和程度的深入,可以说是《边城》从凤凰"走向世界"的标志之一。然而,这个"走向世界"的过程也包含着被过度开发的过程。君不见,当下对《边城》的解析,已经贴上了"和谐社会"的标签,可用于分析所谓的"和谐生态",甚至直接在"音乐特色"和"第三世界的民族寓言"层面得到阐释。《边城》果真走向了世界——"第三世界"。这甚至可以让沈从文研究的先驱者凌宇先生也望尘莫及的。

《边城》里面到底写了什么?每每重读《边城》,我总是感慨于过去生活留

给沈从文先生记忆之深:

"小溪流下去,绕山岨流,约三里便汇入茶峒大河。人若过溪越小山走去,则只一里路就到了茶峒城边。溪流如弓背,山路如弓弦,故远近有了小小差异。小溪宽约廿丈,河床为大片石头作成。静静的河水即或深到一篙不能落底,却依然清澈透明,河中游鱼来去皆可以计数。小溪既为川湘来往孔道,限于财力不能搭桥,就安排了一只方头渡船。这渡船一次连人带马,约可以载二十位搭客过河,人数多时则反复来去。"

这其中最让我注意的是描述的数量化和精确化。"约三里""只一里路""宽约廿丈""一篙不能落底""二十位"等,无不暗示往昔记忆之深,仿佛作者当时就是面对着一系列可靠的统计数据写下的。作者笔下的画面竟像是"定格"一般刻在脑海深处,尽管事隔多年,仍然清晰如此。因此,《边城》首先是一个关于"记忆"的故事。人在多年之后的回忆,往往由于某种"过滤"的功能,而会染上一些"理想化"的色彩。(事实上,《长河》的写作方式与《边城》不同,"现实"色彩就浓重得多了。)因之,《边城》又是一个关于"理想"的话题。当然,《边城》中也还有悲剧,也还有民俗风情,也还有爱情和人生……不过,尽管如此,我还是眼拙得很,仍然无法从中读出什么"和谐文化""第三世界的民族寓言"之类的话题来。

现象学派强调,艺术是真理的自然呈现。这话深奥得很,对于个中奥秘,我一向是不甚了然的。我辈凡夫俗子,显然并不具备洞察"真理"的火眼金睛。我固执地认为,不是任何人都可以从任何角度去接近艺术的"真理"的,其中当有一个"度"的问题。在这个意义上,对《边城》的阐释热,正可能蕴含着过度阐释的问题。这是一座被过度开发的"边城"。

《边城》现象显示出研究界将《边城》"经典化"的趋向。"经典"当然是可以从多个角度阐释和理解的,但鉴定经典的最有效标准应该是时间。事实上,众多的"非经典"和"次经典"以至三流作家作品,都已被陆续"开发"出来,接着就是过度开发。这种被过度开发的现象,在现代文学研究中已经很普遍了。在众多文学旅游观光车的来往呼啸之下,当下的研究者空有一支生花妙笔,却无法再觅得一方类似当年"茶峒"那样的净土。每当此时,我不免就生出些杞忧:今天的《边城》、即将传诸后世的《边城》,还会是沈从文先生当年笔下的"边城"

吗？今天被谈论的其他作品、即将传诸后世的其他作品，还会是作者当年笔下的作品吗？我们的"研究"，终将通往何处？

2007年7月

书店的新旧之别

来南京以后,不知怎么逛书店的次数就少了,买书的花销却不见减少。其实这话不够准确,应该是逛旧书店的次数未见减少,逛新书店的次数却是显然减少了。个中原因,一言难以道尽。自己也从没想过要去理一理、比一比新旧书店之间究竟有何差别。

今日晚餐之后,同行王君相邀去广州路的"品雨斋"旧书店一览。我也发觉自己未去广州路久矣,遂欣然同往。在品雨斋购得汪曾祺文集之文论卷和戏曲剧本卷各一。期间又幸逢二MM,风风火火地进得店来,也在我身后的书柜边翻书,并高声谈论琐碎杂事,令人不胜其烦。以某一向怜香惜玉之心,亦忍之再三才未发作。未几,其一忽高声呼曰:"这里有没有恐怖小说啊,老板,有没有啊?"老板慢条斯理答曰:"没有。"二人遂又唏嘘不已。不知怎的,我觉得她们既然来错了地方,就该送她们一程。恰好看到旁边架上摆有《聊斋志异》,便转头向身边一位说道:"《聊斋志异》可以算作恐怖小说的。"满以为她会鄙夷一番,或是不以为然地离开,却不料她竟然微了一笑:"那个啊,已经看过恐怖电视了。"我万分惊诧于她对文艺作品体裁概念的严格界定和灵活运用,一时语塞,赶忙抽身上楼去看书了。

以上只是一小插曲而已。出得品雨斋,我们又直奔靠近校门口的"尚文书店"而去。这里专售新书,店面更为开阔,也更为气派,但我的感觉却不见得比刚才好。稍稍浏览了三联书店和商务出版社的专柜之后,我的视线集中到摆放于正中位置的促销区上。虽然终究没买下一本,但是自以为对当下出版的某类行情仍稍有了解。此处分类记之。

其一,当下文史类图书出版的热点,似乎偏爱以历史事件和历史人物为主题。常用的促销手法可以有"正说""趣谈""解剖""揭秘""全解",又有"别裁""补正""后续""品说""心解"等等,五花八门,不一而足。从"多元"和"对话"

的角度来看,有"正"就有"别",有"解"则有"品",有"补"必有"续"。其方式方法从臆断到想象,从黑幕到言情,无所不用其极,真可谓丰富多彩得无以复加。不由得你不感叹,历史真是可以任人随意打扮的小姑娘啊。只是,我们从中看到的不是国人想象力的提升和飞跃,而是蜕变和禁锢。当然,以我泱泱古国文明之源远流长与历史之卷帙浩繁,养活那么一些专事"多元化"解读历史工作的人,实在是绰绰有余的。上述名目之下,进入论说范围的可以有慈禧、太平天国,也有《庄子》《论语》《红楼》等。最让我惊讶的是,北大的孔庆东先生居然也荣列作者群之一,其大作名为"正说鲁迅"。不知他将此前那么多有关鲁迅的论著置于何地?

其二,丛书和系列也是引人注目的一项。央视打造的"百家论坛系列"图书不知已经出到了第几期,但毫无例外的是每期的封面上必然冠以"百家讲坛,坛坛都是好酒"的标语。本人对酒没有好感,故只可远观而不可亵玩焉,只好随便翻翻目录、看看所谓推荐语。这样一坛一坛嗅将下来,也早已是酒不醉人人自醉了。无奈,只能责怪自己不胜酒力了。此外,中华书局居然也以所谓的"大史记书系"加入了这个大合唱。同时,我还注意到一套所谓的"年代怀旧丛书",分卷编述1950-1980年代的中国历史。最令人侧目之处是,编者不只在某卷前言中对中国自从1958年以降的状况做出"略有曲折,但总体相当顺利"(大意如此)的乐观描述,更在每卷中以相当大的篇幅推出相应年代的"时尚",甚至为每一年打造出所谓的"年度人物"。"时尚"和"怀旧"气息实在不可谓不浓厚也,不过,读者充其量也只能止步于那些表层化的现象之外,而无法深入获得一种真切的历史感。"时尚化"在出版运作中的另一个明显表现是,一旦某出版社推出了某丛书或某书系,其他出版社必定毫不示弱地倾力打造"自己的"品牌。比如,"明朝那些事儿"一出,则立即就涌现出"帝国崩溃前夕的那些事儿""清朝的那些事儿"等等。

其三,从品牌和包装以及促销策略上看,当下的图书出版市场也可以说是百花竞放。据说我们早已进入读图时代了,其实,还不如说是一个速读时代。于是,传统的经典们纷纷披红挂绿,改头换面,粉墨登场。缩印本、彩印本、插图本层出不穷,令人防不胜防,应接不暇。比如傅译名著《艺术哲学》,就是所谓"缩印彩图本",封面上赫然印着一幅"露点"的西方名画。于一般读者而言,其

"艺术"带来的视觉冲击力和震撼力固然强烈,但是"哲学"早已化为无形。从这类书籍脏破的封皮,我们已不难见出它们受广大读者欢迎的程度。与此相对照的是,旁边台子上的康德著作,从封皮到书页都那么干净和整洁。

……

相比之下,我还是更喜欢去旧书店。因为,我在那里看到的,更多的是已经或即将沉淀下来的东西,同时又少了一些浮于表面的浮躁。但是,可以预料的是,由于学科和专业的关系,我还是会常去新书店。或许,在沉淀得过久的时候,适时地让自己浮起来,也不是坏事吧。

2007 年 7 月

历史、姑娘与豪情壮志

午后无聊,随手翻看一本名为《苦难与风流》的书(金大陆编,上海人民出版社1994年版)。该书副题为"老三届人的道路",顾名思义,乃是对"老三届人"的成长道路的集中呈现和反思。主编金先生不知何许人也(恕我孤陋寡闻),但从该书的体例安排来看,不难看出其人其时颇有几分思虑。编者以占全书近百分之六十的篇幅搜集了来自各行各业的"老三届人"的自述、自剖、自责和自省的文字("上编"),又在"下编"编选了当代中学生、大学生、青年知识分子、社会知名学者以及当年的老师们探讨"老三届现象"的文章,其多方位立体聚焦的用意是不难体察到的。

应该说,多数亲历者都采取了认真严肃的态度和方法,他们为勾勒出那个依稀模糊的"历史"面貌所付出的共同努力,多少能让读者感觉到一种真切的历史氛围、一种实实在在的历史感。他们行文的持重和谨慎,让我深深体会到"历史不是任人随意打扮的小姑娘"。美中不足的是,所收文章大都很短,尤其是看待问题的视角显得比较单一,论述也欠深入。我靠在床上翻了三分之一,就快要睡着了。

正在这时,我眼前出现了一幅插图(该书多处有插图,并配以相关的文字解说)。一个衣衫褴褛头发蓬乱的人,背负着一个巨大的十字架,艰难地匍匐前行,但是他的眼神依然倔强有力。再看旁边文字:"我们跪着,却又以为是跪在人类的一切苦难面前,绝不是因为奴性而屈膝,却又不得不跪着前行。"这段话出自郭小东先生,也即《中国知青部落》三部曲的作者。在他看来,"自卑情结和优越情结非常矛盾而又现实地交织扭结在一起",正是"老三届人"最本质也最真实的写照。我以为,如果不过分追究其中某种英雄主义式的夸张,上述描述还是十分到位的。然而,在那插图和文字旁边,我赫然发现了几行刺目的笔迹,这显然是某位读者阅读时信手"批注"其上的。坦白地说,我一向不大赞成将一己私见"镌刻"于图书馆藏书上的做法,虽然这意味着自己的看法将随着该书的被阅读而广为传布,但我却以为这是缺乏公德的一种表现。况且,并不是每一个人都能像金圣叹一样,批注他人而成就自己。面对一个连起码的公德心都不具备的人,我们能指望他对"历史"投去什么样的一瞥呢?

我擦了擦蒙眬的睡眼,仔细看清了那几行字:

"那究竟为什么要跪着呢?当时的年轻人为什么会屈膝于那群半疯的所谓的领导人的脚下呢?如果早就起来,那历史将会重新更写,不是吗?"

从其龙飞凤舞的字迹和频繁使用的问号来看,想必该读者其时是意气风发、意满志得的。或许在他的潜意识里,这种举动是在效仿金圣叹?而我以为,该读者只是"余人叹"。明眼人都不难看出,该读者首先仅将作者说的"跪着"理解成了过去时而不是现在时。实际上,作为老三届的一员,作者所谓的"跪着",是强调老三届人在当下应有的一种因负罪而忏悔的心理。我以为这是很可贵的一种看法,只是插图上的十字架恐怕有点突兀,因为我们的文化很难做到与之肌肤相亲血肉相融。既然理解的前提已经站不住脚,该读者接下来的豪言壮语就不免令人担忧了。在他挥斥方遒的语调里,对历史的惊人误会,与"重新更写"(这该怎么写呢?)历史的豪迈之情,竟然是如此奇妙地肌肤相亲血肉相融!

我真想对他说一声:同学,历史既不是小姑娘,不能任人随意装扮,它也不是一张旧书页,不能由你随意"更写"。让我们一起心平气和地面对历史、面对过来人吧。退一步说,即便历史曾是如花一般绚烂的好姑娘,我们邂逅的也只是迟暮美人。历史和苦难既已远去,风流和姑娘既已不再,豪情壮志并不顶用,倾听细察才是必须。

2007 年 9 月

赵树理这只酒杯

　　今天中午翻阅《小说选刊》2007年第10期,赫然见到这样一篇文章:《我们为什么写不好农民——以赵树理为参照谈农村题材作品创作》。急速看完,其间屡感惊愕;掩卷思之,竟是默然无语。今年已经是第二次看到类似的文章了,本想再写几千字补充一些个人意见,最终却是疲惫不堪,连反驳的意愿都消失于无形了。所以,这次只草拟一个标题,并分类抄录文中若干"精彩"片断,以供大家参考。欢迎各位发表自己的看法。

　　1."与启蒙主义历史观相系的是'写实'的乡土文学传统……在这样的文学传统中,与都市相对立的农村演化为文明的对立面,几乎承担了旧文明所有的黑暗……"

　　"与'写实'的乡土文学传统并存的,是'抒情'的乡土文学传统。它是用'美丽'遮蔽了真正的农村和农民……农村逐渐被从现实中剥离出来,逐渐被客体化。"

　　"在当代文学中,中国农民的遭遇并不比在现代文学中幸运多少:在'伤痕文学'和'反思文学'中,农民成了知识分子浇自己'块垒'的'酒杯',因而,在'伤痕文学'和'反思文学'单向度的反思中,我们看到的多是穿着农民外衣的知识分子,而不是真正的农民;在'新时期文学'中……;在'先锋文学'中……;在消费主义的文学作品中……"

　　2."在文学史上,与上述——不包含'底层写作'——漫长而灰暗的叙述相比,赵树理的创作可谓昙花一现,但却是一种璀璨的存在。即赵树理像黑暗中的一支火把,照亮了书写底层的道路。"

　　3."赵树理给我们的第一个启示就是他对农民的态度问题。"

　　"正是这种正确的态度,使赵树理像水中之水、火中之火一样,与农民打成一片……"

　　"这种丰富的积累,使他即使赶任务也能'赶'出脍炙人口的作品……"

4."赵树理给我们的第二点启示是世界观/文学观问题。"

"这新颖的世界观提供了源源不断的精神动力,推动赵树理突破现代文学沉溺于自我的局限,步入'人民文学'的殿堂。"

5."从小说内涵来看,赵树理发展了'人民文学'。"

"赵树理以一种艺术的方式强调整体的同时,也维护了个体的自由。"

6."最后,再谈谈赵树理小说的语言问题。"

"大概与鲁迅有相同的考虑,所以,赵树理格外关注文学语'方言化'和'大众化'的关系问题,并在实践的基础上,创造了以山西人民的口语为基本'音节',以现代汉语、民间文学中的词汇和我国古典文学中的词语为基本'音符'的有独特'旋律'的民族化、大众化的文学语言。这种语言朴素、晓畅、明快、风趣,既合乎全民族的、规范的、雅俗共赏的文学语言标准,又是文学创作中不可多得的'性格化'语言……"

7."我想提醒有志于书写'底层'的朋友们,由于全球资本主义的鲸吞蚕食和小农意识的浸渍侵蚀,中国农村不仅面临经济困顿的危机,而且面临组织瓦解和文化衰落的危机,但由于农业定国安民的基础作用和战略地位,我们的社会主义国家不会也不能坐视其逐渐沉沦,因而积极开展新农村建设,从经济、组织、文化等方面重塑乡土,促其涅槃。换句话说,目前,乡土中国正处于大转折的历史紧要关头,既面临着史无前例的挑战,也迎接着前所未有的机遇。因此,我们有责任以赵树理为榜样,投身到无边的现实中去,在农村汲取丰富的营养,并为之发出丰盈的歌唱。"

……

赵树理"复活"了吗?我以为没有。这类文章与其说是在"复活"赵树理(或者美其名曰继承赵树理的宝贵遗产),毋宁说是在借赵树理的酒杯——正如作者对他人的职责——浇自己心头的块垒。尤其令人不解的是,他们总是不厌其烦地复述那些陈词滥调,偏又以为自己独得一味。每谈赵树理,必定依次谈及其农民观、世界观、语言观,却从来不肯花费半点力气拿出一星半点的新意来。陈陈相因,捉襟见肘。赵树理在他们的笔下日益成为一个空洞的符号,一种抽象的能指,一根得心应手的金箍棒。赵树理在成为一个神话,同时,也正在成为一片泥淖。当然,如果仅仅是将赵树理置于云山雾罩的历史一角而不顾,这或许还只是散布迷雾弹而已。然而,这一次,他却挟着赵树理跳进了开展新农村建设和抵御全球资本主义的浪潮之中,这真让人匪夷所思了。

2007 年 10 月

短信文学与革命文学

大概是四年前,我成为一名固定的手机用户。那时,各种手机短信满天飞,内容多半是节日祝福、诈骗和笑话这三类。节日祝福所蕴含的情意不可忽视,但若文字过于讲究,就会显得做作;不讲究吧,似乎又太平淡。所以,大家对节日祝福短信的态度都有些微妙。诈骗类短信无疑最为可恨,而更可气的是,网传报载上当受骗者时时处处都有。只有笑话类短信,不容争辩地受到普遍欢迎。我有时会想,这类短信笑话,始作俑者应该是某些"有才"又有闲的人士,但是在转发和传播过程中,又汇合了许多参与者的热情,可以称之为不折不扣的"集体创作"。为什么大家的参与热情这么高呢?理由很简单,它既不想用所谓深情厚谊来博取你的感动和回报,也不想用机关陷阱来骗取你的钱财。它只想用自己的风趣、技巧甚至没心没肺的态度,或调侃或自嘲或恶搞,博君一笑。既以手机短信为传播载体,这类笑话的篇幅肯定不长。短小精巧是它们的最直观的形式特征。又因为其娱乐化、平民化的倾向,这类笑话在年轻人群体中最容易被接受、流传也最快。我有几个同学,甚至就以搜集和转发这类短信为乐。其中有一位,每天都得花上一段时间上网,专门浏览各类笑话,然后将其中的"经典佳作"弄到自己的手机里。我曾经十分荣幸地被他转发过多次,但我往往无以为报,因而至今还深感歉疚。

记得有一则短信,内容大致如下:一头饿狼夜里出来觅食,听见一处茅屋内有女人在训斥孩子:"再哭,再哭就把你扔出去喂狼!"孩子哭了一夜,狼在门外痴等了一夜。天亮了,狼含泪长叹一声:"骗子,女人都是骗子!"

饿狼也好,恶狼也罢,竟然也会有无奈的时候,而这无奈竟是拜女人所赐,又可见女人是何等令人无奈的存在。当然,我们不必去追究是谁为什么编了这条短信,也不必去在意这里的结论是否合情合理,我们只要转发、共享,然后付之一笑,轻松愉快的几分钟就过去了。记得个别女同学曾对"女人都是骗子"之说极为愤慨,但她的异议立即被其他人(包括女同学)给顶了回去:"狼的话你也能信?"

我所感兴趣的是,对狼的"人"道主义关怀与对女人的一概否定,以及对日常生活的细致观察,竟然以如此奇妙的方式结合在一起。区区几十字的篇幅,内涵倒着实不少,堪称"短信文学"。短信文学里的此类叙事性文字,几乎都是小小说。我们时常说文学被边缘化了,其实是有欠妥当的。这不,文学就在我们的手机里嘛。

在我的印象中,短信文学往往有那么点儿少儿不宜的颜色,还时常挖空心思损人——或者说,专门找那种脑子少根筋的人做"主角"。陪伴我们从小到大的小明,肯定是多次荣任过主角的;二师兄八戒也多次出现;至于那些见利忘义、没有原则底线的人,当然就更无法幸免于被挖苦和嘲笑了。有时候,打击面还挺广,比如上面那一例。怎么能够仅仅因为一头狼在一个女人那里的遭遇,就能得出"女人都是骗子"这样的结论呢?但是,你若要较真,你就 out 了。因为,抓住一点而加以无限放大,这正是娱乐时代的放大镜效应。若对此毫无所知,那显然是缺乏娱乐精神的表现,更无法做到与时俱进了。

娱乐时代的放大镜下,聚集了各种类型的人,从明星、政要到凡夫俗子,无所不包。有一则以老师为主角的短信,令我印象深刻:

一位老师不巧闯了红灯。交警突然说:"我曾是您的学生。"老师笑了:"那我可以走啦?"交警说:"不,我等这一天等了二十多年,现在罚你抄一千遍'我不该闯红灯,以后再也不犯了'。"

这当然也是一则小小说。大家在转发、传阅短信的时候,可以结合自己的经验与认识,对文中不曾涉及的人物表情、心理活动及事情的结果等加以想象性的补充,从而获得一种参与的快感。但这快感的来源显然还有另一方面,那就是假公济私对老师施加报复,还伴随着对老师形象的某种改写与颠覆。当我体会到这一点时,我愣了一愣。这倒不是说老师形象就不可以改写;老师也是有缺点和弱点的人。考虑到我们过去在各种优秀范文中见到过太多的轻伤不下火线、不顾自己的孩子而深夜外出家访的老师,如今终于见到也存有徇私舞弊、蒙混过关心理的老师,这种颠覆性的改写,虽然冲击力很大,但实在太有必要了。

因此，真正值得注意的，是对老师的挟私报复心理。这位交警小时候可能正是被这位老师罚抄过一千遍（或许还不止一次地罚抄），以致心理留下了某种阴影；这样的事实，确实应该引起广大老师对于教学的方式方法的反省。话说回来，这位同学后来之所以成为一名执法者，是不是在某种程度上也得益于他当初一旦犯错就被重罚的经历呢？我总觉得，以报复的方式去对付那位老师，是不妥的，还不如严正地依照交通法规论处。我们当然不必异口同声地赞颂所有的教师都是"人类灵魂的工程师"，但必须认识到老师是一个特殊的职业：虽说未必每一位老师都轻伤不下火线、不顾自己的孩子而深夜外出家访，但是，每一位老师必然都在不同程度地奉献自己、成就他人。

或许，这位交警的经历确实很特别，从中遭遇的伤痛也很深，那么，从心理学的宣泄与治疗方面来说，他的报复行动情有可原。但是，当一大堆人群体性地参与到报复老师的快感中的话，问题就出现了。让我们来理一理：某位教师曾经不很妥当地责罚过一名学生，该生直到步入社会仍耿耿于怀，一有机会立即假公济私地还以报复。这样的事实中显然包含双重失败。一是教育者的失败，二是执法者的失败。大家不去反省双重失败的教训，而更乐于对其中偏执的快感和趣味报以会心一笑，这无疑是没有立场的表现。没有立场，故作轻松，恰恰是全民娱乐时代的普遍性社会文化症候之一。

与老师的被改写相似，革命先烈们的形象也在被改写。曾获最高领袖亲笔题词"生的伟大，死的光荣"的刘胡兰，不知何时起，其形象也发生了改变。有一则短信是这么说的：鬼子进村扫荡，将村民们集合起来，叫嚣"是八路的站出来！"大家都下意识地后退了一步，唯有刘胡兰没动，结果刘胡兰就牺牲了。一位老汉叹道："娃是个好娃啊，就是反应慢了点。"类似的短信还有以董存瑞为主角的：敌人的机枪碉堡火力强大，吞噬了不少我军战士，严重阻碍了战斗任务的顺利推进。连长递给董存瑞一个炸药包，说是上面涂有强力胶，只需粘在碉堡底下即可将碉堡炸毁。董存瑞冒着枪林弹雨匍匐前进，摸到了碉堡下面，拿出炸药包，拉开导火索，挺身把炸药包按到了碉堡底下。接着，他愤怒地喊道："连长你是个大骗子！炸弹两面都有胶水啊！"

我承认，最初看到这类文字，我都会本能地发笑。但是，"一回生，二回熟"，我渐渐笑不出来了。如果说上面那位老师的被改写，其中还有证据确凿的报复心理作为显在的动机因素,那么,刘胡兰和董存瑞的被改写却无法找到直接的报复动机。一定要找到报复动机的话,那就只能是对革命的不满——或者,准确地说,是大家对长久以来有关革命叙述的不满。革命先烈的献身,为后人换来和平安居的日子,得到的却是后人的不满和报复,这堪称令人震撼的历史误会。我相信,不管刘胡兰和董存瑞之死的真相究竟如何,他们本身都是无辜的——在某种意义上,他们已不再是纯粹的血肉之躯,而是抽象化的符号能指。所以,造成历史误会的根源,要么就在于长久以来的革命叙述,要么就在于当下重新叙述革命的人。

先说当下的人。当下从事文学创作和阅读的人,多半是唱着《中国少年儿童队队歌》或《我们是共产主义接班人》长大的,如今却对重述乃至戏说革命表现出浓厚兴趣,这绝非突如其来。在他们的成长过程中,必定是某一阶段萌发出强烈的质疑精神和探究冲动,才使得对革命的态度由最初的全盘接受变成了最终的冷眼旁观乃至胡搅蛮缠。我不认可胡搅蛮缠,但是我赞赏质疑和探究。质疑是一种态度和立场,必须要付出实际的探究行动,才能获得一定的结果。仅仅凭着浅尝辄止的质疑态度,却不作任何探究的实质性努力,就轻快地加入到戏说革命的娱乐大合唱中去,这种做法是值得警惕的。事实证明,有很多人已经在一重又一重的大合唱中丧失了自己的声音,他们再也无法独抒己见掷地有声,而只能随波逐流滥竽充数。

再说长期以来的革命叙述如何令人不满。兹事体大,我暂时不想也没有能力写成板着面孔说理的论文。姑且就效仿周作人,做一回"文抄公",多引述,少评价,看看革命叙述曾经展现什么样的风貌,又为何令后来者对革命生了"异心"。以下所录文字均就手边书取材,勉强可分三类,依次呈现革命年代的干劲、友爱和爱情。

场景一:

王黑炭和李开泰手里端着枪,枪上上着明晃晃的刺刀,气势汹汹闯进东间。刘作谦听得民兵的声音,还故作镇静,坐在炕沿上,装着斯模大样儿抽烟,等着事情来临,其实他的内心里已经抖颤了。看见民兵进来,由不得心里一怔,焦黄了脸,嘴唇已经打着哆嗦了,说:"唔,什么事?坐下喝茶!"

王黑炭三步两步跨上去,揪住刘作谦的脖领子,说:"革命不是请客吃饭,谁喝你的臭茶？我们要专你的政,有个小地方搁放你!"

场景二:

黑色的泥土从犁头下面翻卷上来,在春天的阳光下闪烁着鱼鳞般的光亮,喷放出泥土的芳香。人们又是流泪,又是高兴。牲口多日不做活了,浑身的肌肉几乎滚起疙瘩。今天干活特别卖力,一个个把头一低一扬,前腿一弓,后腿一蹬,使出全身的力气,为贫雇农干活,不住地"嘿儿""嘿儿"地叫唤;小牛儿都瞪着眼,伸长脖子,也不示弱,噗噗地出着长气才干呢!

此为摘自梁斌《翻身记事》的两个细节。场景一中王、李二人的行动,生动形象地诠释了领袖的权威论断:"革命不是请客吃饭,不是做文章,不是绘画绣花,不能那样雅致,那样从容不迫,文质彬彬,那样温良恭俭让。革命是暴动,是一个阶级推翻一个阶级的暴烈的行动。"从中不难看出,革命年代的思维方式、表达方式都是那么与众不同,不只是翻身农民们满身革命理论气息,就连牲畜都带有特殊的阶级气味儿。

场景三:

"一年不见了,今天见面,心上挺觉高兴。流露在他们中间的,不是平常的师生、朋友的关系,是同志的友爱。他几次想把嘴唇亲在江涛的脸上,见江涛的脸颊腼腆地红起来,才犹疑着放开……"(《红旗谱》)

两个大男人之间的同志"友爱",其亲密程度竟然到了这个地步。

场景四:

生宝的心,这时已经被爱情的热火融化成水了。生宝浑身上下热烘烘的,好像改霞身体里有一种什么东西,通过她的热情的言词、聪明的表情和那只秀气的手,传到了生宝身体里来了。他感觉到陶醉、浑身舒坦和有生气,在黄堡桥头上曾经讨厌过改霞暖天擦雪花膏,那时他以为改霞变浮华了;现在他才明白,这是为他喜欢才擦的。

女人呀!女人呀!即使是不识字的闺女,在爱情生活上都是非常细心的;而男人们,一般都比较粗心。

生宝在这一霎时,心动了几动。他真想伸开强有力的臂膀,把这个对自己倾心相爱的闺女搂在怀中,亲她的嘴。但他没有这样做。第一次亲吻一个女人,这对任何正直的人,都是一件人生重大的事情啊!

共产党员的理智,在生宝身上克制了人类每每容易放纵感情的弱点。他一想:一搂抱、一亲吻,定使两人的关系急趋直转,搞得火热。今生还没有真正过过两性生活的生宝,准定一有空子,就渴望着和改霞在一块。要是在冬闲天,夜又很长,甜蜜的两性生活有什么关系?共产党员也是人嘛!但现在眨眼就是夏收和插秧的忙季。他必须拿崇高的精神来控制人类的初级本能和初级感情。……考虑到对事业的责任心和党在群众中的威信,他不能使私人生活影响事业。他没有权利任性!他是一个企图改造社会的人!(《创业史》)

场景五:

她想,一定是她的家庭,她的早年声名有些不正的妈妈,使他看不起。想到这里,她伤心地哭了,但没有出声。不知不觉,走下了山岭,他们到了一个树木依样稠密的山坡里。她只顾寻思,不提防踩在一块溜滑的青苔上,两脚一滑,身子往后边倒下,大春双手扶住她,她一转身,顺势扑在他怀里,月光映出她的苍白的脸上有些亮晶晶的泪点,他吓一跳,连忙问道:"怎么的你?好好的怎么又哭了?"

"我没有哭,我很欢喜。"她含泪地笑着,样子显得越发逗人怜爱了,情感的交流,加上身体的陡然的接触,使得他们的关系起了一个重大的质的突变,男性的庄严和少女的矜持,通通让位给一种不由自主的火热的放纵,一种对于对方的无条件的倾倒了。他用全身的气力紧紧搂住她,把她的腰子箍得她叫痛,箍得紧紧贴近自己的围身。他的宽阔的胸口感到她的柔软的胸脯的里面有一个东西在剧烈地蹦跳。她用手臂缠住他颈根,把自己发烧的脸更加挨近他的脸。一会儿,她仰起脸来,用手轻轻抚弄他的有些粗硬的短发,含笑地微带善于撒娇的少女的命令的口气,说道:

"看定我,老老实实告诉我,不许说哄人的话,你,"稍稍顿一下,她勇敢地问:"欢喜我吗?"

他回答了,但没有声音,也没有言语。在这样的时候,言语成了极无光彩,最少生趣,没有力量的多余的长物。一种销魂夺魄的、浓浓密密的、狂情泛滥的接触开始了,这种人类传统的接触,我们的天才的古典小说家英明地、冷静地、正确地描写成为:"做一个吕字。"

多好呵,四围是无边的寂静,茶子花香,混和着野草的清气,和落叶的沤味,随着小风,从四面八方,阵阵地扑来。他们的观众唯有天边的斜月。风吹得她额上的散发轻微地飘动。月映得她脸颊苍白。她闭了眼睛,尽情地享受这种又惊又喜的、梦里似的、颤栗的幸福和狂喜。而他呢,简直有一点后悔莫及了。他为什么对于她的妩媚、她的姣好、她的温存、她的温柔的心上的春天,领会得这样地迟呢?(《山乡巨变》)

作为一个共产党员,陈大春竟然丝毫没有经过严肃的思考就投入了"不由自主地火热的放纵"中去,相比梁生宝而言,其所作所为显然在党性原则上不够明确,就个人立场而言也不够坚定。但是,作为一个正常的男人,陈大春无疑更为成功。正是在这里,我们看到了他的勇猛、率真和血性;也正是在这里,我们明白了为什么村里有那么多"红花姑娘们"对他芳心暗许。

此外,如果不过分追究文中的欧化句式,我们就应该公正地说:相比其他同类小说而言,周立波的描写显然更为精细,也更为生动——最后一段尤其有说服力。我以为,就作者的描写能力而言,他实在没有必要煞费苦心地让自己笔下的人物去实践"我们天才的古典小说家"已经有过的那些英明的、冷静的、正确的描写。

2007 年 12 月

历史感在细节中沉落

——《小姨多鹤》读札

1945年,大日本帝国的战略部署遭受重创,不得不宣布投降并且从中国全面撤退,这已是众所周知的事情了。那么,作为日本在中国的巢穴——"满洲国"那里的日本家属们,会迎来什么样的命运呢? 严歌苓新近的长篇小说《小姨多鹤》(载《人民文学》)2008年第3期)就是以此为出发点的。当作者开篇即标明那个出发点时,我的眼前也就立即一亮。当然,我并不想从中去了解有关日本人大撤退的相关史实;而且,小说家也没有义务和责任去再现那段史实。小说在"序"这个部分结束之后,情势已经很分明:原属五个"大日本满洲开拓团"的村民们集体出逃之后,一路伤亡、溃散,却剩下了十几个姑娘,被当地保安团装进麻袋论斤出售。小说的主人公竹内多鹤就是其中之一。

历史不会忘记,日本人在"满洲国"十几年中的所作所为,曾经给那片黑土地上的人们留下深重的身心创痛。这也是现代中国的历史之痛。竹内多鹤被作者"挽留"下来了,而且还将在中国继续生活几十年。作者的这一决定是巧妙的,她无形中已经暗暗藏设下一个涵蕴丰富的意义空间:作为日本国"遗民"的多鹤,将背负着战败国的耻辱,来面对曾经饱尝屈辱的"满洲国"遗民们。情势突变,物是人非。设想当时的情境,多鹤将为侵华日军的胡作非为以身赎罪,还是将迎来中国人民既往不咎的宽大处理? 无论怎样,这都将是一个有着沉重的历史感和丰富的可能性的艺术空间。随着小说的进展,读者渐渐得知,多鹤被张家作为一个生育机器买下。此后,她与小环和张俭组成了一个奇特的"一夫二妻制"家庭,并且共同生活了几十年。几十年又是一个相当大的时间跨度,其间深厚的历史感不言而喻。

我这样突出强调"历史感",似乎有些先入为主地设定了一个分析的角度,似乎历史感就是用来评价一部长篇小说的最重要的尺度;其实不然。在过去相当长的一个时期中,我们文学的最高目标是追求"史诗"式的宏大品格,沉郁顿挫的历史感往往为其所必须。此后多年,我们文学的发展及成就,很大程度上就取决于对史诗情结的颠覆与反动。而到了所谓的"新历史小说"中,连"历史"本身都已经成为被解构和颠覆的对象。历史感的有无,似乎已经无关紧要了;这不能不说是一种矫枉过正。与此同时,后现代主义思潮裹挟着所谓的个人解放和重述历史的冲动,铺天盖地,席卷而来,从以往沉寂的"历史"地表之下打捞出一个又一个热点话题。直至当下,那些有关历史事件和历史人物的学术和半学术、非学术乃至不学无术的出版物,一再受到出版商和阅读者的共同青睐。其常用的行文方式从臆断到想象,从翻案到调侃,从黑幕到言情,真可谓丰富多彩得无以复加。不由得你不感叹:"历史"已然是消费时代的消费品。阐释历史者各行其是,消费历史者各取所需。

但是,文学创作不同于学术研究,文学批评亦然。不管"历史"的面貌在戏说者那里如何更迭变易,就文学而言,我们完全有必要认识到这一点:不论是矫枉过正还是保守僵化的思维模式,都不会有益于文学创作和批评的健康发展。因此,对一部作品的评价,应当、也完全可以有不同的角度。从这个意义上说,历史感的有无或者轻重,并非衡量一部长篇小说艺术成就的唯一尺度。对《小姨多鹤》的评价,也不例外。但是,我仍然想指出一点:当《小姨多鹤》设定了上述时空背景之后,不管接下来将演绎什么样的故事,它已经有力地唤起了读者对于历史感的强烈期待,这也是不言而喻的。因此,我还是想将"历史感"作为一个重要参数,借此一探整个小说的成败得失。比如以下两个细节。

1、日本村民出逃上路后,滞留在后的几个村长在村口被击毙。叙述者这样描述:

枪响来自一伙中国游击队员。这是一种性质难定的民间武装,好事坏事都干,抗日、剿匪、反共,取决于谁碍了他们的事,也取决于他们能占谁的上风。

从上述文字看来,那一伙人应该是某种自发性的非正规武装,也即"性质难定的民间武装"。不难想象,作为地方性的乌合之众,流动性大、"好汉不吃眼前亏"、占了便宜就走,正是他们的特点。他们什么都干,则明确意味着他们没有坚定的原则立场。这些,读者都能意会。但这样一来,疑惑也就来了:既然他们没有明确的立场,他们的一切行动皆以能否获益为最高准则,那么,又凭什么给

他们戴上一顶"好事坏事都干"的帽子？判断"好"与"坏"的标准又是什么？很显然,这个判断的标准只能由叙述者本人来提供。叙述者在小说中不时地露一露面,有时候发表一些个人看法,有时候交代某些相关背景,这已经为现代读者所屡见不鲜,读者也认可叙述者有这样的"自由度"。而且,这也是现代小说在叙事艺术上取得长足进展的一个重要前提。但是,这种叙事学层面上的自由度,并不能顺理成章地扩展到事理逻辑层面上。顾名思义,"游击"即意味着"打一枪换一个地方",这种战术的特点是充分利用地理优势、采用出其不意的方式展开小规模作战,与对手进行周旋——而不是"占上风"。此为叙述者的第一个疏漏。其二,正因为行事没有明确立场,他们本身的存在性质就已近于流寇游匪,叙述者让他们去"剿匪",显然也说不过去。其三,如果这些散兵游勇果真能占了谁的上风,那么不妨大胆想一想,以东北那片黑土地之广袤辽阔,不知道该有多少支这样的"游击队"了。他们要是一齐出动,而且都占了日本人的上风,又岂能容得日本人在东北恣意横行那么久？总之,对于这一伙人来说,"抗"什么、"反"什么之类的描述,显然与他们没有固定原则的行事方式不相吻合,而且也让读者感到费解。

说到底,上面所引的那一句话只不过是作者的一个小小"失误",我似乎犯不着如此斤斤计较。但以我浅见,这类看似不经意的疏忽,其实根植于一种"历史感"的欠缺和隔膜。我们不能要求一个作家面面俱到、处处周密,但是我们有理由希望,作家能以其细腻的想象和敏锐的感知,去照亮潜伏于历史深处的各个暗角。当一部小说所涉及的那些历史暗角被一一照亮时,这部小说本身也就具备了闪闪发光的可能。反之,如果一部长篇小说处理的时间跨度比较长,而偏偏又缺乏相应的历史感,那么,不管其故事情节如何引人注目,它终究不能显得雍容大度。

2、在种种世事错讹与人情冷暖之中,多鹤、小环和张俭在大陆中国一起生活了几十年。此后的大炼钢铁、文化革命等历史变故,在小说中都有所反映。多鹤跟着张俭,从北到南,从一个少女变成三个孩子的母亲(实际称呼是"小姨"),一直固执地保持着日本人的某些生活习惯:脚登木屐,见人鞠躬。同时,她好像刻意不学好汉语似的,万不得已要与旁人打交道时,也总是结结巴巴、连比带划。坦率地说,从小说的叙事时间刚刚接近"文化革命"时,我就一直在为多鹤提心吊胆,相信绝大多数读者也都如此。在那样一个深挖"阶级敌人"的时代里,不知道有多少昔日的"同志"和"战友"先后被"革命群众"们"揪"了出来,随后打倒在地,还要踏上一脚。以多鹤那样不明不白的身份以及明显的异族做派,她早就应该被"揪"出来了。然而,多鹤却一直是安然无恙的。多鹤真正遇到麻烦,是在一次偶然的日常事件之后。小说的第十四章写道,因为朱小环公然与居委会女干部们吵架、闹翻,那些干部们才出于愤怒而判给了多鹤一个莫名其妙的罪名("日本间谍竹内多鹤"),然后强迫她戴上写有罪名的白袖章,并且惩罚她进行劳动。这惩罚有些流于形式之嫌。后来,甚至小环结交的一帮小阿飞们抢着把多鹤的活儿给干了,女干部们那里仍然风平浪静。多鹤仍然安然无恙。这一切都让人难以置信。

　　多鹤是一个善良和坚韧的女子。多少年来,她一直以其不名一文的身份充当张家的生育机器和家庭保姆;她作为真正的"母亲",却只能享有"小姨"这一称呼。我相信,善良的读者们都希望多鹤过着安安宁宁的日子,不要受到任何外界干扰,尤其不要遭受无谓的打击和折磨。但是,这样轻易得来的安然无恙,并不能让我感到如释重负、心安理得。恰恰相反,我对作者处理历史事件时的不知"轻""重"深表怀疑。或许,作者想要表现的是,人的生命意志,足以战胜那个无常年代潜在的一切危机。但是这危机一直都没有得到作者应有的重视。危机本身既然没有得到有力的表现,人们赖以战胜危机的生命力也就不可能得到有力的表现。在此,作者用她的善良与同情之心,"战胜"和掩抑了历史的激烈动荡与令人不安。由此造成的后果是,小说对特殊年代的表现效果一如蜻蜓点水、浮光掠影,对于特殊境遇中的人性刻画则是轻描淡写、浅尝辄止。这不能不让读者深感遗憾。

　　事实上,整部小说就是以这种举"重"若"轻"、漫无边际的叙述方式来完成的。作者所要着力刻画的,乃是多鹤与小环这两个女人,她们以女人与生俱来的顽强、坚忍和逆来顺受扮演着各自的角色,穿越了岁月的长河,维持了一个家庭的完整和圆妥。然而,历史感的缺失和隔膜,使得这样的"穿越"显得空虚而无力。我甚至觉得,类似的故事,完全可以发生在任何年代、任何地区。作者回报这两个女人的方式,是给予她们一个类似"大团圆"的结局。如果说,历史无情地吞没了人的温情,这是一种历史暴力;那么我们也就无法否认,当温情脉脉的叙述遮蔽了历史的残酷和无情、更遮蔽了人性的丰富与深刻之时，这也是一种语言暴力。暴力凸显了，历史感也就沉落了。小说开篇即已酝酿的那个无比丰富的意义空间，也就面临着被质疑和消解的危机。

2008 年 3 月

男性作家的"女性情结"

中国的文学研究界，有意识地对作家的性别特征表现出特别的关注，并形成一种普遍范围的自觉，应该是二十世纪九十年代以后的事情，而且是一件耐人寻味的事情。人生而有性别，但性别究竟对于文学有何决定性的影响，这恐怕是一个讲不清的问题。且不说文学史上有多少温婉哀怨的清词丽句是出自虎背熊腰虬髯须眉之手，也不说多少大家闺秀小家碧玉写出了刚健豪迈英姿飒爽的诗文，单就"文学是人学"而言，研究作家性别与其文学风格之关系，这种做法就是对文学丰富性的简化和弱化。所以，我一直对"女性文学"之类的说法不大认同。但愿我这是一种偏见。

话说回来，即便我们对"文学是人学"之说深表认同，即便我们对文学应以人为表现中心深表认同，我们也无法忽略这样的事实：由男性去写女性，或者由女性去写男性，可能都很难破除由先天性别差异造成的"隔"。文学的奥秘和魅力，或许也就在这里。尽管我不是你，你也不是我，你我他各有不同，但在文字、情感及想象力铸就的审美空间中，作者创造人物、吸引读者，读者诠释人物、还原作者，这些都要以对话和交流为基础。真正有魅力的好作品，必然创设了人与人交流的开放式空间，使得我中有你、你中有我，使得你我他多方对话。时代差异不是问题，文化、地域、种族和性别差异也都不是问题。只要有心，男作家就可以写好女人，女作家也可以写好男人。

本文绝对无意写成正儿八经的学术论文，而只是拼接枯坐无聊时随意涂抹的一些片断。我所谓的男性作家的"女性情结"，意为男性作家常写女性、善写女性，尤其善写美好的女性。暂时想到了几个，欢迎大家补充。

1. 曹雪芹

中国古代的男女授受不亲，是众所周知的。但这并不能阻止文学的笔触伸入女性的心理和精神世界。比如五代的《花间集》，其抒情主人公就往往是深闺中的幽怨女性，但模式化痕迹和矫柔造作的气息浓重，不足称为"善写女性"。宋词的温婉圆润处，显然多受了花间影响，佳作有之，然而与本文的论题相切合者仍付之阙如。想来想去，古代文学中唯有曹雪芹堪当此誉。曾到红楼一游者，莫不相信曹本人就是在女儿国里长大的。

2. 王统照

曾经在创作中对"爱与美"进行过沉思与探索的一位作家。

3. 郁达夫

名士气和文人气尤重的一位。鉴于其前期多数作品所着意的，多是一个"肥白的妇人"，只是到了稍晚时，才更多地表现出对于普通女性之美的发掘能力，所以此处姑且将之视为半个。

4. 孙犁

不仅在创作中大量地展示女性的柔韧之美，更以柔韧的劲头穿越动荡的十七年文学，并在晚年岁月里尽情绽放散文之美。

5. 张弦

张弦的绝大多数小说的主人公都是女性，五十年代的习作和新时期以来的复出之作都是如此。这一现象颇可玩味。不知道他个人的生活经历究竟如何。从我个人的角度而言，我更愿意将此视为典型的女性情结的代表：执著地书写女性，发现女性之美；因发现而书写，因书写而更多地发现，如此循环往复。我相信，看过张弦的小说后，女人将会更加自信，而男人则会觉得，生活还是值得留恋的。

据我个人有限的了解，大概除了郁达夫和张弦之外，剩下三位，据说都是自小与女性耳鬓厮磨方才长大成人的。事后来看，这既是创作上的优势，也是劣势。比方说，曹雪芹笔下就从来没有过阳刚之气——我有时甚至想，今日中国的"阴盛阳衰"，或许自曹雪芹（甚至更早）时代就已经开始了呢？这样想着，还是觉得郁达夫更为正常和可爱一些。或者进一步说，男性作家要有"女性情结"的话，还是以半个为妥。对此，作家张贤亮早就明智地说过：男人的一半是女人。

2008年8月

小说家的偏见与远见

——随感三则

小说有很多种写法,也有很多种读法。小说家书写自我的经验,用文字与世界对话。小说家既是常人,也是非常之人。所以,小说家的见解未必都那么"正确"那么"伟大"。所以,小说不必都是"史诗"或"杰作",但必定反映出作者对于生活有独特和深刻的见解。所以,小说家若能用自己的经验捕捉和呈现生活的真实,那么就有可能写出真知灼见乃至远见卓识;反之,则有可能得出某些偏见。

一、虎狼风暴何时了?

近年来的文坛不可谓不热闹。"梨花体"和"废话诗"真不知是激发了广大网民关注诗歌的热情,还是毁掉了诗歌在娱乐时代的最后尊严。口水四溅的"韩白之争"和舆论哗然的"青春写作旅",似乎也在极力为文学的"轰动效应"打造最后的幻象。残酷的事实是,文学已无半点高尚、高雅、高贵的追求,不只有行乞的作家、裸体朗诵的诗人、寻求包养的诗人招摇过市,更有毫无人性的虎(《中国虎》)、狼(《狼图腾》)和藏獒(《藏獒》)横冲直撞。"文坛是个屁,谁也别装逼",韩寒的这句话固然有些偏激和意气用事,但确实指出了整体化的所谓秩序、规则正在溃散和分化的真相。

外行看热闹,内行看门道。不管你是外行还是内行,这些年来的现象,都堪称熙熙攘攘、热闹非凡。随着时间的流逝,人们未必能记住多少作品的名字和故事情节,但想必不至于忘记上述事件。而在上述事件中,"虎狼风暴"至今仍然在横行肆虐。敝人今日有幸走进先锋书店,并且第一次仔细浏览了几乎全部的书架。原本心情甚好,却不幸在最后时刻、在一个显眼的位置看见了一本名为"狼狗"的书,好像是由江苏文艺出版社出版的。江苏文艺这样的出版社竟然也开始为"狼狗"做代言,一方面固然令人可叹,另一方面也正可见出"虎狼风暴"肆虐之甚。

虎狼之师锋芒所及，大有所向披靡之势。深感当下文学萎靡不振而欢呼所谓虎狼之气者，竟不乏其人。虎狼之气如果从借喻的意义上被理解为一种积极进取、百折不挠的生存信念，或许是无可厚非的。但是，当着偌大的中国、老旧的中国尚且有诸多待解的基本问题仍然悬而未决之时，众多的作家、众多的作品却都在不分青红皂白地为"虎狼之师"呐喊助威，都在争先恐后地披着"生态文学"的外衣为弱肉强食的生存哲学鸣锣开道，这就不能不说是可叹可悲。

虽然我个人不大认同饲养宠物，但我并不反对关怀动物。人应有关怀之心，而一切有生命的存在都值得我们去关怀。但是，只要文学还是人学，就应以人的生存境遇为基本关怀。我知道，可能有人会向我要求"人道主义关怀"，要求对动物施以"博爱"，但这些都不是文学的要务。文学应反映现实，而虎狼藏獒的生存处境也是现实之一种，这可以成为文学关注它们的理由。除此之外，我找不出别的更有说服力的理由了。再者，虎狼世界里的爱恨情仇，我们真能弄得明白写得清楚吗？要求人类亲近虎狼，是要人类去体会虎狼的凶狠残暴，还是学会虎狼的弱肉强食强者为尊？我很怀疑。人类创造了悠久灿烂的文明，当然也酿就了许多悲剧及罪恶，我们不好好反躬自省自身的处境，却去向陌生的动物世界施舍所谓的博爱、寻求所谓的借鉴，这只能是文明的倒退。

还有人说了，狼群的团队精神最强，值得人类学习。我以为这是一个伪命题。这不是说团队精神不应该提倡。你可以提倡学习美国人、日本人或俄罗斯人，但无法提倡学习狼群。因为它们所生存的环境、面对的问题及交往的对象，都与人类全然不同。作家们与其挖空心思、绞尽脑汁地将自己想象成虎狼，还不如眼观鼻、鼻观心地写好自己，写好自己的生活。

个别作家因为特殊的生活经历，曾与虎狼有过亲密接触，有着"不得不说的"切身体验，或许会比其他作家写得更好。饶是如此，我依然觉得，以虎狼为"主人公"的文学，是不值得提倡的。然而，眼下似乎随处可见这样的文学。我想，无论出版商如何包装、媒体如何造势、作家如何倾诉"不得不说的"故事，这样的文学依然不是"现实主义"的文学，反而是折射出当前文学的惨淡现实以及没有主义。

当代中国向来重视和期待现实主义品格的文学，至于究竟何为现实主义的精髓,却似乎一直都没弄明白。我们曾经有过为工农兵代言的现实主义、表现重大题材的现实主义,也有过"干预生活"的现实主义,更有过"分享艰难"的现实主义,这些主义虽然无法掩盖当代文学的惨淡现实,但毕竟表现出不同程度的拥抱现实的努力。眼下,这为虎狼代言的文学,究竟要闹哪样呢?我弄不明白。我只是觉得,假如文学的世界里人烟稀少而虎狼成群,这必定是最有偏见、最不人道的文学。

谚曰:一犬吠影,百犬吠声。我等既然无力驱犬(包括虎狼及其他),且先袖手旁观,看它声嘶力竭之后,还能有何作为?

二、小说用什么写成?

麦家的小说叙事以强度和密度见长,与此相关的是不厌其烦的推理假设、周详谨慎的背景交代等,堪称绵密细致,紧追不舍。有的时候,小说行将结束,你好不容易在脑中对此前繁复的故事情节有了一个大致的梳理和把握,正想着要长吁一口气,他却有意无意地——当然也可以说是故意地——引入另一种视角的叙述,多多少少就打乱了即将定型的故事。这往往让你防不胜防,也让你不可避免地生出一种对于麦家的怨恨来。

这样的麦家就多少有些"残忍"了,他似乎完全不考虑读者的感受。但是,这也恰恰是麦家小说的妙处所在,他常常能使你感觉到自己不是在读小说。直到全部读完,你才会油然发出一声喟叹:原来小说可以这样写! 不过,他也常常使你忍不住就要回头去查看一些细节,甚至是反复推敲。这么一来,你或许就在"无意之中"发现一些可以称为"漏洞"或者"破绽"的东西;然后你进一步发现,某些漏洞或破绽于你而言并不陌生而是似曾相识;最后,你就可能有心要对麦家"敬而远之"了。

麦家在最近的《风声》中竟然宣称,其小说的写作灵感或许就来自风行一时的"杀人游戏"。作者本人在小说中不无自得地供出这类有意制造云山雾罩效果的"夫子自道",原本不大值得我们与他过于较真的。我只想简单补充一句:仅仅把写作当作"杀人游戏"来操控,作者本人固然可以运筹帷幄纵横捭阖神出鬼没杀他个天昏地暗痛快淋漓一死方休,但当作者杀掉了读者的兴趣和耐心的时候,他也就间接地杀掉了小说的美感,也杀掉了自己。

在新近的一次演讲中,麦家别出心裁地提出小说有三种写法:用头发、用心或者用大脑写作。天才们用头发写作之事不在我关注之列。麦家认为,只有具备"非凡伟大的心""才可能留下名篇佳作",旋即又指出:

但用心写作经常会出现两个极端:好的很好,差的很差,而且差的比例极高。那是因为大部分作家的心和大部分人差不多,荣辱要惊,爱恨要乱,欲望沉重,贪生怕死。相对之下,用脑写可以保证小说的基本质量,因为脑力或者说智力是有参数的,一个愚钝的人总是不大容易掌握事物的本质,分辨纵横捭阖的世相。……当我看到周围人的欲望和黑暗被无限地打开,喧嚣得连天上的云层都变厚了,地下的水都不能喝,身边的空气污浊了,我更加怀疑自己的心早已蒙羞结垢,因为无论如何我不可能比大自然更有力量。统而言之,我不信任我的心,所以我选择用大脑来写作。(麦家:《我用大脑写作》,《文学报》2008年4月17日。)

麦家对三种写法的概括,或许不无故意为之的幽默,因为演讲现场往往就需要这样的幽默。当他振振有词地谈及智力"参数"可以保证小说的质量时,相信他对自己的智力也是较为满意的。坦率地说,我对自己的智力经常不够满意,我下面这段话甚至毫无幽默感,但我还是想说:不管一个作家用什么写作(事实上,我认为好作品都必须是用心写出来的),都不应该怀疑人心、忽略人心。我们的确不可能生就一颗非凡伟大的心,但这却不能成为我们放弃对于人心的关怀和追问的理由。不仅如此,一个真正的作家,还必须时刻关怀和追问自己的内心。

三、我们这些"古代人"!

我相信,读扎米亚京的《我们》时,我们最初的那些漫不经心,会随着绵实的纸页的渐次翻动、随着妙言隽语的不断出现、随着想象力光芒的不时闪烁,突然就变成了欲罢不能。

在这本充满了奇思妙想的书中,扎米亚京——不,应该说是生活在未来的"联众国"中的 D-503 号——不无揶揄而又略带欣羡地,将此书潜在的"不知名的读者们"(也就是现在的"我们")称为"古代人"。借助"古代人"这一称谓,联众国的"号码"们显示出他们对于"我们"的超越性与承续性。扎米亚京自由地穿梭于闪光的思想鳞片中,以古鉴今或者借今讽古。比如,他可以用反讽的语气写道:

即使是古代人(当然是他们中最成熟的那些)也知道权力的来源是——力量!权利是力量的一种结果。我们自有我们的天平:一边摆的是1克,另一边摆的却是1吨!一边是"我",另一边是"我们",即联众国。所以这还不够清楚吗?在国家面前,要说我有任何"权利",这简直就像在断言1克在天平上可以与1吨抗衡!合乎情理的分配应该是这样的:"权利"由"吨"享用,"义务"让"克"承担。要想从一无所有发展到伟大,最自然而然的办法就是忘记一个人是1克,而是牢记一个人只是1吨的百万分之一!

从论及集体与个体之关系,揭示集体主义对个人主义之奴役的角度而言,这样令人震撼的文字,我此前从未有幸读到。这也是扎米亚京的《我们》区别于——也可以说是超出于——阿道司·赫胥黎的《美丽新世界》和乔治·奥威尔的《一九八四》之处。扎米亚京不只是让我们思索成为"我们"的一员较之于成为"我"有何不同,更让我们看到"联众国"与"古代世界"又有何不同。那就是:没有差异,只有一致;没有个体,只有整体;没有歧异,只有和谐。由此,在讽喻的层面上,扎米亚京试图表达这样的意图:如果我们不想成为一般精确、别无二致的联众国的数学号码,那么,就请好好地珍视我们作为"古代人"的自由吧——拥有差异、个性和歧异的自由。

关于扎米亚京此书中的"预见",已有不少人做出过评说。乔治·奥威尔就从政治性方面强调过这本书的意义。我们当然没有必要再多说什么。我只想说,假如扎米亚京之后的人们确曾在生活中无助地体会到了没有差异、没有个体、没有歧异,只有一致、只有整体、只有和谐的幸福与苦恼,那么我们就该认识到,小说是有可能表达远见卓识的。当然,小说家们不必都是扎米亚京,但必定都是像扎米亚京一样珍视自己的生活经验,才会发现隐秘的真实。

2008年10月

荒腔走板的年代

一

国庆长假期间,"甲流"与孤单将你锁闭于自己的小屋里,每日里黑白颠倒,游戏以自我娱乐,看书以自我激励,码字以自我折磨,竟不知身在何处。短衫短裤,拖鞋踢踏,出入食堂与宿舍之间,倒也清闲自在。只是,食堂电视里几乎每日都在上演大规模的庆典与晚会,那嘈杂扰攘的乐调,一旦与不远处工地上机器运转的声音相遇,就会混合成令人尴尬的催眠曲。迷离恍惚间,你的眼前总会冒出一张似曾相识的脸庞来。影像模糊而又真切,一时却又不知是谁。刚才仔细一想,竟然像是陈奂生。对了,就是他。为了制作《陈奂生上城》一课的课件,你曾花去不少时间,在网上四处搜索,企图找到一张适用的图片。最终,你惊异地发现,凡以"老农""农民""劳作"或"辛劳"为题的图片,竟都没有半点劳苦的气息,反倒是处处浸染着夸饰和做作的"审美愉悦"。这廉价的审美愉悦,终于把你引向审美疲劳。于是你想到:哦,是因为时代变了,陈奂生们也改变了么?即使没有改变,他们的存在想必也是不合时宜的吧?……你一边胡思乱想,一边东寻西找。最终,你幸运地找到了一张民工的照片。他那紧锁的双眉,似乎还黏带着些许细微的煤屑;他那沉重的神色和细密的皱纹间,浮动着无法凝结的忧郁;他那浓黑的胡须,不知是煤屑侵染的结果,还是旺盛的"原始强力"的表征。总之,他一经出现,就立刻活在了你的脑海中,盘旋游弋,挥之不去。

此刻,你又坐在电脑前,开始你日复一日的"劳作"。庆典的喧扰已不复可闻,窗外工地上的声音却又真切传来。你本能地想写点什么,思绪却纷乱起来,只好悻悻作罢。你无奈地想到:电视上反复朗诵着的诗歌,固然离你所学的文学专业更近;工地上的陈奂生们,却与你当下的心绪更近。你胡乱地想了很多,很多。你想,都说"万般皆下品,唯有读书高",可你所珍爱的、时常阅读的诗歌,怎么就成了流行音乐一般的东西?你想,都说"忧愤出诗人",而你究竟是因亲近诗歌而变得忧愤,还是因忧愤不平而求助于诗歌呢?你想,"十有九人堪白眼,百无一用是书生",这才真是道尽了读书人全部的忧愤与感伤……万般思绪奔凑而来,你突然明白,这是一个荒腔走板的年代。

二

再过几天,他就要在课堂上为学生讲"朦胧诗"了。几年前,他就认真读过《朦胧诗选》。因为对顾城和舒婷的诗有着莫名其妙的好感,所以,这些年来他一直在断断续续地读着朦胧诗。教材上相关章节的脉络和侧重点,他也早已了然于胸。那么,他这次又上网浏览有关舒婷的信息,究竟是为什么呢?是课前多做准备的良好习惯使然,还是因为想多了解一些"业外人士"对朦胧诗的看法?他自己也说不清。总之,他已经点开了搜索引擎。

他很快发现,舒婷大概是最为非文学专业读者所喜好的一位"朦胧诗"作者了。她的《致橡树》《神女峰》《双桅船》和《祖国啊,我亲爱的祖国》等诗作,几乎随时随处都有人在评说。他一边浏览,一边感慨。看来,诗歌还是有读者的,文学还是有存在的理由的。猛然间,他在一则题为"结婚多年发现丈夫竟是同性恋离婚大战争夺亲子"的新闻里发现了舒婷的名字。点开这则新闻,他读到了如下文字:"女青年舒婷(化名)婚后多次发现,丈夫江河(化名)与同性有超出正常朋友界限的不正常关系。她怀疑丈夫是同性恋,日前向法院起诉离婚。庭上,江河没有过多解释,同意离婚。昨日记者从法院获悉,法庭一审准予两人离婚……"

刹那间,他的心里起落变化,五味翻腾。他第一个反应是庆幸,庆幸这里的"舒婷"只是一个女青年的化名,而不是那个女诗人本人。再读到该女子的丈夫竟然化名为"江河"时,他禁不住震怒了。显而易见,这两个化名的同时出现,绝非巧合。撰写这则新闻的记者,很有可能就是中文专业的毕业生,至少也应该是一位关注过朦胧诗的读者。眼下,为了给新闻牵涉到的人物拟两个化名,该记者竟然将两位诗人现成的名字拿来就用了。他想,不管该记者出于何种原因而采用了这两个名字,其做法都是对诗歌和诗人的亵渎。如果读者没有看出此中的奥妙,那么,这则新闻所报道的内容当然算不上"新"——大千世界,无奇不有嘛。若是明眼人发现了该记者的命名技巧，那么，这则新闻本身也就意味深长了：在一个诗歌没落的年代，两位昔日风光一时的大诗人，以某种乔装打扮的方式，出现在鸡零狗碎的家庭纠葛之中。这是诗歌的复活吗？显然不是。这是当下的新闻记者对曾经的诗歌读者的缅怀吗？也不是。这只是借用诗人之名来博取新闻点击率的恶作剧！他恨恨地想：我情愿该记者没有读过舒婷和江河，甚至根本没有读过任何诗作！冷静下来之后，他沮丧地得出了结论：在这个年代，还有不少人在不少场合人提及诗歌，这未必能说明他们内心深处还葆有无可替代的"诗意"，却往往意味着诗歌已经成为某种可有可无的点缀品。

三

日子一天一天过去，生活波澜不惊地在预设航道上延续。耳闻目睹的诸多现象，时刻都逼迫着我去思考一个问题：在这个年代，文学有什么用？过去我们常说：文学能让人们找到心灵的慰藉；文学能让人们得到审美的愉悦；文学能让人们诗意地栖居；等等。如今，我依然相信，还是有人愿意并且能够从文学中找到心灵的慰藉，得到审美的愉悦。对于这一点，我从来都不曾有过怀疑。不过，就这个年代而言，文学似乎多了一种妙用。文学的妙用，首先不在于它寄托了多少审美的想象，保留了多少可贵的诗意，而在于它证明了我们这个年代的变形和走调。在这个荒腔走板的年代，所谓的诗意，要么就在大屏幕之上泛滥成灾，要么就在小记者笔下荡然无存——这样尴尬的事实，无法不引人深思。我们该何去何从？

在荒腔走板的年代，在没有诗意的年代，让我们写写散文，看看戏剧，读读小说。我们轻易不谈诗歌，不是因为我们已经怀疑和拒绝诗意；而是因为，只有用这种方式，才能真正守护心底的诗意。

2009年12月初稿
2014年7月改定

关于年龄的困惑

中国文化向来重视年龄与代际之分。"长幼有序,尊卑有别"之说,可谓集中体现了社会生活中最基本的伦理秩序。从"襁褓"到"孩提",从"总角"到"黄口",从"束发"到"弱冠",中国人用精妙的汉字细心地感受着岁月的流转,记录着孩子的成长。孔子的"十有五而志于学,三十而立,四十而不惑,五十而知天命,六十而耳顺,七十而从心所欲不逾矩",则将年岁增长、心性变化与生活态度、生命感悟融为一体,并将一生的光阴分解为若干似断实连的阶段性图景。圣人的感悟和教化早已流传千载深入人心,可惜的是,我的感悟还不够透彻。关于年龄的困惑,还有不少。

余生也晚,呱呱坠地之时,睁眼一看,已是1980年代。幸运的是,得了教师子弟这一便宜,又遵从笨鸟先飞之明训,早早就背了书包去上学了。上学之后,奉行勤能补拙之信条,尽力做到不留级不退学,从小学念到中学,从来没耽误过时间。中小学时代的同班同学,几乎都是"70后",从来就没有比我出生更晚的。中专时期的同学,比我大了整整四岁的,竟然不止一个。每每谈到出生年月,他们多半会睁大了眼睛说:"你怎么上学那么早啊?!"是啊,我总算"早"了一次。以前,我总觉得自己出生太晚,还求过我哥哥喊我一次"哥哥"呢。如今想想,从"起跑"和"助跑"的角度来说,父母其实足够对得起我了。

费了一些周折考上研究生之后,总算有同学比我年纪更小了,不过为数也不多。那时,我偶然结识了同届数学系的一位同学,两人时常一起去打乒乓球和台球。竞技水平相当,也算得上情投意合。恰好他也姓徐,又是脚不点地一路念上来的,我就大言不惭地要给他当哥。他当然没那么容易上当,立即对我展开了盘问。原来,我们是同一年出生的。可他还是不肯束手就擒(毕竟人家是学数学的,对数字可敏感了),又追问我的出生月份。我深不可测地一笑,说:"只要你也是这一年出生的,那就肯定得认我这个哥哥。"他终于默认了。可是,世上终究没有永恒的秘密。一个偶然的机会,他竟然发现了残酷的真相:其实

他比我的出生月份更早！更残酷的是，他一直喊我为"哥"，都连着喊了几个月了。作为变相的谢罪，我连着请他去打了好几次台球。这些都是题外话，此处按下不表。

在很长的一段时间里，由于同学和朋友们年龄都比我大，因此我对年龄也就比较敏感。这种敏感如影随形，与日俱增。我经常有一种近乎荣幸的感觉：我一直在以"后来者"的身份，参与"先行者"的活动。当然，这里面未尝就没有一点装老充大的心态，想要坚决与愣头青或时代愤青拉开距离；或许还有那么一点自命不凡的味道——我可是有故事的人。不料，研究生阶段的学习开始之后，我居然时常被人指指点点，明确地称为"80后"了。那时，一大批"80后作家"正在各类报刊媒体上崭露头角，各领风骚。某位老师也时常在课堂上提醒我们，应对"80后作家"的创作多加关注。一来二去地，包括我在内的几位"80后同学"，很快就被其他同学给区别出来：你们，都是80后！当然，他们并没有从此就虐待或歧视我们，可我总觉得不是滋味。我甚至与他们发生过争论：80后怎么啦？他们说：不怎么，反正你就是80后。我说：所有的80后都是一个样吗？他们说：反正80后就是80后。当时的争论无果而终。如今想来，当时我只是想讨一个说法：我承认自己是众多80后中的一员，但也请你们重视我作为"这一个"的特殊性啊。然而，时代的发展从来是不以个人意志为转移的，更何况我辈人微言轻。在"80后作家"的身后，"80后官员""80后企业家""80后评论家"等也纷纷走上了台面。我吃了一惊。我一直以为，只有我才是斤斤计较于那么一点点的早晚之分和先后之别的。从什么时候开始，全社会的媒体和公众都对年龄这么敏感了？莫非大家都在骨子里认同了张爱玲"成名要趁早"的论断？

我觉得，有必要冷静地思考一些问题了。按说，以中国社会对年龄和代际之分的重视，才二十余岁的年轻人，是不可能轻易就被推上台面的。不管在哪个行业哪个领域，你不吃苦熬上几年，都是不可能熬出头的。天纵奇才或少年得志者固然有之，但毕竟极少。只有你熬了，苦了，才会具备相应的资历，才会被认可，被推举出来。即便如此，各个行业、各个领域的等级秩序及话语权，也仍然是由资深的"老人"们所掌控。就连最标榜自由、个性和创造力的艺术界，也不会忘记为成名的诗人和导演们贴上"第三代诗人"和"第五代导演"之类的身份标签。眼下,几乎全社会的人都在谈论"80后"的成长和成绩,其中固然不乏年长者对后来人的关爱之情和期待之心,但必定还有其他原因。我以为,这原因就是:生活节奏的加快和社会竞争的加剧带来的危机感,使先行者们不得不意识到,后来者成长得太快了。当然,这也怪不得先行者,而是事出有因。就当前冒出头来的这批年轻人来说,他们生在改革开放之后,长在和平发展年代;他们此前未必得到过自由成长的空间,但一定不缺乏快速成长的机会。从小到大,各种强化班、特长班、训练班,不断地催促他们前进的脚步:要快,要快!不能输在起跑线上!后来,他们总算没有辜负家长的期望,顺利或提前冲过了终点线。他们很快进入了社会。他们希望自己能独当一面。他们要求发出自己的声音。这个日新月异的年代,给他们提供了一些过去无法想象的机会。这个年代异常发达的媒体资讯,更是适时地捕捉到了他们的存在和出现。而且,"80后"所具备的活力、创造性和可能性,也十分契合于喜新厌旧的媒体对于新奇景观的想象与期待。这样一来,"80后"就经常群体性地出现于媒体报道之中,并逐渐成为时刻挂在所有公众嘴边的普通名词。

我觉得自己好像想明白了。"80后"其实只是"二十多岁"、"相对较为年轻"等含义的代名词,不值得大惊小怪。况且,每个时代都有二十多岁、相对较为年轻的人。所以,我强迫自己放下对年龄的耿耿于怀。我对自己说,我只需要把自己该做的事情做好。于是,我花更多的时间去关注文学。我没有料到,文学,竟然也有年龄了。那些年的文学界,不仅时常谈论"80后作家",还溯流而上,找出了"70后作家"。"60后作家"的说法似乎极为少见,但早些年被评论家们命名的"晚生代作家"或"新生代作家",主要就是用于指称"60后作家"。我又困惑了。作家创作的风格特色及成败得失,真的就与其出生年代有着必然的关联吗?这困惑一直伴随着我读完研究生。

后来这些年,我偶尔也会想到文学与年龄的关系。我想,从作家的年龄或出生年代去探讨其作品风格,或许有某种合理性。文学与年龄之间,的确存在一定的关联。文学需要年龄,需要随着年龄增长而获得的生活阅历和生命感悟;对作家和读者来说,都是如此。或许,我们可以将某个时期的作家群体大致区分为老中青三代。但是,这样做的意义并不大,有效性也很有限。没有人能够给出青年与中年、中年与老年之间的明确界限,倒是时常有"中青年""中老年"之类模棱两可的说法。君不见,如今很多领导干部和艺术家,由于"政治生命"或"艺术生命"很旺盛,迟迟都没有从"中青年"迈入"中老年"呢。再者,生活阅历的多少和生命感悟的深浅,未必就与年龄的大小成正比。即使是同一年代出生的不同作家,各人的生活阅历和生命感悟之间也不能画上等号。文学创作的风格特色,还取决于作家的学养和悟性,取决于作家对文学功用的理解,取决于作家当下所处的社会情势等隐性因素。因此,对作家风格特色的把握与命名,不能仅仅满足于贴上年龄标签。这种做法固然是对其出生事实的尊重,但更是对其创作特性的忽视。譬如,鲁迅出生于1881年,胡适出生于1891年,郭沫若出生于1892年,但没有人将鲁迅称为"80后作家",将胡和郭称为"90后作家"。而且,即便没有年龄的标签,也不妨碍人们对以上三位进行深入的研究和多角度的比较。

近几年,"80后"的光环逐渐褪去,"90后"则以比当年的"80后"更快的速度、更多样的方式,出现在公众的面前和口中。我不知道,为什么大家还是对年龄和代际那么敏感?原本我以为,自己已经将个中原因弄得很清楚,可是现在竟然又有些困惑了。莫非真如孔子所说,要到四十才会不惑?

2011年10月

挑剔文字

一、"关于我们"

某日,无意中看到某图书有限公司的网站,其中"关于我们"一栏有如下内容:

公司致立于为全国大中专院校,中小学及社会图书馆,提供图书采购、配送及图书数据加工服务为主的专业机构单位。并兼营特价书批发。

与全国多家出版社建立了长期稳定的合作关系,品种齐全,优惠的价格,快捷的储运并定期为客户提供更新书目信息,可完全满足客户产品需求。现业务已遍及全国多个省,并在教育界赢得了良好的声誉。(发行扣率均可根据市场惯例来定)

公司秉承"以书会友,双向服务,传播知识,回报社会,少花钱、多买书、买好书"的经营理念,定位于为图书馆提供全面服务,深挖图书资源,打造全新的图书文化交流平台,坚持"专业,诚信,规范"的服务品质。并向全国各地诚征代理商。

欢迎各学校企事业单位和各界朋友来人来电洽谈。

看过之后,深感错愕。我反复地想:那一堆半通不通、"文白夹杂"、"雅俗共赏",甚至连标点符号都不会用、错别字也不能免除的"关于我们",究竟会为"我们"勾勒出一副怎样的面目?另外,不知道客户们看过之后,会不会对"我们"生出一种敬而远之的心理?或者是觉得有机可乘从而大喜过望的心理?

末了,忍不住套用其中的一个"句式":

欢迎各学校企事业单位和各界朋友留言留语评论。

二、可怕的"特别"

一天,我在汉林饭店吃晚饭。面前的电视刚好播放一档新闻法制类节目。当我竖起耳朵抬起眼睛表示关注时,节目已近尾声。只听得主持人大致有这么一段总结:

小魏的轻信给他带来了惨重的损失。照理来说,工程项目是大规模投资,本来应该谨慎从事的。可是小魏强调,因为对方是他的同学,所以他才相信了对方……我们在这里要提醒大家:进行大规模投资的时候,一定要对合作方有充分的调查,特别是对自己的亲朋好友、同事同学,尤其需要警惕……

下面说的什么,我不大记得了,也不大紧要。我听了上面那最后两句时,立马想到,"特别"一词是否欠妥呢?是不是可以改为"哪怕是……也需要……",以使文理更为通畅?不过转念一想,改成"哪怕是对自己的亲朋好友、同事同学,也需要警惕",这一句话中所包含的信息,也足够让人觉得可怕了。亲朋好友同事同学皆已不足信,唯有冷冰冰的电视机,才是我们可以始终信任的对象!果真如此,我们当然很不幸,因为生在如此一个人人自危的社会。但幸运的是,我们还可以与电视终日厮守!

记住发生的事情并从中吸取教训,当然很有必要;只要不是缺心眼儿,我们应该都不乏这种意识。但就一档新闻栏目而言,当它试图由节目内容而生出强烈的劝世教化意图时,我以为,它已经逾越了此类节目的职责权限。退一步说,就算你真要大发一番"警世通言",你也先得注意一下自己的遣词造句吧。作为一个很少看电视的人,我很同情那些经常收看电视——特别是经常看如上节目的人。因为,我很不乐意看到和听到诸如此类的可怕的"特别"事件。它实在"特别"得可怕。

三、屈原来到现场

批阅作文总是辛苦的。好在批阅过程中总有那么一些"闪光点",能让你不经意间眼前一亮,甚至发出一笑。

譬如,张冠李戴和错别字未必就全是坏事,有时反倒生出些别样的趣味来——虽然这趣味基本无助于提高作文的得分,但显然能在很大程度上调节改卷老师的情绪。以下略举数例。

1."当年的屈原,忍受宫刑的苦痛,最终却完成了《史记》……"

老师甲慨叹:好你个家伙,屈原就这么被你的笔给宫刑了!他要是地下有知的话……

老师乙凑趣:我情愿你写的是岳不群忍受苦痛,最终练成了《葵花宝典》!

2."文天祥的母亲为了教育他,在他背上刺下精忠报国几个字……"

老师甲:岳飞将情何以堪?

老师乙:这位同学真是愧对青史,有必要补考历史!

老师丙:文天祥被刺字又算什么?想想屈原的遭遇吧!

老师丁:就是就是,与屈原的憋屈相比,一切都是浮云!

3."路漫漫其修远兮,吾将上下而求锁……"

老师甲:不知屈原要锁做什么用?

老师乙:这样也行?

老师丙:屈原时代应该只有"索"而没有"锁"吧?

4."某某贪官任职期间,贪污受秽……"

老师甲:错也要错得有创意!

老师乙:你别说,还真挺形象!

老师丙:形象是形象,就不知道究竟该怎么个受法……

5."五代时期的范蠡……"

老师甲:又见张冠李戴!

老师乙:这不典型的穿越么?

老师丙:想想屈原吧,神马都是浮云!

……

如此这般,不胜枚举。那就到此为止吧,屈原莫明其妙陪了我们这么久,该把他送走了。

突然想起某同学的作文结尾是这么写的:"总而言之……言而总之……总之……"明眼人不难看出,该同学一门心思专注于凑满限定的八百字,其情可感,其状可悯。只是所用手段确乎也有些过分了。我满以为,屈原这次该不会再出现了,岂料不然。君若不信,请听改卷老师的悲愤之词:"真是岂有此理!比宫刑了屈原的同学还要可恶!……"

四、作文的"理性"

最近机缘巧合,认真读了不少以"理性地看待社会热点问题"为主旨的文章。作者都是大学生。印象最深的是,大多数人要么空谈"理性的重要性"、"我们需要理性",要么就是同义反复兜圈子,绕来绕去还是没讲清楚应该如何理性地看问题。其中最让人哭笑不得的是如下的行文逻辑:理性很重要——我们怎样保持理性呢——这就要求我们应该理性地看问题……

一开始,我很难对这种貌似讲求逻辑、实际毫无逻辑可言的文章保持淡定。后来看得多了,也就渐渐能 hold 住了。hold 住之后,平心静气,冷眼旁观,隔岸观火,去留随意,宠辱不惊,反而能忘了逻辑,而在阅读中发现很多趣味。此处仅举三例。

其一,错别字容易错出创意。

比如,"洞车"显然比"动车"更能让人眼前一亮。因为,所有的车都会动,但不是所有的车都像中国的那类车一样,时常要钻山洞。故而名之为"洞车"再妙不过了。

再如,谴责当下很多人道德沦丧时,用上"见死不就",其大义凛然、义正词严之态瞬间就跃然纸上了。不难想象,一旦大家都能做到见死即就,都能做到英勇献身、舍生取义,"神马"道德沦丧、良知泯灭的情形,就都只能是浮云了,于我何有哉?总之,谴责他人"见死不就"比谴责他人"见死不救",显然更有大无畏的献身精神,更能占据道德的制高点。

其二,取标题真难取出新意。

文章既要谈"理性",也就难免有很多人联系到"感性""辩证""哲学"乃至"合理""合适""和谐"等等。偶尔也有循循善诱小心设问的,比如,"今天,你理性了吗?""你听说过理性吗?"在这些几乎千篇一律的标题的海洋中,有一篇文章顶着奇特的帽子,浮出了水面:"理我所欲也,性亦我所欲也!"大家千万不要指望从中读到你想读到的奇思怪谈。事实证明,这位论者不过是想玩儿一把类似"鱼我所欲也,熊掌亦我所欲也"的辩证游戏而已。不论结果如何,这位论者至少"成功地"给读者留下了难以磨灭的印象。

其三,举例子有必要变成想例子吗?

谈社会"热点"问题,若想举例为证,你永远都不会觉得捉襟见肘。我曾经说过,我国之地大物博、人多"事"众,有力地确保了新闻行业发展势头的长盛不衰。确实,你随便一想、随便一看,到处都是沸沸扬扬、众说纷纭,到处都可以被论者"理性"的眼光加以探测和分析。总之,举例子,太容易了!但是,当大家都在谈论"小悦悦事件"所显示的理性与非理性、明哲自保与见义勇为等问题的时候,有位仁兄冷不丁地举出了一个有力的反例。其大意如下:

张三有一天去菜市场,发现很多人在围观某事。于是他挤进人群一看。原来是他父亲晕倒在地上。张三正因为理性地看待问题,没有见死不救的念头,从而成功地挽救了他的父亲……

看过之后,我久久无语。我只想再问一句,写作文究竟需要什么样的理性?

2011 年 11 月

无网不在枷锁之中

某日随意翻检旧物整理电脑,不经意间瞥见一则学生旧作,题为"论网络语言的特征"。于是略一琢磨,年来岁去,萌生滋长于网络之俗语新词何其多也,细致深入阐析其特征者则确乎罕见。窃以为,与其人云亦云泛泛而谈亦步亦趋步人后尘,不如自说自话我行我素独辟蹊径独出心裁。与其不明就里囫囵吞枣,不如循序渐进举一反三。依某之浅见,网络风行十余载,新词新物之发生创造何其多也,而发扬光大者终究不多。"呵呵"便是其中一例。连日看书备课,紧张、单调、无聊、烦闷,遂拟出所谓研究提纲者一份,无关宏旨要义,纯属悦己娱人。不敢敝帚自珍,仅供看官一哂。

一、"呵呵"使用频率之高、交际用途之广;

二、"呵呵"使用语境与具体内涵;

三、"呵呵"之语义学溯源与流变;

四、"呵呵"泛滥之意味与弊病;

五、由"呵呵"而论网络习语之冲击力与发展前景。

以上是我去年9月份在空间里贴出的一篇日志,题为《论"呵呵"(一份研究提纲)》。实际上,我对语义学、语用学之类并无涉猎,更不知语言学研究的热点或趋向是什么。我只是本能地觉得,笼统而含糊地谈论网络语言的特征,是很难得出一己之见的。其结果要么是流于空谈理论,要么就是被大量的举例所淹没。于是我就半开玩笑半认真地拟了一份所谓提纲。不难想象,以我对于语言学的外行,再加我习惯性的懒惰,这份提纲只会以瘦骨嶙峋的枝干形象存在着,而不会长出红花绿叶来。至于当时言之凿凿的"下期预告"(《论"亲"》),则更是无疾而终。可见,懒惰之于我,已经是习惯成自然了。

最近,一篇题为《网络会话中"呵呵"的功能研究》的硕士学位论文引起了网友们的关注和热议。很多网站都登载了这篇论文的封面。封面上显示,论文的作者是华东师大2012届的一名毕业生。一篇"社会语言学"专业的学位论文,竟然引起了"网络水军"们的热议,这样的情形实为罕见。我相信,真有兴趣进一步去阅读全文的人,是为数极少的——我也没有这样的兴趣和勇气。或许,我对这篇论文的感情应该比其他人来得特殊一些:人家毕竟是完成了我不可能完成的任务。但是我依然没有找来全文认真学习一番,可见我的懒惰真是不可救药了。

不过,我还是注意到了以下相关事实:第一,据专业人士解释,对网络流行语进行单个的深入研究,在近些年并不罕见。厦门大学的某教授,曾就此篇论文接受了记者采访,从专业角度发表了见解。也就是说,这个选题并不值得大惊小怪。第二,许多非专业人士,看到这个论文选题之后,第一反应就是发出一声"呵呵"。至于对这个选题评头品足、大加褒贬甚至借题发挥的,也不乏其人。这样一来,就出现了一个耐人寻味的现象:已经得到专业人士首肯和点评的论题,却在非专业人士那里被妄加评议、小题大做。那么,究竟是谁赋予了非专业人士以这样的兴趣、勇气以及权利?我想来想去,只找出了一个最有说服力的因素:网络空间。网络空间似乎许诺了自由发言的权利。

网络的出现可以追溯到很远,而网络走进国人的日常生活并在其中占据重要位置,却是近十来年的事情。随着电脑应用的普及和移动通信技术的发展,随时随地、随心所欲地上网已经不再是梦想。人们看新闻、聊天、读书和办公,都离不了网络。而在2000年以前,在不发达的内地省份,网络的应用并不多见。那时候,除了极少数人能够享用单位提供的上网便利,大多数人都只能去网吧。那时颇流行"网上冲浪"的说法,说是冲浪,实际上与亲临大海驾风御浪的痛快相差甚远。由于搜索引擎不够发达,或者说由于使用搜索引擎的能力和意识还普遍很弱,故而人们只能随身携带手抄本(上面密密麻麻地记着自己想去"冲浪"的网址链接)去上网,这是第一个不痛快。第二个不痛快,则是当时的杀毒技术似乎不够发达,你冲着冲着就被病毒给卡住了。第三个不痛快,就是当时的网络技术不发达,网速普遍很慢,你想冲也冲不起来。第四个不痛快,是当时可以去冲浪的地方实在太少。好在情况很快就发生了变化:搜索引擎得到了推广和使用,网络带宽有了提高,网络新游戏也是层出不穷。而最重要的变化,就是网络聊天软件和网络论坛(BBS)功能的日渐完善。这些软件和论坛刚刚问世的时候,其面孔和功能难免让人感到陌生。越是陌生,就越是令人好奇;而年轻人从来就不缺乏探索陌生新奇世界的热情。由此,聊天软件和论坛的技术功能发展得更为迅猛,网民人数也逐年递增。有时我甚至会想,与其说是聊天软件和各大论坛创造了大规模的网络水军,还不如说是广大网民推动了聊天软件和论坛功能的快速发展。

迄今为止,中国以远超世界其他各国的网民数量和规模,将"交互网络"(Internet)的精髓展现得淋漓尽致。无所事事地在网上"互动"的人越来越多。他们可以发帖,可以献花,可以拍砖,可以灌水,可以浇花,也可以点赞,可以挽尊,可以打酱油,可以不明真相地围观。不过,保持沉默的人毕竟是极少数。来都来了,总要留下个痕迹吧——最少,也可以说上一声"我就看看,我不说话"。网络空间不仅创造了前所未有的参与热情,似乎也许诺了前所未有的自由度。让你顺眼的人和事,你可以对其倾尽赞美之词,甚至罔顾事实私心偏袒;让你不爽的,则可以随意指责肆意唾骂,甚至动辄问候别人全家。重要的是,别人根本不会知道你是谁。你可以在网上随意发言,而不必顾忌现实中的冷眼、白眼、红眼或青眼,更不必为人张狂、四面树敌而被揍得鼻青脸肿、遍体鳞伤之虞。

网络也创造了另一个奇迹:使人的两面性或复杂性充分释放出来。耐人寻味的是,许多在网上破口大骂或装拽炫酷的人,现实中都是平凡普通之辈——还有可能是谦谦君子。当然,也有许多原本再普通不过的人,在网上待得久了,很快变成了现实中的装拽炫酷之辈。交互网络的"交互"一面,在这里也得到了直观的体现。

不知道是否有人对网络一词中的"网"产生过联想。我时常感慨,这个命名(翻译)实在是太精妙了。汉语里的"网"最初是人们用来捕获鸟兽的实体工具,这种工具的发明和这个汉字的创造,都堪称伟大的历史事件。如今,随着科技的进步,人们创造了虚拟的网,却又被这天罗地网所网罗。已经有太多太多的人离不开网络,离不开网络带来的虚拟的快感和放任的自由,却不重视网络对我们的束缚力和反作用。以我之见,网络空间上无穷无尽的链接,固然提供了多种多样的可能,但也构成了实实在在的牵扯。我并不反对网络的应用,也不否认网络蕴藏着无比丰富的信息和五彩缤纷的可能。但同样不可否认的是,人在网络空间中极易迷失自我。勒庞在《乌合之众》中发表过极为精辟和令人震惊的见解:"孤立的他可能是个有教养的个人,但在群体中他却变成了野蛮人——即一个行为受本能支配的动物。他表现得身不由己,残暴而狂热,也表现出原始人的热情和英雄主义,和原始人更为相似的是,他甘心让自己被各种言辞和形象所打动,而组成群体的人在孤立存在时,这些言辞和形象根本不会产生任何影响。"还有很多时候,你迟迟没有找到自己最想要的信息,却屡屡被无关的信息所淹没。所谓的"五色令人目盲",或许可以借用于此。所以,我认为,自由冲浪在本质上是不可能的。当然,本来就没有绝对的自由可言。卢梭说得好:人生而自由,却无往不在枷锁之中。我想说的是,人在网络中尤其不自由。也就是说,无网不在枷锁之中。

2013 年 8 月

细节的抗拒力
——略说《移民》

陈希我的新作《移民》一出，颇有人将之纳入"移民文学"的范畴来讨论。的确，这部作品不仅题为"移民"，所写内容也大量涉及移民生活。但我记得，在中国学界，"移民文学"往往被用于指称移民海外的中国作家的文学创作——尽管这些作品的题材未必都涉及移民。所以，此前的"移民文学"在指称上固然是失之笼统，当下用以指称陈希我的这部作品，也还是缺乏针对性和有效性。"移民文学"之说成立的重要前提，应该是一个作家移民之后的创作，与其移民之前的创作确有本质不同。既然陈希我尚未移民，我们就不好硬拿移民文学来说事。如果一定要说，那么我以为，陈希我的留学经历，以及他对于移民现象的关注与思考，客观上可能形成了一种独特的移民视角。他总是自觉地从文化的角度去透视移民者的生活与心态。这似乎可以称为"文化移民"的叙事视角。

《移民》引起大家关注和讨论的另一个原因，是它同时也对近些年来中国内地的发展形势做了大量描绘。小说以主人公陈千红作为个体商人的经营为主线，带出了政府官员、房地产商等焦点人物，在叙述中灌注了对中国政治、经济、文化的批判性思考。于是，有人欢呼陈希我终于走出了过去的写作路数，终于表现出了"批判现实主义"作家的正义感。我倒不认为小说家必定担负着揭示现实病因和症结的任务。小说当然可以批判现实，但不是必须要批判现实。或者说，批判现实乃是小说家把握现实的一种方式，而非全部方式。巴尔扎克式的批判现实主义，也只是提供了把握现实的一种方式、一种可能。《移民》确实触及了近二十年来经济发展、社会变迁中的某些问题，但我还是觉得，小说中文化比照的"移民视角"还是大于现实观照的"批判视角"。

阅读《移民》，我时常禁不住品味细节。这部小说之所以不能被简单地视作"移民文学"或"批判现实主义文学"，就因为其中的诸多细节，时常会引起我对陈希我小说来路的回顾。如果忽视了这些细节的"来历"和"去向",就无法体会到陈希我创作的独特性,更无法体会到陈希我一以贯之的努力。我甚至觉得,正是这些细节的存在,使得陈希我避免成为"移民文学"或"批判现实主义文学"的代表者。

读《移民》时,我常想起此前的《大势》。两部作品之间有不少"共享"的细节。比如,小说中的"蛇头"王国民和林家举的形象就非常接近。再如,"阵地"和"中国城"里面的中国人总是随意堆放鞋子,从玄关堆到楼梯口;两部作品在这方面的描写十分相近。还有,两部作品都写到"六铺席"房间里的男女混住,仅用一块大被单悬在中间以示分隔。王女娲进入"阵地"与陈千红闯入"中国城",前者与王国民、后者与林金座的关系,相关描写也多有相似之处。就连筑地市场寒冷夜晚的烤火与闲谈,这一细节也都出现在两部作品中。令我感触最深的是,身在日本的中国人按照中国地方习俗来准备婚礼。不管陈希我留学日本时是否有过这方面的亲身见闻,他在小说中叙述这类事件的兴趣,都足以说明,他对中国人的生活方式和个性特点,始终都是念念不忘的。越是身在异国他乡,就越是要讲究;越要讲究,就越无法满足心愿。结果,就只能步步退让,处处将就。中国人的好面子和无原则,通过异国操办婚事的细节,显现无遗。中国人吃苦耐劳乃至逆来顺受的品性,中国人迅速适应哪怕再恶劣的环境的能力,也在这里显现无遗。值得注意的是,陈希我对这类事件及其细节的描写,基本不会引发文人的怀乡病,也无意于传达文化的乡愁。也就是说,这类细节实实在在地存在着,却又明明白白地抗拒着,抗拒你将它们纳入传统观察视野的意图。

陈希我的性描写,似乎向来为人所诟病。这也是陈希我作为一个另类的"抗拒者"的重要武器。在很多论者的眼中,陈希我经常刻意地写性,而且多写非常态的性。我也有这感受。问题的关键在于:第一,他的"刻意"里究竟是些什么内容? 第二,是不是作品写了非常态的性,这个作家也就不正常了? 我读《移民》的感受是,陈希我确实是在刻意地写性。但这"刻意",并不是以露骨的身体描写为内容。相比于二十世纪九十年代以来的某些"身体叙事",甚至相比于他自己此前的某些作品,《移民》的"性描写"已经"收敛"了很多。这部小说在女主人公的身上探讨了性关系的多种可能性,而这多种可能性最终又可归结为陈希我的独特性。

陈千红之与林金座，是在青春的懵懂、好奇、相互侵犯中陡然遭遇了性，这个过程看似突兀，但有其必然性。与渡边太郎的性，则是由于对方真正欣赏自己的美，由被赏识被宠爱而感激而无法拒绝对方的索求，在陈千红这里也是可以理解的。但是，渡边对于陈千红的欣赏和占有，其中无法排除日本男人对于中国女人的殖民式的想象。在这里，陈希我的性描写呈现了相当的复杂性。可以说，性描写在他这里总是试图超越纯粹的身体表象，从而成为一种复杂的话语策略。再如陈千红与林飘洋的"性场景"中，小说通过两人的肢体动作，较好地揭示了复杂微妙而变化多端的心理动态。陈由感激、怜悯而无法拒绝而只能施舍，林由唐突、意外而被动接受而爱恨交加，此中误会与真相的纠葛，无不显现着作者借助性去探究复杂人性的努力。总体上，我觉得陈希我的性描写是他的一种话语策略，他一方面为"性"松绑，不像卫道士般对之讳莫如深，另一方面又给"性"捆绑了很多其他的东西。因此，陈希我的做法就带上了反抗的味道：他反对将性视为禁区视若畏途，又反对将性写如家常便饭稀松平常。

如果说独特的小说家总是难以被贴上单一的标签，那么陈希我显然具备了成为独特的小说家的充足理由。因为，他时时都在以丰富、饱满的细节，抗拒着被同一化、被简单化的潜在威胁。

2013 年 12 月

与史铁生相遇

一

自2003年考上硕士研究生起,我的专业就一直是"中国现当代文学"了。可越是往后,我就越是自惭学得很不够"专业",有时还怀疑自己走错了路。但错已铸成,悔之晚矣。有时,同行的朋友之间还相互打趣:"真是男怕入错行啊!"那么,将错就错吧,尽量多读书多思考,以争取少犯别的错。打定了这样的主意,我就浑浑噩噩地一路走了下来。

记得两年前,有位同学问我"最喜爱哪位作家"。我回答说:"曾经有过,但现在好像没有特别喜欢的了。"该同学大为惊讶:"老师,怎么会这样呢?"我有些支吾:"我大概患上某种'职业病'了吧。读哪个作家都一样。"这的确是真的。不知从什么时候开始,阅读的眼光和视角已经改变了,那种感悟式的、漫无边际的、纯粹的阅读乐趣,已经被某种自觉的"研究"立场和明确的"目的"意识所取代。那些曾经有过的不求回报的阅读激情,已被合乎理性的"专业素养"所驱逐。无所谓热情,也无所谓厌倦,这大概就是"浑浑噩噩"了吧。

直到去年底,有位同学在微博上气势逼人地问道:"老师,你为什么选择研究现当代文学?你研究它的目的是什么?"我不由得吃了一惊,情绪也有些波动起来。静下心来一想,是不是他说"现当代的文学实在是不入流",让我出离了愤怒?不是。我可以不认同他的观点,但应该认可他发表观点的权利。是不是他近于"审问动机"的问法,太过直接,让我接受不了?有那么一点。但他只是对现当代文学没有好感,对我却没有恶意,这实在也不值得生气。看来,真正让我吃惊的原因是,他提出了一个我一直没有认真思考过的问题。这让我感到猝不及防,甚至感到有些棘手。我想了想,答道:"我之所以'研究'现当代文学,有偶然也有非偶然的因素。'目的'却越来越不清楚。"

这个回答当然不是敷衍了事,但确实有些含糊其词。可是,当时我自己都

没想清楚,又怎么能信口开河夸夸其谈呢。这几天有点时间,我就细细琢磨了一下。我之所以与现当代文学结缘,实在说不上是要"研究"它。2003年9月之前,我已经有了将近五年的工作经历,先后扮演过技术工人、下岗工人、代课教师及正式教师等角色,期间辗转流离,一门心思就想着通过考研,过上更稳定的生活,简直就是慌不择路、饥不择食,哪里谈得上要气定神闲、好整以暇地"研究"什么呢?后来这几年,学着人家的样儿,板着脸儿写过几篇"论文",也未必就能把谁给"研究"清楚了。不过,从眼下工作岗位的职责和个人的愿望来说,我倒真希望自己今后能专心致志地从事一些有意义的研究工作。

至于"为什么选择现当代文学",考虑到提问的同学对于古代文学情有独钟,这个问题其实可以理解为"为什么没有选择古代文学或外国文学?"实话说,我在报考研究生之前,也粗略地读过一些外国文学名著。记忆犹新的是,因为手头拮据,我站在新华书店里读完了莫泊桑的《漂亮朋友》;在地摊上买过盗版的雨果合订本(内含《巴黎圣母院》《悲惨世界》和《笑面人》);后来辨别能力增强了一些,买到了奥斯汀的《傲慢与偏见》、福楼拜的《包法利夫人》和托尔斯泰的《复活》等正版;从朋友那里借阅的,就不逐一列举了。读外国文学名著,有时的确有一种新奇的快感,比如《漂亮朋友》竟然能将表里不一的杜洛瓦刻画得那么精细,而《复活》对于聂赫留朵夫之转变的描写,也实在令人感慨。但是,更多的时候,我总觉得自己与外国文学之间"隔"了些什么。这倒不是因为外国人的名字太长,也不是因为外国社会的情势于我太过陌生(名著的前言、后记里面,总是有很多的相关介绍),而是觉得外国离我们太远:不只是空间距离上远,文化距离上更远。此外,读别人的翻译本终究有一种被人指指点点的感觉,这更加大了我与外国文学之间的距离感。有一次,我在新华书店买到一本《世界文学名著精缩本》。这书当然是中国人编的,但看到中国文学在世界文学里面所占的比例如此之少,我突然就冒出了一个念头:今后,我还是多读一些中国文学吧。

如今看来,多读一些中国文学,这当然不是出于高尚或褊狭的爱国主义,而只是强烈的自尊感使然。不过,从自尊、自信的角度来说,古代文学显然比现当代文学更能令人有自信、有底气。中华文明号称"上下五千年",可谓源远流长、灿烂辉煌。故而"尊古""复古"的潮流自孔子而至明清两季,从未断绝。古代文学有诗经楚辞汉赋唐诗宋词元曲,有精致已极的格律诗,有尽人皆知的四大名著,为什么我没有报考古代文学专业的研究生呢?这就说来话长了。

小时候的我,和很多小朋友一样,很是背诵过一些古诗。有一阵子,因为迷恋古诗,经常去爷爷的旧抽屉里翻找旧书,却翻到了一册破旧不堪的《声律启蒙》。读着开篇的"云对雨,雪对风,晚照对晴空,来鸿对去燕,宿鸟对鸣虫",我对吟诗属对产生了莫名的兴趣。我不再满足于只在母亲为我准备的小黑板上默写"白日依山尽,黄河入海流"了,我迫切地想要在某首诗的题名下写上我自己的名字。我时常在小黑板上涂鸦。某日,一位当老师的来客发现了小黑板上的"杰作",高声念了一遍,并对我表示了鼓励,这让我对古诗的兴趣大增。从小学到中学,不管是背诵、默写古诗,还是"翻译"古诗,我都是顺利完成任务。初中阶段学习的文言文,也深受我的喜爱。从字词解释、句子翻译到篇章背诵,这些被很多同学视为畏途的活儿,我都乐于完成。我还记得,初三时的一次文言文单元测试,我只在作文部分被扣去几分,基础知识部分则得了满分。语文老师郑重其事地向全体同学评价道:这是一个"纪录"。上中专以后,由于所学的专业是工科,语文作为传统基础科目被同学们普遍轻视,这让一向温和的老师颇为不满。有一次,她在黑板上布置了一道古文句读题,我自告奋勇地上去,竟然全都标对了。我现在已记不得当场受到了她怎样的夸赞,只记得期末考试时我的语文成绩是全年级第一,还获得了一个"单科最高分"的奖学金。中专毕业以后,我边工作边参加自学考试。当时我问过朋友什么专业学得最快,他说是中文专业。这样我就与文学重逢了。在炎热的夏日里,我身旁放着一架哐当作响的小电扇,左手不断地擦着汗,右手拿着笔在《古代文学作品选》上面做笔记——那场景我至今难忘。看书累了或者看不下去的时候,拿出一张白纸来胡乱涂抹所谓"书法",这也是我的乐趣之一;而古代诗词就是"书法作品"的内容。

二

很长一段时间里,阅读古代文学既是我追慕先贤的唯一渠道,也是自娱自乐的重要方式。先秦诸子的意气风发,楚辞汉赋的华丽铺张,唐诗的情景交融,宋词的深情委婉,都曾是我反复玩味和赞叹的对象。苏东坡的文采与豁达,尤能给予困厄中的我以安慰与动力。那时,我在小县城无法买到苏东坡的集子,只好转而买了一部厚如砖头的《宋诗鉴赏辞典》,不为别的,就因为其中收录了大量的苏轼诗作。但我终究还是选择了现当代文学。原因无他,古代文学固然有很多篇章让人玩味、让人赞叹、让人喜爱,但从来没有让我感到过震撼。从今天的角度来看,用令人"震撼"来作为判断文学作品的标准,似乎有些不够严谨、不够"专业",甚至有些不伦不类。但是,我第一次读到史铁生的《我与地坛》时,唯有"震撼"一词可以形容我的感受。

那时是2000年春季,我在县城的一家国营小工厂上班,身份是对口分配的"技术工人"。厂里的效益已是每况愈下,连接单都成问题,技术也就不重要了。至于工人,老工人都在吃着积蓄缅怀二十世纪九十年代初的辉煌业绩,而新工人则既无往日的荣光可以怀想,又不知往后的日子该何去何从。其时,我加入自学考试的大军已经一年,指望着在一边在厂里混点生活费,一边尽快将大学文凭自学到手。厂里几乎没有什么要紧事可做,我正好落得清闲,就将大把的时间用于自学去了。为了节省上下班的时间,我借住在单位对面一位同村叔叔的家里。日子一天又一天地过去,单调而又平静。有一天,我下班回家时,竟然发现双腿异常沉重。到家后仔细查看,并无明显异常,只是膝盖附近有些酸麻。于是我自作主张跑到药店,买了止痛膏,贴上。可是,到了第二天,不只膝盖发热红肿,竟连行动都很艰难了。膏药自然是不敢再贴了。叔叔火急火燎地背我去了医院,一边又通知我父亲。县里中医院骨伤科最有名的汪大夫诊断为"风湿性关节炎",然后给我开了两天的中药。父亲匆匆赶来看了我,又不得不匆匆离开。我理解父亲的无奈:他答应了给别人干的活儿,还没干完呢。再说了,也不能因为他一个人就影响大伙的工期和任务。父亲走时,我们不约而同地想到,这事先不要让母亲知道。母亲已从民办教师岗位被辞退两年了,这一年心血来潮,不顾父亲和我们兄弟俩的反对,硬是央着一位堂叔带她去沿海地带"见世面"了。其实我们知道,她是看着我上班入不敷出,又看着在外打工的哥哥到了结婚成家的年纪,就想自己出去打工,好为父亲分担一些。不然,依着母亲那种离家半天就心慌的性格,她又怎么能放得下心出去打上一年的工呢。

汪大夫人很好,但那个药却是收效甚微。又吃了两天药,我的膝盖持续胀痛发热,已经到了无法下蹲的地步。我还不知死活地想要坚持,叔叔果断将父亲召了回来。父亲苦着眉头想了一阵,终于决定带我回乡下调理。是的,汪大夫也说,只有中药调理才能治根固本。虽然我们心里一万个纳闷(为什么像我这样没什么年纪、也没怎么吃过苦的孩子,竟会毫无征兆地患上风湿性关节炎呢),但是眼下也只有这个法子了。

我有一位堂大伯,长于"推拿接斗",也善用中草药治理其他病症。他非常严肃谨慎地看过我的情况,就上山采药去了。他说,我这个情况,只能先稳定下来,然后根据病情变化再作调治。于是,我就被"稳定"下来了。父亲的活儿还没干完,又不放心我的病,但大家说了他待在家里也没用,就又把他催出去干活了。由于母亲不在家,我只能被安置在爷爷奶奶家。可这是怎样的一种"稳定"啊!我并不怕一天喝上几大碗苦涩的草药汤,只是看着奶奶每天忙着煎药,听着爷爷躲在门外叹气,再想到即将到来的考试,我的心里就比喝了药汤还苦。我从来没有想到,自己竟会在这个年纪患上这种怪病,而且还要年迈的爷爷奶奶为我担心为我操劳:行走需要他们搀扶,吃饭需要他们送到床边……严重的时候,睡觉翻身都困难。每每感受着从膝盖到双腿的红热胀痛,想着自己是否还能站立行走,心头就涌上从未有过的恐怖与绝望。晚上失眠,白天则蒙头大睡,到了饭点被奶奶喊起来吃饭,这大概就是我被"稳定"之后的常态了。疼得最厉害的时候,也是家人最着急的时候:奶奶无助地掉眼泪,爷爷不住地踱步叹气。父亲突然想起村里有位表叔在乡医院工作,赶紧去求他给开一些速效的止痛药。表叔万般解释不能多开,尤其不能多吃。止痛药果然速效,我吃过之后,居然能咬牙迈过门槛,坐到小桌边与家人同进晚餐了。可是,一顿饭才吃完,我的腿又无法迈过门槛了。幸亏有了大伯的坚持,他不只适时地调整药方,还要求我必须尽力多下地活动。父亲则是不断地给我打气:孩子,你一定会好起来的!你要想办法多活动,多做一点自己想做的事情。

可是,我能做些什么呢?无非就是天气晴好的时候,由奶奶扶着我,到外面晒晒太阳吧。春天的天气很好,阳光也不刺眼,可是我不敢睁开眼睛了。墙外的果树开花了,香椿的嫩叶长出来了,这些我只看一眼就发现了,可是又和我有什么关系呢?这个春天真是残酷得令人无法直视。我半躺在一张老式的躺椅上,生平第一次感受到命运的不公。为什么我就会得这种病呢?我还会好起来吗?我思来想去,还是找不到答案。我的双手无力地垂放在躺椅两边,突然想

111

起,曾祖母老人家在去世前就经常躺在这上面的。难道……这是命运的无情安排吗？我闭上了眼睛,不敢再想了。

父亲又回来了。知子莫若父,他当然看出了我的颓唐:"孩子,你会好起来的。要么我们再去大点的地方看看？我想你会好得更快……"

我顿了一下,说:"汪大夫那么厉害,他都说只能慢慢调理……"

"可是,你大伯还在摸索……"

"大伯的药方隔两天就会有些变化,"我不想让父亲失望,"他应该有些信心吧。"

父亲想了一下,问道:"要不,还是让你妈回来照顾你吧？"

我的心里一紧:"不,不要……"

父亲点了一支烟,抽上一口,缓缓地吐了一口气,神情坚定地说:"我无论如何也要把你治好的。你不能灰心,特别是不能丢下自己的学业——你还是要去参加考试的,对不对？"

我想起来了。还有一个多月,我就应该去九江市参加自学考试了。那些书,这次也从县城带回来了。"可是,我这样子能走进考场吗？"我不敢往后去想。

父亲点了点头:"你好好养病,抽空也看看书,我一定会让你走进考场！"

父亲又走了。我的心里有些活泛起来。坐以待毙的确不是办法,那么,我姑且就看看书吧？第二天,我让奶奶把我的书找来,随手翻开一册《中国现当代文学作品选》,目录中的《我与地坛》就吸住了我的目光。于是,我找到了这一篇,开始了久违的阅读。如今想来,不知道究竟为什么,"我与地坛"这四个普普通通的字就吸引了我。用史铁生的话来说,"总之,只好认为这是缘分"。总之,在一个春日的午后,我与《我与地坛》相遇了,与史铁生相遇了。我没有料到,这次偶然的相遇,竟然对我产生了那么大的影响。

三

一开始,我读得漫不经心。当我读到"我常觉得这中间有着宿命的味道:仿佛这古园就是为了等我,而历尽沧桑在那儿等待了四百多年。它等待我出生,然后又等待我活到最狂妄的年龄上忽地残废了双腿"时,我的心突然被揪住了。

一个人横遭打击之后,莫非就只能走向宿命论的结局了吗?他就不曾诅咒过命运的不公或者做出剧烈地反抗吗?我继续读了下去。看到史铁生把自己与地坛的相遇称为"上帝的苦心安排"时,我愣了一愣。我自问从不相信鬼神,也不信所谓的"上帝"和"真主"。乡野之间多有鬼神的传说,有时一个人走夜路,我也会不由自主地害怕。但是,我从来不曾见过任何鬼神的尊容。我一直觉得,我害怕的不是鬼神,而是有关鬼神的传说——这大概也是"人言可畏"的一方面吧。我甚至从来没有相信过"命运"的存在,我总以为那是无能为力者应付现实和聊以自慰的无奈说辞。记得有一次,机缘巧合,遇到一位退休的老校长,他了解到我最近几年的一波三折,又回想起我在上学期间的一帆风顺,竟有些神情黯然了。沉默了一会儿,他说:"你相不相信命运呢?"我几乎是不假思索地答道:"我以为这是没有意义的说辞……"事后想想,人家本来只是想安慰我一番,我的回答却是毫不顾及他的好意,看来我也像当年的史铁生一样,恰好"活到最狂妄的年龄上"了。那么,"最狂妄的年龄"如何能够心平气和地认同所谓"宿命",并且坦然接受"上帝的苦心安排"呢?史铁生是怎么做到的?我有些迫不及待了。

在残酷的打击面前,人最本能的反应就是逃避。史铁生也不例外。双腿残废让他想要逃避又无处可逃,于是,相对僻静的地坛显示出了独特的意义:这是"可以逃避一个世界的另一个世界"。史铁生写道:"无论是什么季节,什么天气,什么时间,我都在这园子里待过。有时候待一会儿就回家,有时候就待到满地上都亮起月光。记不清都是在它的哪些角落里了,我一连几小时专心致志地想关于死的事,也以同样的耐心和方式想过我为什么要出生。"死无疑是最沉重的话题,常人根本不会去想。可是对于身陷绝境无法逃避的人而言,对于死的思考,却有可能是另一种解脱。他竟然一连几个小时专心致志地去想,可见他当初的绝望是有多么深重,可见生的意志又是多么顽强!我才在躺椅上待了不到一个下午,才胡乱想了一阵,就不敢再往下想了,可见我的意志是何等脆弱!我似乎忘记了疼痛,身子从床上猛地坐直,睁大了眼睛看下去:"这样想了好几年,最后事情终于弄明白了:一个人,出生了,这就不再是一个可以辩论的问题,而只是上帝交给他的一个事实;上帝在交给我们这件事实的时候,已经顺便保证了它的结果,所以死是一件不必急于求成的事,死是一个必然会降临的节日。"这当然不是视死如归的大无畏气概,而是一种"权宜之计"。这里面的意味很复杂,既有参破生死的顿悟,又有顺从命运的无奈;既有置之死地而后生的勇猛,又有走一步看一步的自嘲;既有简洁明快的逻辑,又有出人意料的思辨……我震动了。一个人,要经过怎样的痛定思痛和大彻大悟,才能写出如此精妙的文字?当他将死称为"必然会降临的节日"时,这又是怎样的智慧与胆识啊。我一向不信凡人会有置生死于度外的献身精神,但是,这一次,我有些动摇了。我的心头掠过一丝感悟:人的肉身注定要毁灭,精神却可能不朽;而文学的意义,就在于铸造、见证并传续那不朽的精神力量。

是的,肉身既然注定要毁灭,那么"剩下的就是怎样活的问题了"。我自信满满地猜想,写作必定是史铁生困苦中的自救。我不知道史铁生是不是基督教的信仰者,但我总觉得他并非听天由命者。当他反复地提及"宿命"和"上帝"的时候,我以为他只是巧妙地将人自身无法解决的问题暂时放在了一边。我甚至觉得,只是因为经历的变故太多太快,只是因为需要一个见证者,"宿命"或"上帝"才有了存在的必要。与其说是上帝创造了史铁生和他的世界,不如说是史铁生和他的世界创造了上帝。这个见证者,后来被史铁生称作"园神":"设若有一位园神,他一定早已注意到了,这么多年我在这园里坐着……"独处静坐是一种自我修炼,也可能是庸人自扰。史铁生当然还是"庸人",所以他坦白了时常困扰他的三个问题:"第一个是要不要去死?第二个是为什么活?第三个,我干吗要写作?"接下来,他从容不迫地描述了自己的恐慌与激情、欢欣与失落。他肯定是感受到了生存的某种荒谬:他似乎看穿了生死,却又还想活下去;他享受着作品发表带来的喜悦与荣誉,但又为文思枯竭的危机而恐慌。终于,他不仅明白无误地说出"人真正的名字叫欲望",还毫不掩饰地承认了自己也是为欲望而活着。我当然听过太多太多的"身残志不残"的故事,但这些故事的内容是否完全可信,我想是没有人愿意去深究的。看人家都已经残疾了,我们潜意识里总是愿意将自己的同情、怜爱与包容之心毫不保留地赠予残疾者。但是,面对史铁生,你还来不及施舍自己的关爱,他却早已残酷无情地将自己解剖得体无完肤了。这当然不是自暴自弃的表现,而是说明他的精神力量足够强大——强大到可以使他自己"站"起来,做一个跟你一样的人,做一个顶天立地的人。这才是真正的身残志不残:他作为一个残疾人,却一语道破了所有人心头的困惑。这才是真正的文学:它书写痛切的生活体验,但又不拘泥于个人的体验;它从个人的体验出发,却面向所有人而存在。

史铁生在文末写道:"宇宙以其不息的欲望将一个歌舞炼为永恒。这欲望有怎样一个人间的姓名,大可忽略不计。"以十五年的独处静坐沉思默想得出这般结论,其艰难困苦可想而知。我无端地猜想,他得出这结论的时候,必定是在仰望星空,或者眺望落日。我固执地以为,只有在独自面对浩瀚无边的宇宙、亘古如斯的星辰时,个人才会真切地感受到自己的渺小,感受到一己悲欢的渺小。当我们明白,每个人都有自己的欲望、都是同样渺小之时,各自的姓名自然就大可忽略不计了。于是,《我与地坛》中出现的人物,自然都无须姓名了。我们只要记得就好:曾经有一个热爱唱歌的小伙,在这里反复唱着也盼着"我交了好运气";有一个寄望于通过长跑比赛改变政治命运的长跑家,在这里"玩命地跑";有一个漂亮而弱智的小姑娘,在这里遭到别人的欺负……长跑家的故事和小姑娘的遭遇,都具有某种寓言化的意味。长跑家越是在乎自己的处境,越是想改变自己的处境,就越是不能实现自己的愿望;当他终于能够平静地诉说自己的遭遇时,他才真正摆脱了命运的无形之手。小姑娘的漂亮与弱智,则让史铁生深感苦难、差别、不公与偶然的无处不在、无可逃脱,于是他叹道:"看来上帝又一次对了。"在我看来,他这话的意思其实是:看吧,因为有这么多的不可解释、不可理喻,所以我们需要上帝。

史铁生近乎绝望地体悟着不可理喻的宿命,又泰然自若地书写着自己的绝望。这实在是令我猝不及防的一次阅读体验:新奇,陌生,令人疯狂而又终归沉静。不过,《我与地坛》还是有一些可以称之为"意料之中"的笔墨,比如他对园中四季景象和各种声响的描绘,就堪称精到、细腻,极具诗情画意。这些当然是疯狂之后的沉静,也很符合那时的我对"散文"的阅读期待。不过,令我至今不能忘怀的,还有文中呼之欲出的母亲形象。如果说他对宿命的感悟与思辨,让我深受震动,那么他对母亲的叙述,则是实实在在令我感动。读着他对母亲的思念与追悔,想着自己远在千里之外的母亲,我的眼睛不觉就湿润了。他一句都没有写到母亲的容貌和神情,但我却分明感到,字里行间到处都是天底下所有母亲的共同形象:由于成天为孩子们操劳,头发早已花白,面容十分憔悴。读到"儿子的不幸在母亲那儿总是要加倍的",我眼中的湿润终于汇成了水滴,落在书页上,洇湿了一大片。很多的往事,突然一下子奔涌而至,就连过去弄不明白的,现在也都明白了。我从小体质就弱,不怎么爱出去玩儿,尤其不爱运动。每逢寒暑假,我用上三两天就把假期作业认真做完了,剩下的日子里,要么把哥哥——他比我高一年级——的书找来看,要么就是窝在房间里练字。我可以一个人在房间里待上一整天。母亲时不时从房门口经过,有时她喊我一声,有时我喊她一声。有时她问我要不要看电视,我说不要。她又问我要不要出去玩,我也说不要。我大约是想要表现得更为乖巧、更为好学吧?母亲有些犹豫,终于还是点点头走了。有那么几次,母亲郑重其事地把我拉到身前,摸摸我的头,又摸摸我的脸,问我有没有什么地方不舒服。这越发让我奇怪了。我问她"怎么了",但她只是说"没什么",然后就走开了。让我奇怪的事还有呢,叔叔伯伯家的孩子们成天被强抓回家写作业,而我作业早早就做完了,母亲却似乎并不开心。今天,我终于不感到奇怪了。做母亲的当然希望孩子好学、上进、听话、乖巧,但她更希望孩子是健康的、开心的。她总要小心翼翼地排除一切潜在的风险,才敢于心安理得地享受孩子给她带来的快乐。一旦这个孩子突然不健康了、不开心了,她必定会将那些潜在的风险全部化为实在的忧虑。我无法想象,要是母亲此时在我身边,要是母亲得知我的病情,她将会急成什么样子。我只是庆幸,母亲到现在还不知道我的病情。

史铁生举了一个朋友的例子。他肯定是想说,天下的母亲都是一样的,但又不完全一样。他伤感地写道:"我想,他又比我幸福,因为他的母亲还活着。而且我想,他的母亲也比我的母亲运气好,他的母亲没有一个双腿残废的儿子……"我想,我也是幸福的,尽管母亲眼下身在他乡。可是,我的腿会好起来吗,会给母亲带来坏运气吗?我又想起了父亲昨天跟我的谈话……我想了一晚,终于想明白了一些事。是的,我的腿是出了些毛病,但还没到无可救药的地步。就算腿真坏了,我也不应该自暴自弃。我没有理由将自己的不幸加上自暴自弃,双倍奉还给关爱着我的家人。

第二天,我主动要求下地多走走,奶奶听了很是高兴。我的食欲好像也好了一些。我又读了一遍《我与地坛》,虽说不再有最初的震撼,但依然感觉强烈。接下来的日子里,我将整本的"作品选"细细读了两遍。我不知道这是不是"爱屋及乌",但我确实从那时起暗下了决心,以后要是报考研究生,一定要选现当代文学——有史铁生的现当代文学。大伯的药方渐渐稳定下来了。我渐渐能够自己下床缓步行走了。直到有一天,我竟然自己迈过了门槛。爷爷含着眼泪说,他想起了我当初学走路的情景。时间过得快了起来,还有一周就是考试的日子了。大伯建议我还要调理至少一个月,就连父亲也不提送我去考场的话了,但是我执意要回厂里销假,还要约好朋友同去考试。最后,大伯只好想了个变通的办法。他一次备齐了很多草药,泡在一个小酒罐子里,让我一天三餐地坚持喝药酒,以巩固疗效。考虑到我一向不胜酒力,大伯说,你每次喝上两小口就行。可是我的双腿还没完全恢复,走路稍快一点就疼。于是我狠下心来,每次都要灌自己两大口。这样过了近乎微醺的一个星期,我如愿赶到了考场。

四

三年之后,我幸运地考上了现当代文学专业的研究生。我读了史铁生的《务虚笔记》《命若琴弦》《我的遥远的清平湾》《插队的故事》以及《宿命》等,对他的了解又多了一些。再后来,我继续念博士,期间又读了《我的丁一之旅》和《病隙碎笔》。奇怪的是,对于史铁生的了解每增进一分,对于他的感情就随之平淡一分。只是,这平淡下面掩藏了多少的震撼与激情,只有我自己知道。掩藏得越多越深,我就越是想着要为史铁生写点什么。我想得很清楚,就算他不需要,我也要为我们曾经的相遇写点什么。

他说自己"职业是生病,业余是作家",但我以为,他与我们每个人一样,终生的朋友和敌人都是"宿命"。置身于宿命无所不在的光环与阴影下,我们还能说些什么呢?况且他已经说得足够透彻了。况且,在他的"写作之夜"里,那些没有"人间的姓名"的残疾人 C、画家 Z、女教师 O、诗人 L、医生 F、女导演 N 等人,已经以各自的方式,对"人真正的名字叫欲望"做出了极佳的注解,对苦难、差别、不公与偶然进行了持续的追问。即如"莫非"和"丁一",看起来有姓有名,其实也不过是两个抽象的符号。面对史铁生的抽象、精深和繁复,我真正感觉到了无法言说的困难,几次蠢蠢欲动都以失败而告终。有时,我甚至会气馁地想,我为什么就会遇见史铁生了呢?下一刻,我就用他的话回答了自己:"总之,只好认为这是缘分。"我知道,我将永远记得 2000 年的春季,我曾经与《我与地坛》相遇。

后来,我不止一次地想过,假如我不是在双腿患病的情况下读到史铁生,他还会带给我震撼吗?我想是会的。因为,许多不相识的朋友都以不同的方式描述过阅读史铁生的惊讶与感动。甚至有人表示,史铁生是最令人震撼的作家,也是值得人们长久注目的作家。我也这样想过,而且还总想着用"长久注目"的行动来原谅自己一直没有写出点什么。但是,在2010年的最后一天,史铁生永远地告别了这个世界。得知这个消息时,我正与同事们聚餐迎接新年。同事说:"为他写点什么吧。"但我又有什么可写的呢?他自己早就写过:"必有一天,我会听见喊我回去。"他还说了:"史铁生死了——这消息日夜兼程,必有一天会到来,但那时我还在。"我们能做的,是感慨这消息来得太快,还是追问他"回去"了哪里呢?当天晚上,我在空间日志里写道:"我只能祈愿:天国里只需要健全的头脑,而无惧乎身体的残缺。"直到今天,我终于拉拉杂杂写成这篇文字,说不上是为了纪念史铁生,也说不上是为了弥补此前的遗憾。或许,这只是为了证明,我曾经与史铁生相遇,曾经与有史铁生的现当代文学相遇。

史铁生不在了,可是现当代文学还在,对现当代文学的研究也还在继续。看来,我也只有浑浑噩噩地继续走下去了。

2014年2月

黄鹂为什么美丽？

孙犁的散文《黄鹂》原作于 1962 年,不曾立即发表,1979 年才收入百花文艺出版社出版的《晚华集》。此后多次入选多种现当代文学作品选本,且进入各类中学、大学语文课本,诚可谓名篇佳作。有关《黄鹂》的评价、阐释以及教学设计,看似众说纷纭,实则大同小异,甚至已经形成某种"定论"。细加考辨则不难发现,很多说法都似是而非。我以为,辨明这些是非,不仅有助于重新认识《黄鹂》的艺术特色,也有助于进一步领会散文创作的特殊性。

一

《黄鹂》一文"美"在何处,是众多阐释者最为关心的问题,也是教学过程中的重点。

一种非常普遍的看法是,美在黄鹂的形、色、神、态。与此相应的是,绝大多数的教学方案,都热衷于解析黄鹂的外形美、动作美、声音美,甚至用表格的形式,引导学生将黄鹂的"遭遇"与作者的"态度"先逐一分解再两相对应。这就把黄鹂的美一一落到了"实"处。实际上,全文确曾几次写到黄鹂,但其中大有详略之分、虚实之别。教学过程中将《黄鹂》之美"坐实"到黄鹂之上,固然能帮助学生理解写实手法的必要性;然而,忽略了写意笔法的独特性,势必不利于激发学生的想象力和创造力。至于将黄鹂的"生活环境美"也作为要点来加以讲解,这就过犹不及了。譬如,荷花的"出淤泥而不染"可以说是美的,但荷花之美与淤泥之间并没有直接的、"实"在的关联。

即便从写实的层面来看,黄鹂之美在文中也并未得到充分而细致的描写。黄鹂有着"金黄的羽毛",会飞,会叫,还会"互相追逐,互相逗闹",读者从文中得到的全部印象,仅此而已。但这并非不正常。恰恰相反,文学创作常常就来源于作者对于生活的"片面的"观感。比如徐志摩写过一首名为《黄鹂》的诗,诗人捕捉到"一掠颜色飞上了树",并用"艳异照亮了浓密"极言黄鹂毛色之鲜艳,但这"艳异"的具体表现,他并不关心。正如写其飞翔的姿态,诗人也只是用"一掠"、"一展翅/冲破浓密,化一朵彩云",这就足以让读者去想象黄鹂飞动速度之迅捷了。更有甚者,哪怕"我们静着望"、"等候它唱",一向以歌喉悦耳著称的黄鹂,在诗中还是一直"不作声"。虽然诗人只专注于描写黄鹂之颜色、飞翔带给他的"片面"印象,但这并不妨碍他写出黄鹂的美:"像是春光,火焰,像是热情"。这个例子说明,对于作家而言,"只取一点因由,随意点染,铺成一篇"(鲁迅语),这并非怪事,反而还是常事。

显然,细致生动地展现黄鹂之美,并非孙犁《黄鹂》一文的追求。况且,黄鹂本身并不必然就是美的,也不具备某种稳定的美感。在这个问题上,某种"前理解"可能会对文本分析产生影响和制约:大家都认为黄鹂就是美的。的确,独特的体态和鸣声,可以成为黄鹂引人关注的理由。尤其在中国古典文学中,黄鹂的身姿,时常掩映于唐诗宋词的繁枝密叶之间;黄鹂的鸣啭,则每每逗起文人墨客的浅吟低唱。借景抒情,托物寄兴,都有黄鹂的份儿;赏心悦目,伤时感事,也少不了黄鹂的功劳。人们可以从王维的"漠漠水田飞白鹭,阴阴夏木啭黄鹂"、晏殊的"池上碧苔三四点,叶底黄鹂一两声"和王安石的"何物最关情,黄鹂三两声"中感受到诗人的闲情逸致,也可以从武元衡的"全盛已随流水去,黄鹂空啭旧春声"、李白的"正当今夕断肠处,黄鹂愁绝不忍听"和张孝祥的"楚梦未禁春晚,黄鹂犹自声声"中体会到隐痛暗伤。可见,黄鹂并不必然意味着某种固定不变的美感。黄鹂的鸣声让人闻之欣喜或黯然神伤,实在与其本身无关,只与赏闻黄鹂的诗人有关。黄鹂的美感是被有心之人创造和欣赏出来的,换言之,作者的心境不同决定了黄鹂的美感不同。因此,在讲授孙犁的这篇《黄鹂》时,不宜直接将作品的美感落实到黄鹂之上,而应着力分析:作者在什么样的心境下,写出了什么样的黄鹂。

与坐实《黄鹂》之美的做法相反,某些研究者试图对这篇文章加以整体把握。比如,有人就认为,孙犁此文贵在"含蓄美"。这种说法初看有理,实则不然。本文最后的四个小段,大量的运用了"是的""这是""这就是""这正是"等语气肯定、意味强烈的判断词。可以说,这些一点都不含蓄。有意思的是,也有人反其道而行之,认为"黄鹂的美是一种极致"。一篇不到两千字的短文,竟然得到如此针锋相对的评价,这无疑再次说明,文本细读是多么的有必要。另有一类做法,试图从这篇短文的字里行间发掘微言大义,甚至将黄鹂解读成文艺境遇的象征,努力在不同时期的黄鹂与不同时期的文学之间建立起某种对应关系。《<黄鹂>文学史解读》(《语文教学通讯》2002年第3期)可谓是这方面的代表。该文认为:"《黄鹂》一文运用象征手法,用黄鹂来象征文学乃至文艺,言近旨远,寓意深刻,几乎成了一部高度浓缩的中国现当代文学史及其深刻反思录。"这种牵强附会、矫枉过正的做法,却又彻底地放逐了脚踏实地的文本细读,将会导致文学阅读变成任性无度的猜谜和索隐。

还有一类做法,是从作品的语言、主题等层面来把握《黄鹂》之美。有人特别强调这篇《黄鹂》的"语言美",而且很乐意抽出其中的某些语段来单独分析,这种倾向值得注意。以笔者浅见,没有任何一篇作品的语言,可以脱离作家的情感及具体的语境而获得独立、自足的美。当我们说某部作品的语言是美的,必定是指语言的外在形式与作家的情感表达之间达成了某种和谐。关于《黄鹂》的主题,有研究者认为,三种常见的说法都是有道理的:呼吁保护环境;反思社会现实;表达哲理美学。我们先说"表达哲理美学",这在认识论的意义上或许可以占据最高的位置,但在文学发生论和创作论上却不适用。《毛诗序》早就说过:"情动于中而行于言"。《文赋》也强调"诗缘情而绮靡"。表达情感,才是文学创作的初衷和要义所在。此外,呼吁保护环境也好,反思社会现实也罢,这类主题不管是放在孙犁写作的年代还是我们当下的年代,都不是什么石破天惊的独家"发现",而几乎是尽人皆知的"常识"。

二

显然,我们今天重读《黄鹂》,首先应该确立这样的认识:孙犁不是因为重复了众所周知的"常识"而写出了美文,而是因为恰到好处地表达了自己的情感,才写出了美文。那么,这情感从何而来,又如何表现?简单地说就是,情感来源于经验,又外化为语言。经验、情感和语言,乃是构成美文的三要素。作家从生活经验中提炼出深切的情感,并为这情感的表达寻求适切的语言形式,这就是一个较为完整的文学审美创造过程。

在"我"的经验中,先后四次在不同环境与黄鹂相遇。因与黄鹂的相遇而发出有关"美"的评判,却只有两次。第一次是在阜平山村,黄鹂给"我"的印象是

"美丽极了"。随后,"我"有进一步的自省:"因为职业的关系,对于美的事物的追求,真是有些奇怪,有时简直近于一种狂热。"可见,"我"当下的关注点虽是黄鹂,但归结点却是一切"美的事物"。第二次是在太湖,"我看到了黄鹂的全部美丽"。有意思的是,在青岛疗养期间,"我"几乎与黄鹂晨昏相对,为它们而"高兴"而"担心",对它们充满了好奇和关心,甚至请求病友不要射击黄鹂,但是,此处却没有一个字评价黄鹂的美。不难看出,黄鹂在文中并非总是以美的面目出现的——也就是说,黄鹂的美是要有前提条件的。这个前提条件就是打动作者的心灵,引发作者的情感认同。

让我们回到具体的情境中去品味作者的情感。阜平山村的黄鹂为什么能打动人心呢?"那是抗日战争期间,在不断的炮火洗礼中",生灵涂炭,整个民族的存亡悬于一线。黄鹂总在清晨时分发出"尖厉"的啼叫,这尖厉本身是不美的,可能还有些刺耳,但是作者却从中听出了"召唤"和"启发"的意味。再看到"它们飞起来,迅若流星",作者就由衷地感受到黄鹂的美。很显然,黄鹂急切的鸣叫、迅疾地飞翔,打动了作者的心,引起了他的思考:以迅猛果敢的姿态,投入到紧张激烈的生活中去,张扬生命的活力和生存的意志,这无疑是美丽的。太湖的黄鹂又为什么能够引发作者的情感震荡?那是因为作者看到过青岛的黄鹂如何被猎枪吓走,又从鸟市遭遇中深感黄鹂"需要的天地太广阔了"。之后再来到江南的太湖,看到黄鹂在湖光山色中的舒展和自由,心胸油然被畅快之情所充溢。从这两次经历中,读者可以看出作者对于美的理解:生命与时代精神和现实需要相契合,这是一种振奋人心的美;生命与周遭环境融为一体,这是一种自由自在的美。从黄鹂的身上,感悟生命存在的意义,品味美的真谛,这就是《黄鹂》的特别之处。

作家寄情于物,往往是以物写情。如孙犁自己在《散文的感发与含蓄》中所说:"作者心中有所郁结,无可告语,遇有景物,触而发之,形成文字。"进一步说,从个人经验中萃取有意义的情感成分,乃是审美地观照世界的必经之途。孙犁的这篇文章表面上写黄鹂的生存,实际上写的是作者看黄鹂的心境,以及对于美的理解。

那么,当生活经验中的各种印象纷至沓来,作家该如何加以有效把握?孙犁在《黄鹂》中至少提供了以下两方面的启示。

一是缘事而发,虚实有别。作者将一己之情牢牢地系于可靠的经历之上,从日常生活中描绘了四幅具体可感的画面,不向壁虚构,不主题先行,此所谓"缘事而发"。纵观全文,作者的思绪源于日常经验而终于美学思考,但都落到了实处。但是,对这四幅画面的处理方式,却大有讲究。阜平的黄鹂或在枝叶间"忽隐忽现",或从眼前"一闪而过",有一种可远观而不可亵玩的美;它们的出现越是仓促,就越是让人感觉到美的难能可贵和不可复现。显然,作者在这里采取的是化实为虚的写法,意在强调黄鹂的美并不在于可供赏玩、静观的外表。(倒是对于鸟市上的黄鹂,作者却实实在在地从其动作、羽毛、嘴眼和爪子刻画了它"凄惨的神气"。)对于青岛的黄鹂,作者将它们视作"安静""荒凉"的养病环境中的心理安慰,有意写出它们的生活情趣。到了春天的太湖,作者得以从容领略"黄鹂的全部美丽",却用了写意的大手笔渲染那一派湖光山色,并未正面书写黄鹂形色神态之美。依据表达的需要,作者在四幅画面上用力程度不均,或正面描写或侧面烘托,这就是"虚实有别"。

二是缘情为文,张弛有度。根据情感的变化来调度语言,此所谓"缘情为文"。譬如,初次从黄鹂身上感悟到美,但因不及细看,故而只说"这种观察飞禽走兽的闲情逸致,不知对我的身心情感,起着什么性质的影响";这是点到为止。青岛的黄鹂与病中的作者朝夕为伴,不料竟遭到猎枪的威胁。老史应允不再射击黄鹂,但作者的烦闷无处可泄,转而插叙中年人为博女友一笑而猎杀海鸥的可恶行径;这是委婉其词。由太湖的黄鹂自由徜徉于广阔天地,而想到"各种事物都有它的极致";这是顺其自然。不夸大其词,不故弄玄虚,讲究情感的酝酿和铺垫,依据情感的浓淡来选择适合的语言形式,此所谓"张弛有度"。全文极少使用复杂的句式,甚至极少运用华丽的修辞手法,而是一任情感的潮水缓慢流淌。直到描绘江南的"好处",作者才连续地使用了排比的句式,配合着局部的对偶。这里既像描写又像议论,既是写景又是抒情。当肯定、赞叹的语气无可置疑地表露出来,蓄势已久的情感狂潮,也终于决堤而出、奔泻千里。许多主张此文的语言有着"含蓄美"的论者,往往无法解释这里的毫不含蓄。事实上,孙犁本人也在《散文的感发与含蓄》一文说过:"散文如果描写过细,表露无余,虽便于读者的领会,能畅作者之欲言,但一览之后,没有回味的余地,这在任何艺术,都不是善法。"孙犁明知含蓄的可贵,为什么到了最后关头竟不惮于"自毁长城"？原因就在于，他在此前的铺垫、酝酿已经足够到位，这会儿不过是水到渠成、瓜熟蒂落，可谓顺理成章、合情合理。

三

　　作文要有真情实感，这或许是"老生常谈"，却也是常谈常新的话题。从经验中提炼情感，再结合情感表达的需要去安排恰当的语言形式，这不只是孙犁的《黄鹂》取得成功的原因，也是众多名篇佳作的不二法门。过去，我们常用"形散神不散"及"形散神聚"来指称散文的特点，但争议之声还是时有耳闻。或许我们可以借用古老的"情动于中"说，将情感恢复至散文的根本位置。由此一来，散文的特点就是：以真挚的情感为经，以切身的经验为纬；经纬交错，自然织就了语言的华章。

2014 年 3 月

三封信

一

编辑先生：

　　复函对拙作之谬赏，令某感激涕零。虽然，阁下所言之七百元审阅费，令某颇费斟酌。某固知之，尔来所谓投稿者，已几无稿费可言，况某二千六百余言短短一文，稿费云云，原已不在奢求之中。再者，殚精竭虑凑成一则小文，已属不易，以某一介学子，清贫如洗，尚需支付审阅费用，实难承受。如拙作确已达到发表水平，何其幸哉；若尚嫌粗陋，则某于心有愧，自当黾勉以求，而断不至以阿堵物叩我问学之门。以上所议，纯属一己管见，伤君美意，诚惶诚恐；冒昧之处，见谅见谅。

　　敬颂
编祺！

×××
2007 年 5 月 24 日

二

尊敬的编辑先生：

　　您好！

　　很高兴能够收到贵刊初审一过就发来的用稿通知。贵刊工作效率之高，着实令人感佩。邮件中对版面、字数及收费标准之解说相当精细，明码标价，买卖自由，可谓深得市场经济之精髓。不过，惭愧的是，贵刊所提出的版面费及收取标准，本人实在无力支付也无法接受。为节约您的宝贵时间和保护我的羞涩口囊计,本人特别声明:本人就此撤回所投稿件,即不拟返回修改稿,更不求进入终审环节。如蒙理解,欣甚幸甚。

顺祝大安!

×××

2010年9月3日

三

编辑先生:

头晚投稿,次日就可得到回复,可见你们根本不审稿,只收钱。贵刊的致富效率真高。为杜绝我的无谓开销,也为提高贵刊的致富效率,本人申明就此撤回稿件,永绝后患。另有一条建议:贵刊可将刊名中的"学术"二字改为"买卖",以免污了学术之名,更可断穷人投稿之念想。

祝好!

×××

2014年5月6日

第三辑 心上的桥

心上的桥

我们乡下人与人争辩,争得急了,就有人会说:"我吃过的盐比你吃过的饭还多,走过的桥比你走过的路还长!"

我花了很长时间,才弄明白前半句的意思。上三年级的时候,有一天,父母去很远的山上采桐籽,临走时交代我们哥俩:要是我们回来得晚了,你们就自己炒饭吃。他们果然迟迟没到家,但兄弟俩还是苦苦等着母亲回来,因为她炒的"油盐饭"才好吃,黄灿灿,香喷喷。而我们都没有炒饭的经验。直到两人腹鸣如雷,哥哥才痛下了决心:"我们自己试试看!"两人笨手笨脚架好锅,点着火,找来剩饭。哥哥掌勺,我打下手。米饭在锅上快要结成一层了,我们才想起,油盐饭里面该要放盐的啊。于是,我赶紧找来盐巴,随手放了一勺。哥哥再使劲翻炒了几下,米饭就出锅了。两人各捧了一碗,在小饭桌旁坐下,也不顾得手上脸上尽是黑乎乎油腻腻的玩意,埋头就吃。才吃了两口,我的动作就慢了下来。尽管我早有心理准备,早已想到这饭肯定不如母亲炒的好吃,可我还是没有料到,竟会难吃到这个地步。满嘴尽是生油味儿,第一口是淡的,第二口却是咸的!我问:"哥哥,好吃不?"哥哥满嘴都是饭,"还可以吧?"他的食欲一向比我要好。我小心翼翼地继续扒饭。只听"咯嘣"一声,我好像咬到了不是米饭的东西。吐出一看,原来是两颗大盐粒。怪不得呢,牙齿都快咸掉了!哥哥伸头过来一看,看到了盐粒子;又回头在自己碗里一看,也发现了好几粒。"不对啊,怎么会这样呢?我明明翻炒了的嘛,怎么这个盐还没化掉呢?"哥俩胡乱吃了几口,就放下碗了。母亲回来之后,问明了情况,先对哥哥说:"这个是大颗粒的盐,化得没那么快的。"又对我说:"看来你不只是放盐放得太晚了,而且放得太多了!"我想了一想,反问了一句:"那怎么有人会说'我吃过的盐你比吃过的饭还多'呢?他们就不怕把牙给咸掉吗?"这下,连父亲都笑了。他告诉我:"盐是一小勺一小勺地吃的,饭才是一大碗一大碗地吃的啊。"我愣了很久才反应过来。盐只能用小勺吃,却又比人家用碗饭还吃得多,可见这人吃盐的时间真长——那不就是生活经验多嘛。这样的人,谁能争得过他们呢?

至于后半句呢,我早就有了直观认识。我家门口就有一座小桥。这桥大概两米多宽,三米多长,高则超不过两米,是名副其实的小桥。桥底下是一条小溪,溪水清而又浅。只要你来到水边,轻轻地揭开几片鹅卵石,就会有一两只受惊的螃蟹横着爬开了。岸边的草丛中,憩息着许多小虾。小溪两旁长着不少树木,高大一些的是狗皮树,低矮一些的则是柳树。春暖花开时节,人站在桥上,伸手就能握住依依垂柳。由于这桥两旁没有护栏,大人们不让我们在桥上玩。我们嘴上答应着"不去",心里却颇不以为然:不就是这么一点高嘛,有什么好怕的?可是,一个冬天的早晨,我正蹲在门口吃饭,就看见一个人骑着自行车从桥上冲了下去。大人们把他从下面扶上来一看,原来是邻村的一个小伙儿,他最近在跟我一个堂叔合搞人工种植蘑菇呢。他刚刚从堂叔家往回赶,可能是赶得太急了些,这就把鼻梁骨都摔破了。这件事给大人们找到了一个鲜活的反面教材,也给顽皮的孩子们敲响了警钟:桥是有危险的。

说来奇怪,我对别人爱玩的很多游戏都不感兴趣,就是爱在这桥边玩。有时在桥底下找那种细长的小石头,在大石头上写写画画;有时站在桥上看远处的马路和村庄。石头上的字画用水轻轻一冲就淡去了,远处的风景却越是模糊就越是引人遐思。记不得有多少次了,我站在这桥上浮想联翩:走过这座小桥,再穿过一道短短的巷弄,就是大马路了。沿着大马路一直往前,是我们村的完全小学;再往前,是外婆家;再往前,是小姑家……最前面会到什么地方呢?会是天边吗?那里是什么样子?我困惑了。母亲肯定不止一次地看到我在桥上呆呆愣愣的样子,也告诫过我多次:"你还记得那个把鼻子摔坏的人吗?""可是我又没骑车,不会冲下去的。"母亲叹了一口气:"那你也不要在桥上玩啊,多危险哪!"我还是不服:"我只是想看看远处啊,我肯定不会掉下去的!"母亲睁大了眼睛,把我打量了一番,"孩子,其实,你很早以前就掉下去过……"我跳了起来,"妈妈,你肯定是骗我!"母亲把我拉到身边,伸出手在我头上摸了几下,最终停在了某个地方,"你自己仔细摸摸看,这里是不是有点不一样?"我顺手摸去,感觉真的有些不一样。母亲又说了:"这是你从桥上摔下去留下的疤啊。可你现在还老是去桥上玩,你说你是不是好了伤疤忘了疼?"

听母亲说,早些年,我家门口并没有这座水泥小桥的,只有一道木渠。木渠原本的用途,只是将西边高田里排下来的水引到东边的低田里去。由于木渠斜斜地跨在小溪之上,抄近路的人,只要胆子够大,平衡能力够好,几个大步就从木渠上过到对岸去了。这样一来,木渠倒可以说是一物两用了。每到秋冬季节,田里既不需要用水,木渠里面也就没有水。要去对岸的人,可以放心地将脚踏入木渠的沟槽里,较为平稳快速地通过。春夏时节就不同了,木渠里一直都流淌着稻田所需要的水,不管谁都不会把这水阻断。流水不腐,木渠的沟槽里难免就长出绿苔来。这时,再要从木渠上面经过,就只能借用木渠的边沿了。由于木渠里盛满了水,人从木渠上面经过,不仅要缩手缩脚,还要时刻提防木渠承重之下的晃荡。人高手长的,一把拽住岸边的树枝,脚步就平稳多了。母亲说,我肯定是看了大人们经过这里,就忍不住"有样学样",终于在某一次踩滑了,掉下去了。老实说,关于这一次的"失足",是我在母亲那里听到的最为无趣的一个故事了。因为,这故事竟是以我号啕大哭,最终被送到医院缝了几针而结尾。这哪里是故事呢,分明就是事故。尽管我声称自己完全没有印象,可母亲还是言之凿凿,再加头上的伤疤还在,确实由不得我不承认。多年以后再回想此事,我感兴趣的是,当年的我究竟为什么就独自走上了那道摇摇晃晃的木渠呢?以母亲的讲述为蓝本,我多次尝试过在脑中再现这样的场景:

一个春日的中午,一位女教师带着她五岁的小儿子,赶回了离校六里远的家中。一路上阳光明媚,鸟语花香,但她无心驻足欣赏。回家收拾一些东西之后,她必须将这孩子交给丈夫看管,然后尽快返回学校,因为大儿子还在学校念书,自己晚上还要在校备课。一到家里,她就风风火火地收拾起来,一边忙进忙出,一边还不忘交代孩子,千万不要去"木桥"上玩。孩子一向乖巧,从不与别人吵嘴打闹。门口的一片空地种着丝瓜,孩子蹲在地上,目光攀着丝瓜的藤蔓,一路爬上了牵藤的小竹竿。他看到,有的地方开着黄色的小花,有的地方已经结出了小瓜。他还听到了几只蜜蜂的叫声:"嗡——嗡"。这声音毕竟单调了些。这时,不远处小溪流水的声响吸引了他。他走向水边,蹲下,俯瞰身下的流水。他不知道,春季里山涧里也涨了水,小溪的流水自然也就声势大了一些。他只是觉得,今天,这流水的声音好像大了一些。水流发出一阵阵欢快的响声,但又不知道是哪里在响。遇到突起的小石头,水流有时慌不迭侧身一让,有时则顽皮地从石头上翻滚过去,顺手丢下几朵小水花,转身就扬长而去。水面上的浮萍最是贪玩,他们总要三五成群地聚在一起,团团打转儿,直到水流使劲地上来拉扯,他们方才恋恋不舍地往前游去。有些更大胆的,干脆躲到水边的草丛底下不走了。那些走了的,都去了哪里呢?孩子的视线随着水流拉长,再拉长,直到看不见他们为止。他不由得想到,这水流是不是和马路一样长一样远呢?他想起了和母亲一起走过的那条长长的大马路。他站起身来向远处张望,可是岸边的狗皮树和柳树把他的视线挡住了。要站在哪里才能望得更远呢?他看到了小溪上的木桥。可是,妈妈说了不能上木桥玩的啊。他一边想,一边来到木桥边。为什么妈妈不让我上去呢,前不久还看见邻居婶婶从这里经过的。她的脚那么大都能过去,我的脚这么小,肯定也能过去吧?他站在岸边,踮起脚尖向远处张望。可他毕竟太矮了,最矮的柳枝都能轻而易举地遮挡他好奇的目光。哎,这些树枝也真是的!它们为什么长得这么高呢?想着想着,他突然想起,邻居婶婶刚刚踏上木桥时还有些晃荡,后来她抓住了身边的树枝,就稳稳当当走过去了。他禁不住有些跃跃欲试了。我就上去试一试,万一不行,就赶紧回来吧。只要妈妈没发现,就没事的。他给自己找好了理由,就试着迈出了一步。木桥很稳。他又踏上另一只脚,木桥还是很稳。他往前挪了一小步,又一小步,一切都是好好的。他放下心来,缓缓走到木桥中间。这里果真是个好地方,尽管柳枝时不时在眼前摆动,但透过枝叶的缝隙,他还是如愿望见了远处的马路。当然,他还看到了流水缓缓向前。土黄色的是马路,青白色的是流水。咦,为什么到了前面的山脚下,水流就消失不见了呢?他这样想着,不自觉地踮起了脚尖。脚下随即传来一丝松滑的感觉,他突然意识到危险,赶紧伸手去抓身边的柳枝。可是,已经晚了。他手中抓着几片柳叶,摔了下去。不好了,这下妈妈肯定会发现了!他还没来得及品味这恐慌,头上和手臂上就传来了一阵剧烈的疼痛,随后,全身都被水浸透了。"妈——妈",他不由自主地哭喊起来……

有了这样惨痛的回忆,再加上目睹摔坏鼻梁的惨剧,我总算明白,"我走过的桥比你走过的路还长"是什么意思。过桥,实在是件危险的事儿。可是,并非所有的路上都有桥。有人说"我走过的桥比你走过的路还长",其实是在说他自己经过了很多危险的考验。这样的生活经验,肯定比吃盐要厉害得多。想了几次,我感觉自己好像明白了一些道理:人总是要经历危险,尝过疼痛,才会长大的吧?

自从讲过那个不好的故事之后,母亲就不再吝惜自己的教诲了。她时常告诫我:"只要是桥,都很危险的。老师肯定也跟你们说过,对不对?"我下意识地摸了摸头上的疤痕,答道:"嗯"。母亲自然愿意时刻守护我的安全,可是她一直在村小教书,三年级以后我就得去完小了。我们完小的门前确实有一条河,老师们也确实时常叮嘱我们,过桥要小心。那是一座名副其实的独木桥,很长很长的一段宽木头,横跨在很宽很宽的河面上。河水倒是不急。为了保证学生的安全,每到上学和放学的时间,总有值日老师在这里负责照看。后来,学校门前的独木桥改成了水泥桥,两旁还有护栏,这就安全多了。这样,我每天上学的行程,就是走过家门口的桥,走完五里长的马路,再走过学校门口的桥,然后走进校门,走到教室。放学回家的路,也是从桥开始,以桥而终。久而久之,我对桥有了一种特殊的感情。我当然知道桥的危险,但我渐渐懂了,桥也可以帮助我们跨越困难。对于自家门口的那座小桥,我的感情尤为深重。多少次,背着书包的我已经走到了桥上,耳边还能听到母亲的叮咛:路上要小心!多少次,我怀着期待和不安从这里走过,走到学校去领取成绩单和假期作业。多少次,父亲的拖拉机在清晨的薄雾中从这里驶过,又在薄暮中满载着金色归来。多少次,我和哥哥推着那辆老式的自行车从这里走过,又从这里回来。多少次,乡亲们赶着牛羊从这里经过,挑着担子从这里经过,扶老携幼从这里经过……

桥边的树叶绿了又黄,黄了又绿。桥下的流水涨了又退,退了又涨。桥面的水泥破了又补,补了又破。我从完小升入了初中。学校到家的距离,从五里变为二十五里。那时交通还不便利,学校要求我们寄宿,每隔一周才能步行回家一次。那时还只有单休日,我和哥哥常常是周六天黑才回到家里,周日下午又向学校进发。不知有多少个周日的下午,我们背着书包、大米和干菜,背着母亲沉甸甸的嘱咐,依依不舍地走过这座小桥,走向远处的学校。不知有多少个周六的傍晚,我们背着书包,带着二十五里路的风尘,满怀激动地回到这座小桥,回到相别一周的家。不知有多少次,一走到熟悉的桥上,一看到熟悉的家门,我的眼泪就不由自主地涌了上来。到了初三阶段,由于念的是"重点班",我们被学校重点照看,几乎每隔一个月——后来,甚至是两个月——才能回家一次。白天在教室苦读,还能两耳不闻窗外事,到了周末的晚上,小桥就时常入梦来了。梦见最多的,是我穿过小桥走向敞开的家门,看见了升起的炊烟,闻到了晚饭的香味,听到了父母的声音。

　　初中毕业之后,我进入省城的一所中专学校念书。我时常羡慕那些家在南昌的同学,时常梦到三百多里外的家和父母。我至今还记得,在1994年9月17日晚上,父亲和叔叔陪同我离开了家,去搭乘一辆连夜开往省城的货车。当我走到桥上时,母亲一如往常地站在大门口,千叮咛万嘱咐。不,母亲的声音显然有些反常。当我感觉到这反常的意味时,我的声音立即哽咽了,眼泪也立即涌了上来。山村的夜风已经有了凉意,我禁不住打了两个哆嗦,赶紧别过脸去,跟上父亲的脚步。我的眼泪大概一直都没法擦干,一直流到了寄回家里的第一张信笺上。我在外面连续念了四年书,每个学期都只在期末回家一次。我当然见过了更多的桥,或长或短,或旧或新,或宽或窄,或高或低。最令我感到震惊的是南昌的八一大桥。它的长度、宽度、高度、结构以及车流量,都远远超出了十四岁山村少年的想象。后来,我多次坐车路过这里,甚至还和同学用脚步丈量过这桥。每次在桥上看着桥下的赣江逶迤远去不知所终,我总是情不自禁地想起老家的那座小桥,想起桥边的人家,想起家中的父母,想起一个五岁的男孩,曾经用瘦弱的双脚踏上木桥,去看远处的风景。后来,当我辗转回到乡村中学任教时,我还写过两篇"下水作文"。一篇记叙文和一篇说明文,它们的题目都是"桥"。

　　我不知道自己脚下的路将通向何处,也不知道这路上还有多少桥。我只知道,我脚下的路还很长。我只知道,不管脚下的路通向何处,我都忘不了那座小桥。因为,这是我离家的第一站,也是我回家的最后一站。我已经明白,并非所有的路上都有桥,但所有的桥都一定是路。这座小桥,就是永远连着我与家的一条心路。这是我心上的桥。在流水般的生活中,我时时想念家门口的小桥。在每一个悸动不安的当下,这座桥都牵连着对过去的情感和记忆,承载着对未来的眺望与想象。

2004年7月初稿
2012年9月改就

爷爷的学问

从五岁起,我就跟随母亲在村里的小学念书。母亲既是"预备班"的负责老师,也是一年级的语文老师和二年级的数学老师。所以,从预备班到二年级的那段时间里,母亲一直是我心目中最有学问的老师。从三年级开始,我不得不离开母亲,离开村小,升入五里之外的完小去念书。不知道为什么,课表上新增了"珠算"和"写字"两项课程。哪天的课表上有"珠算",我就得背上父亲的大算盘去学校。哪天的课表上有"写字",我就得拎上墨汁和毛笔。回家请教母亲,母亲却说她只知道几句珠算口诀,而且没写过毛笔字。父亲倒是两样都会,可是他没什么时间教我。一个星期天,我独自在小书房里描画"水写字帖"时,爷爷来了。他笑眯眯地看了一会儿,告诉我说,墨汁写出来的字才好看。我有些不好意思地说,我怕写不好,浪费了墨汁不说,还弄得到处黑乎乎的。爷爷走了过来,调好笔墨,拿过一本空白练习本,提笔就写了七个字:我是壹個小學生。爷爷写完就走了,剩我一个人在房里发呆。看着白纸上的黑字,我感觉到,这肯定是老师常说的横平竖直、撇捺分明了。可是,爷爷是怎么做到的呢?我上村小时,几乎每天都要路过爷爷家,为什么我从来没有看到过他练习写字呢?我去问母亲,她说,父亲比她知道得更清楚。

父亲一回到家,我就立即缠着他说。但我感觉他也不完全清楚爷爷的经历。(后来我才明白:其实,做后辈的,又有谁能对父辈的事儿了如指掌呢?)他只是告诉我,爷爷念书颇有悟性,一直念到了县中。不料,在新中国成立后的"土改"风潮中,家里遭遇变故,又加上曾祖父病逝,爷爷的求学之路就被曾祖母强行阻断了。这事我后来还听爷爷亲口说过。他不想退学,可是曾祖母就他一个孩子,不仅突遭变故之下心慌意乱,而且家里实在无力供养他继续念书。爷爷说,他尝试过用自己的学习成绩打动曾祖母。他每周在家干三天活,再回学堂念三天书,到了考试还能力争前三名。可是,这一切都无法改变曾祖母的心。她说:"我们家都这样了,你读那么多书又有什么用呢?"最早听到爷爷转述曾祖母的话时,我很有些愤愤不平。多年之后的某一天,我突然发现,曾祖母以一个乡下女人的无知和固执,心平气和地领受了生活转折期的厄运,却也出人意料地延续了一个家庭的生命。

由于曾祖母的无知,爷爷得以避免成为一个知识分子。在困难的日子里,他肯定是延续了曾祖母的固执,才用自己瘦弱的身板,拼命干活,养活了一家八口。但他终究还是读过一些"老书"的,有时,还会说些常人不大明白甚至难以接受的怪话。我才刚刚上学时,爷爷就给我讲过不少故事,比如"贵妃研磨、力士脱靴",比如杨玉环死在马嵬坡,比如岳飞精忠报国,比如杨家将和瓦岗寨的故事,等等。我听得云里雾里,似懂非懂。我发现了爷爷有些"学问"——和母亲不一样的学问。所以,我时常去爷爷的老抽屉里东翻西找。我找到过《西游记》《水浒传》《说岳全传》和《薛刚反唐》。有一次,我还发现了一本残破的《声律启蒙》。这些发现似乎进一步证实了爷爷的学问。我又想起,爷爷的毛笔字写得不错。"我是壹個小學生",爷爷写在我练习本上的这七个字,不仅让我的同学感到惊奇和羡慕,也让我萌生了写好毛笔字的冲动。眼看着水写字帖很快被我折腾成不吸水的字帖,父亲就托人买来了"只能看"的字帖。此后很长的一段时间里,我的星期天和寒暑假,就多半用来"泼墨挥毫"了。母亲存放在大五斗橱里的一大堆试卷纸,是我取"材"的主要来源。顺手取来一张,对折,对折,再对折,再对折,然后摊开,抚平,这就有了若干个用来写字的格子。每逢假期,我每天都要写上几张。我总想着,要是自己写的字能够出现在作业本和试卷纸以外的地方,肯定是非常有意义的事情。但是父亲说了,只能写在纸上。我只在小书房的门上写过一个"静"字。好像还写过"闲人勿扰"。我还用十四块小纸张抄写了一副对联,贴在书房窗户的两边:书山有路勤为径,学海无涯苦作舟。如今,房门上的字早已被我用砂纸擦去,这十四个字却一直都在。它们以蹒跚学步的姿势记下了我最初的冲动,也陪伴着我在书房度过了许多安宁的时光。

有一天,我又去爷爷家玩,看到爷爷正在写毛笔字。我一直想再看爷爷写字呢,这回可真是得来全不费工夫。爷爷将一叠一叠的火纸放入裁好的白纸中,包紧,再在口子上封上糨糊。他说,这个就是"包袱"了。包好之后,还要在包袱上写字。我在一旁很是好奇,禁不住就问他:"什么是包袱呀?"爷爷手上的动作没停,口里却是不慌不忙地向我解释:"这不马上就是七月半的鬼节了嘛?包袱就是包一些纸钱,烧给阴间的祖人们。"爷爷还说,给谁烧纸钱,就要在包袱上写谁的名字。我好像有些懂了,"就是和寄信一样,对吗?"爷爷笑着说:"差不多吧。"正说话间,爷爷又包好了一个,顺手拿过笔,就在包袱面上写字了。爷爷很快写好一个。虽然他写的内容我似懂非懂,但我还是发现,这上面的格式跟信封的格式差远了。于是又问爷爷。爷爷拿起刚写好的包袱,慢慢讲给我听。最中间的位置,要写上祖辈的名字,比如"故曾祖徐公某某大人冥中受用"就说明,这个包袱是烧给曾祖享用的。最左边的位置,写上"孝曾孙某某虔具"。祖人和自己之间的辈分关系要对应得上。最右边的一列,则写上"己巳年七月十五日化"。爷爷说完,将包袱翻转,在背面的封口处写了一个大大的"封"字。我看着看着,心头的疑惑又上来了:"这个跟寄信不一样啊……祖人他们怎么收得到呢?"爷爷哈哈一笑,"你问得好。一会儿我们给邮差包一个,给车夫也包一个,嗯,给地盘业主也包上一个……"这个"地盘业主"又引起我的不解,爷爷免不了又解释一番。随后,爷爷就手把手地教我怎么包包袱了。好不容易包好一个,爷爷又让我试着写一个包袱面儿。这可是我梦寐以求的事啊,终于可以在作业本和试卷纸以外的地方写字了。可我终究缺乏经验,一上来就蘸上了浓浓的墨,写了大大的两个字。爷爷赶紧在旁边提醒我:"字要小,要小!不然就写不下了!"我的字越写越小,终于写完了一列。看着这一列的歪歪扭扭,我低下了头。爷爷却很认真地看了一遍,说:"笔顺还是不错……你最近开始练正楷字了,对吧?"他看了我一眼,满意地点了点头,"写好正楷字并不太难,可是,要把小楷字写好,就很不容易了。你看,这个包袱面就只有这么大,只有小字才能排得下。还有,有些人家把字写得像鬼画符,这是对祖人的大不敬……"爷爷似乎没有注意到我的羞愧,"当然了,该写大字的时候,比如说写对联,就一定要把字写大一些。大字贴在大门上,这才叫大气!"爷爷说完,点燃了一袋烟。烟雾缭绕中,我看不清他的眼神,但是我却有了一个明晰的目标——先把小字写好,再把大字写好。

  第二年,我就自己在家里写包袱了。爷爷交给我一张"列祖列宗"的名单,在我身边来回踱了几步,交代了几句,随后就走了。看着名单上列位祖妣的大名,我突然间诚惶诚恐。但是,打退堂鼓已经来不及了。我用了一个下午,才将二十几个包袱包好，写完。母亲为我的独当一面感到高兴，可我自己明白，要将小楷写好，真的很不容易。我还想把大字也写好呢。于是，假期的练字计划里，又多出了每天写一张大字的安排。母亲的试卷纸差点被我写完，好在父亲又找来了一些牛皮纸，尽可供我写大字了。

年底到了，我又有了新的发现。乡亲们多在年底办喜事，办喜事就得贴对联。这对联可不像春联随处可买，只能请人写。我们村有一位教过私塾的先生，去找他写的人很多。可他年纪比爷爷还大，于是来找爷爷的人就多了。"大伯，我家新房子要过屋了，帮我写副对子！""大叔，我家媳妇要过门了，帮我写一副好对子吧！"来人拿了几张大红纸，兴冲冲地找到爷爷。爷爷自是来者不拒。抽上两袋烟，裁完纸，磨好墨，很快写好。有时，爷爷一次就写好了几家来要的对联。我这回真正地见识了大字写的对联，心里的激动难以言表。但是，那些个"于归之喜""弄璋之喜"和"喜庆乔迁"，又让我感到难以理解。爷爷自然费了不少口舌，为我一一解说。至今我还记得，有一次，我问爷爷"弄璋"和"弄瓦"有什么区别，他大发了一番感慨，说到后来居然怒了："弄璋是说生了男孩，弄瓦是说生了女孩……旧社会传下来的，就是这么重男轻女！"停了一停，他又说，"你以后要是给人家写对联，最好不要用那些老古董了！"我喏喏。我知道爷爷一向有些怪脾气，甚至爱臧否他人，但是我没料到，他竟然会有这样"反封建"的一面。更使我惊诧的是，爷爷不仅会写毛笔字、会作对联，还会对我有这么高的期待。

到了第二年的年底，我向父母提出：今年不要买春联了，我自己来写。没到第二天，我就后悔了。我只想着自己练过一阵子大字，只记得爷爷说过大字写的对联会大气，但我自知没有作对联的"学问"。幸亏在父亲的房间里找到一本小小的"历书"，开篇就有很多备用对联。那次究竟选用了什么内容的对联，我现在已经记不得了。我只记得，那个对联贴出来之后，我很是风光了一阵。不仅左邻右舍说好，亲戚朋友也说好。虽说我的虚荣心得到了极大满足，但我知道，夸我的人一半是鼓励一半是凑趣。我没想到，从这以后，每到年底竟然有人请我写春联了——当然，对联的内容，还是得从历书上抄下来。有将红纸送到我家来的，也有备了红纸在家请我过去的。我都没法拒绝。我只是深切地发觉，其实大字也很不好写。我写对联的时候，爷爷很少出现。常常是父亲先裁了纸,我自己调好墨,等我下笔时,父亲又在那头帮着牵拉纸张。父亲挑剔的眼神常让我大气都不敢出。有一回,在一位堂叔家写春联,不知是那天写得多了腰背有些酸痛,还是严寒让我手指僵硬的缘故,最后一个字的一竖,明显地歪斜走样了。父亲顿时就皱起了眉头,走回我身边再一看,更是瞪大了眼睛:"看你写的什么好名堂?"我低头搓手。堂叔走过来对父亲说:"哥,我看也就只是歪了一点点,没事的……他还小嘛,这才上五年级不是?"父亲却坚持说不行,坚持要我将那一整联从头写过。我不知道我是怎么坚持写完的,但我还记得,那天回家的路上,我和父亲都没说话。我在心里反复对自己说:一定要把字练好!

上初中之后,我还是每年给自己家写春联,偶尔也给别人写。不过,大家都越来越喜欢外面卖的春联了。这些春联印刷精美,图文并茂,色彩亮丽,多半还金光闪闪,你想不喜欢都难。可我还是喜欢自己写的。我享受这样的过程:自己买来大红纸,裁剪完毕;调好笔墨,一气写完;张贴上墙,等着别人的评价。上中专之后,竟然有人请我写办喜事的对联了。我自然清楚自己几斤几两,一律将难题推给爷爷。可来人不让了,"你都是大学生了,就帮我写一次呗?"我只好解释:我只是中专生,不是大学生;我愿意写,但我不会作对联。来人又去找爷爷,但是,爷爷的怪脾气又来了,他说:"我都很久没写字了,毛笔都被老鼠咬坏了。"一来二去,居然达成了一个口头的协议:凡是需要对联的,文由爷爷拟,字由我来写。这样不成文的规矩,一连延续了几年。

规矩都是用来打破的。爷爷的怪脾气,似乎正好适用于打破成规。中专毕业那年,我大胆地给自己家作了一副春联,被爷爷发现了。但是他没有作任何评价。大概是从这以后,凡是有人求爷爷写对联,他都坚辞不就。人家再说下去,他多半会拂袖而去,"找我小孙子去吧!我的毛笔都秃了,现在都是他来搞这些玩意了。"在外人看来,这是我爷爷指定"接班人"了。可只有我才知道,这个接班人当得有多苦。"你以后要是给人家写对联,最好不要用那些老古董了!"这是爷爷多年以前说过的话,我还记得。的确,对那些老古董我既不熟悉,也没有感情。这恰好给了我恣意妄为的勇气和借口。可我还不至于忘记,对联是要贴在大门上的,要大气,要经得住主事者的亲朋好友的打量。这就难了。有意思的是,每当我感到为难的时候,爷爷就会"碰巧"出现在我面前了。他还是不多说话,说上两句,抽一袋烟,随后就走。有一次,我正在构思一副对联,爷爷又来了。他问了问是谁家要写什么对联,就不做声了。临走却说话了:"哎,他们那些人也不懂得对联的好坏。脑力劳动的活儿,只有我才知道有多苦。"我不由得愣住了。我想了想,爷爷的意思,当然不是让我随便应付一下就了事,也不是标榜只有他才能写出好对联,他其实是在以"同行"的身份,对一个后来者表示理解与鼓励。也就是从这以后,每次回家,我都会尽量在他身边多坐上一会儿。听着他讲一些旧人旧事,聊一些奇闻怪状,时间总是过得很快。不知道是爷爷变得年轻了,还是我变得成熟了,总之,我们之间的距离拉近了很多。旁人看见,免不了说道一番"祖孙情深啊""果然是接班人呢",等等。我们只是笑而不语。

我和爷爷真正意义上的"深入合作",其实是从曾祖母去世时开始的。那时我正在县城的厂里上班,听到噩耗之后,立即告假赶回家里。做法事的道士、先生都到齐了,亲友们进进出出,满屋子都是我从没体会过的压抑。爷爷把我叫到一边,让我准备写祭文——以他的口吻写。我表示没写过,不懂得格式。爷爷说他会把关。我又说不清楚曾祖母的生平,爷爷说他知道。我只好答应下来了。两天之后,我总算写出了一个大概。爷爷看过之后,没作评价,只是拿起笔在头尾两处各添了一段,随后让我从头誊写一份。我看了两遍,很快得出了结论:爷爷加上的都是些套话。"这些不是老古董吗?"这样的发现让我心下感慨莫名。爷爷多年以前就告诫过我,不要再用那些老古董了,可他自己居然还在用。或许,他早已明白自己无法免俗,所以早就殷殷寄望于我?或许,他所添加的这些内容,别有深意?这两种假设都不能让我满意。直到出殡的那天,听着宣读祭文的先生长歌当哭,看着头发花白的爷爷在曾祖母灵前长跪不起,我才真正找到了答案。人生苦短,纵然是寿享遐龄,终究也敌不过岁月无情。然而,人却无法做到无情。自曾祖父遽然辞世,爷爷与曾祖母两人,孤儿寡母,又相守了整整五十年,这里面必定有旁人永远无法体会的感情。爷爷可以有些怪脾气,有点"反封建"的锐气,但绝不可能超脱于这份母子之情。恰恰相反,这份情感在他心头压得很沉很重,以至于他只有将所有的套话、规矩和繁文缛节都写进祭文,才能确信自己完整无缺地表达了对于母亲的情感。他不只是在写一篇祭文,更是在完成一个庄严的告别仪式。我相信,置身于这样的情感牵绊之中,任谁也无法真正超脱。有了这样的理解,我和爷爷接下来的合作就顺畅得多了。曾祖母去世时正值盛夏,当时匆匆下葬,只来得及草草立几块石头。接下来,就得为曾祖父和曾祖母合立一块碑石了。爷爷找到我说碑文的事。我提议由他口授,我来记录。全部过程中我没有发表任何见解,倒是爷爷有些奇怪了,"你觉得这样妥不妥呢?"我说,挺好的。工匠把碑石打磨好之后,爷爷就让我去写碑文。我有心让爷爷来写,但爷爷不同意:"我已经写了啊,里边的文不就是我写的嘛?"我笑了,爷爷也笑了。

爷爷的学问不止于写对联、祭文和碑文。我从他那里学到的,还有其他稀奇的乡村生活文体。大伯家的堂弟自由恋爱,都要结婚了,可对方还是要"三媒六聘",要循序渐进。爷爷接了大伯交代的任务,就拿着大红纸来找我了,"写吧!"我说,我从没写过这类东西。爷爷耐心地教我如何起头、如何落款以及如何折叠文书,竟连一点脾气都没表露出来。我嘟囔了一句:"这年头都自由恋爱了,还有人讲究这个啊?"爷爷的回答竟是前所未有地温和,"人家把女儿养大也不容易,是不是?来,你好好写,记住这个样式……"看爷爷这般和颜悦色苦口婆心晓我以理动我以情,我只好从命。爷爷还教我写过一次"入赘书"。一位堂叔家没有儿子,大女儿要结婚了,按照惯例,男方只能算是入赘门下。某日,双方家长及证人汇聚一堂,商议间不知是谁提出要写下"入赘书",才能显得正式。他们找到了爷爷,爷爷又找到了我。我照例是回答不懂格式,爷爷照例又是教我。回到家里,母亲问我都写了些什么。我根据自己的印象开始了复述:"兹有某某,系某地某村人,父某某,母某某。因家境贫寒,父母无力为其操办婚事,自愿将其入赘某某门下……"母亲很快就打断了我:"你这孩子,怎么能这么写呢?人家那小伙,不是学得一门好手艺嘛?况且他们家境也不差!你怎么能这么写呢?"我想了想,说:"这个入赘书什么的,本来就是老古董,就只能这么写啊。"母亲说:"就像你给人家写对联一样,你这回不能也写点新的东西吗?"我叹了一口气:"人都不能免俗。本来已经是新时代了,可人家还是要写一份这个文书,那不就只能写上老套的东西了。"母亲还要计较,我说:"只要他俩今后过得好,就没有人还记得这个文书啦。"母亲终于不再说了。我想,还是爷爷看得透,不仅没对这类老古董发脾气,也没有要求我远离它们。爷爷似乎也不是全然的怪脾气。

再往后,我就几乎没有与爷爷合作的机会了。乡亲们倒也看得起爷爷的"接班人",不管要写什么,都直接来找我。我深感荣幸的同时,也很是不安。我不知道他们凭什么信任我，但我知道，无论如何我都不能辜负他们的信任。那些大伯大婶大叔大哥本人未必真能辨别"对联的好坏"，但我必须要做好一个脑力劳动者的本分。后来，我考出来念了三年硕士，又念了三年博士，随后又在福州定居。回家的次数是越来越少了，但寒假都要回去过年。乡亲们还是会趁着年头年尾办喜事，还是会找上门来，让我写对联。我越来越没有推辞的理由。但我终究不能时刻都待在家里，于是，又有人去找爷爷写字。他当然也没有办法推脱，只是，见到我的时候就要抱怨脑力劳动的苦。我当然知道，爷爷的抱怨就是较真。自己写的东西，贴在墙上被人横加指摘，这肯定是他不能接受的。所以他只能先跟自己较真。一较真就苦了，这也是脑力劳动的苦。这一点，不仅我深有体会，爷爷也早已明白。所以，每次回家和爷爷闲聊，他总是对我现在的职业颇有微词："我说，你还是要经常想啊写啊的？"

听母亲说，我很小的时候就跟爷爷顶过嘴。我问为什么，母亲只说："因为你俩都是怪脾气呗。"其实，在我的印象中，怪脾气的爷爷虽然不止一次地挑剔过某时某地的某副对联，但似乎从未挑剔过我写的对联。我不知道这是他对我的包容，还是因为我们的怪脾气能够相互包容。仔细想想，爷爷对我倒是有两次特别的嘉奖。一次是我们大队的变电站向我索要春联，因主事者乃是一位舅舅辈的亲戚，我却之不恭，思考许久，终于凑得一副："春风惠我我惠百姓；线路输电电输万家"。刚刚写完，爷爷正好来了。他看了一会儿，说："不错，这对联就该写这么大。"他说完就走了，不知道他说的是字要大，还是要大气。还有一次，是我给自己写升学对联。那时我幸运地考上了研究生，这原本不值得张扬，可是众多亲友却坚持认为，像我这样走过了弯路、错过了大学的，终于又考上了大学，应该置办几桌酒席，让大家热闹一番、高兴一下。日子看好了，酒菜备好了，最后却发现差一副对联。我跑去找爷爷，他却让我自己写，理由是"走弯路的苦楚，只有你自己最清楚"。我拿捏了半天，高不成低不就，左右为难，终于写完，还是有些不安。爷爷来看了，什么都没说。我说还差一个横批。爷爷拿起手中的烟斗敲了敲桌面，说："功在努力。"这是我和爷爷最后的一次合作了。

2005 年 8 月初稿

2014 年 8 月再改

源头水事

这次回家前我就听说,我们村要架设自来水管了。主持工事的两位,我都该喊作表叔。到家之后,我只见到表叔甲,没见到表叔乙。父亲闲谈时告诉我,他一直在等着自来水管架好,之后设法装一个太阳能热水器,以后我回家洗澡也方便一些。但是,我每次问表叔甲何时可以完工,得到的总是笑眯眯的回答:快了的!巧的是,离家前我又在路上碰见了表叔甲,又问,仍是笑眯眯的回答:快了吧!再问:一个月差不多了吧?答曰:应该差不多了吧!

其实,我从来没有对家里的洗浴条件表示过挑剔,想来这只是父亲的一种好意吧。说起来也怪,每年来回奔波,在老家住的时间越来越少,感情上却越来越离不开似的。就说这自来水工事,自然是农村的一大变化,甚至可以美其名曰向"现代化"方向迈进了一步,但我总觉得,有些根植于我们记忆深处的东西即将改变了,于是欣喜中有了不安和惶惑。眼下,自来水工程仍未竣工,而我却想起了与水有关的诸多往事。

我们村既然名为"源头",自然不必为用水问题而操心。三座水库引出的水流,与几道蜿蜒而至的山间小溪,最终在伯父家门口汇成大流,我们称它为"大港"。大港顺势东去,一路上又整合了许多支流小流,滋养了方圆几十里地的父老乡亲——这些都是我后来才知道的。小时候,我和左邻右舍的孩子们一起,在大港的浅水湾里学过"狗爬",还偷偷地到深水凼里扎过"猛子"。大港还是大妈婶娘们汰洗衣服的好地方。大港里早年间鱼虾很多,但不易捉到。我家门前的小水沟,才是孩子们大显身手的好去处。拿上一只小簸箕,随手在水边的树底下或草丛中拨拉几下,再捞出水面;水从簸箕的缝隙中漏下之后,你就能看到一堆小虾米在簸箕上活蹦乱跳了。大孩子们说,虾米生吃起来味道不错,还说吃下的虾米越大,力气就会越大。我半信半疑地吃过几只,味道有点腥,后来也不见力气变大,大概还是吃得太少的缘故吧。

那时,大港里的水还很清,小溪沟里的水还带点甜。但是,没有人从大港小溪里取水回家饮用。源头村大大小小的水井,不知道有多少。从我开始记事起,爷爷家门前就有一口老井,虽说已有好几十年的历史了,却丝毫没有涸泽之忧,仍是一年四季地保持着清亮与温和的面容,默默守候前来打水的乡亲们。幼时的我,时常感到纳闷:四周的人们每天几次来这里打水,这口井看起来那么小,怎么这里的水就打不完呢?这口井是不是很深很深?为了解除心头疑惑,有些调皮的孩子就悄悄地往井里投石头。大的自然是不敢投的,触水那一刻会发出"噼啪"巨响,惊动了大人们是会受到呵斥的。小石子投了进去,却只有轻微的"叮咚"一响,然后你看着它缓缓下沉,到你再也看不见为止。这又略嫌不够过瘾,而且,你仍然不知井有多深。这井到底有多深呢?这样的疑惑伴随着小伙伴们一天天地长大。

　　后来发生的一件事,间接告诉了我们答案。一天下午,一位堂叔前来打水,不料手表带松了,手表从腕上滑入水中,沉到了井底。于是叫来大伙帮忙,拿盆的拿盆,用瓢的用瓢,提桶的提桶,不知一起忙了多久,也不知舀出了多少汪汪的清水,终于在一丛水草旁发现了那块金贵的手表。赶紧抄起一看,那表还在照常工作。于是乡亲们一同感慨:怪不得那么金贵呢,果然是好货色嘛!而我们更感兴趣的,却是井底的秘密。原来,这井虽然不深,但是井底散布着几个泉眼,这会儿正不断地往外渗出水来。水流不声不响地潜滋暗长,我们的心里却像是听到"嘟噜嘟噜"的声响似的,一个个看得眉开眼笑,只是苦于没有言辞来加以形容。若干年以后,我终于从书上找到了好的说法,那不就是"泉水叮咚"么,不就是"源头活水来"么?

　　五年前,我们家翻修了一次。父亲主张在自家掏一口水井,但邻居们担心这里掏不出水来。经过几个工匠的不懈努力,不仅掏出了水,而且还是好水。邻里叔伯兄弟们惊喜之余,不少人也在自家淘了井。此后,我们那几户人家就不用去上边的老井打水了。

　　大概是前年吧,我们村里决定将一条小路拓宽、拉直。这下,不但我家的一丘良田将被埋去一角,而且老井也将被填平。听到这一决定时,我的眼前又浮现出了众人舀水捞表的一幕。于是我跑到现场,自以为慎重地提出了疑问:"路面会不会因为井底渗水而塌陷呢?"施工人员信心百倍地回答说:"怎么可能?我们会先填进几方大石,然后运来足够的沙土,填进里面,再让铲车重重地把它碾实……"正说话间,铲车轰鸣着昂首逼近了,前方的斗铲里兜了满满一铲石土,那是刚刚从一个山脚挖来的。我们赶紧后退,退到爷爷家的台阶上观看。斗铲已经高高扬起,再轻松翻转,随后,一大团石土倾泻而下。飞扬的尘土模糊了我的视线,但我还是清楚地听见了一块大石头落水的那一声砰然巨响。水花四溅,水沫飞扬,像是谁的眼泪。铲车撤退,井水已经浑浊不堪,甚至还泛着些泡沫。我突然不合时宜地想到,那景象就是一个健康的人被强行喂了药物之后的不良反应。胡思乱想间,铲车又来了。斗铲再扬起,再翻转,再倾倒,铲车又退出。这时的井,快要没有井的样子了。那些倒入的石土或许还带着些热度吧,水面上不时地冒出些气泡来。气泡汩汩地翻滚时,记忆中"嘟噜嘟噜"的声响复活了。但已不是泉水叮咚,而是泉声呜咽,是横遭毁灭……铲车还在轰鸣着往返,石土反复地被堆高、碾平。老井被就地埋葬,一条新路就此诞生。在机车的轰鸣声中,老井与我们告别了,故乡弯曲的小路与我们告别了,幼年的记忆与我们告别了。

然而,我还是忘不了老井。直到如今,每次经过老井的"墓地",我都会一厢情愿地四下察看,看看路面有没有塌陷的迹象。路面依然结实而平整,只是路边的草木长高了,正如我"长大"了,故乡也变老了。我下意识地用力跺了跺脚,似乎想将沉睡的老井唤醒。我听到了声音,是皮鞋敲击地面发出的声音。"嗵嗵嗒嗒",干脆利落。不是"嘟噜嘟噜"。我想,既然如此,就让我和故乡一道,告别不安和惶惑,干脆利落地走过脚下的长路吧。

2008 年 7 月

腊货故乡味

每次回家,最令我感到欣喜的一件事情,就是可以暂别学校食堂的饭菜了。那一盆又一盆摆放于窗口的米饭、菜肴和汤汤水水,日复一日地以"流水线作业"的方式,诠释着"大锅饭"的内涵。莘莘学子们当然知道大锅饭的优越性,但大锅饭就算再有优越性,也无法满足口感需求的多样性。因此,校外汉口路上的"雄峰"快餐店,每到饭点,排队都排到马路中间来了。我光顾过两次,也就不愿再去。原因无他,这么一大锅一大锅地炒出来,一大盆一大盆地摆出来,也就相比学校食堂无异了。所以,我宁可改去"汉林饭店"吃盖浇饭。今天盖的是青椒肉丝,明天就浇上土豆牛肉。米饭口感也比快餐店要好。

这么盖来浇去弄了一阵子,还是被同学们拉着,固定上食堂用餐了,说是食堂二楼的酸奶不错,既有营养又有口感。可酸奶究竟不是饭菜,吃上一段时间,我就还是不争气地想到,在家里多好啊。不管是素菜还是荤菜,母亲做出来的每一样都是那么香。话说回来,我们村其实并没有什么特别的菜肴,除了自家地里种的、圈里养的,也就别无他物了。而且,由于地处偏僻,乡亲们生活简朴惯了,我们村迄今都没有一家卖菜卖肉的小店铺。不过,或许也正是由于生活的简朴和节俭,乡间世代相传着各种制作和存储食物的手艺,比如腌酱、腌白菜、制豆腐乳等等,还有其他无法"转译"为普通话的手艺。其中最值得称道的,我以为是"干货"和"腊货"。前者的材料来源几乎可以包括白菜、青椒、茄子、扁豆、豆角等一切食用菜蔬。我上小学和中学时,时常要住校,经常带去学校的就是干白菜和干豆角两样。只是,放在搪瓷缸里经过大蒸笼蒸熟的味道毕竟不好,所以中学毕业之后的一段时间里,我对那两样"干货"采取的态度往往是敬而远之的。但是我清楚地知道,每一斤"干货"从播种到收获、从"湿"到"干",其中凝结了母亲投入的不可计数的辛苦和期待。我有一万个理由为自己的敬而远之而深自惭愧。好在没过太久,我就不仅重新接受了那些干菜,而且能甘之如饴了。

最令我牵挂和着迷的,还是"腊货"。腊货的原材料,主要是肉类。猪肉最为常见,牛肉次之,而鸡肉羊肉则极为罕见——大概是制成腊味会失了鲜美。也有兔子、麂子、野猪之类,但越来越少见了。腊货的制作工艺,必要经过盐腌、烟熏和风干等重要工序,缺一不可。抹盐的作用,一是防腐,二是使肉入味。烟熏的具体办法是将肉块用棕叶穿孔,打结,悬挂于炉灶上方(一般是楼板底下),借柴火的余烟余热,使之逐渐变色变味。色香味都出来之后,就拿去风干。上春头的晴好天气里,微风和煦,院墙外的长竹篙上挂着一溜儿腊货,也算乡村一景。等到表面的盐渍油汁被风吹散、被日头烘干,主人就可以将腊肉收藏起来了。

在外人——包括现在的我——看来,这类烟熏肉多半不够卫生,而且据报载或有致癌的危险,倒也不曾证实。但是,仍然有很多人——包括现在的我——迷恋于烟熏肉的味道,正如城市里很多时尚男女迷恋于街头的烤羊肉串。不过,都市街头的羊肉串,想必很少有人拿来果腹,而乡下的腊货,最初却只是被储存的食物。经过盐腌烟熏之后的肉类,不易腐坏,宜作粮食储备。可叹的是,老辈人琢磨出这门手艺,却多半没有大快朵颐的福分,只有在温饱无忧的今天,后代子孙们才有可能围桌而坐,或大快朵颐,或细嚼慢咽。

烟熏肉究竟是什么味道呢?我一直说不清楚。我只是觉得,只有当你坐在老家小饭桌旁吃到了烟熏肉,才会真正感受到其中的味道——所以我想,腊货的味道,其实就是故乡的味道。你无法摆脱对腊货的迷恋,正如你无法摆脱对故乡的迷恋。

其他可以制作为腊货的,还有鱼类和竹笋等,而不同的食物在炉灶上悬挂的时间长短,以及其中需要把握的"火候",却不是三言两语可以道清的。到目前为止,我只会看,只会吃,却不会做。还有,腊货离开烟熏之后的储藏,也是要有讲究的。有些人家因为储之不善导致腊肉变味,其结果往往使客人嚼之如革,食之不甘,然而盛情之下又却之不恭。当然,储藏得当的腊肉,就算年初藏下年中再吃,也是别有风味的,而且算得上待客的稀物了。比如,眼下这个季节,若还有人请你吃腊肉,那真算得上隆重的招待。

这个暑假,在城里的一个亲戚家,我就受到了一番款待。虽然餐桌上并没有菜市场中新购来的鸡鸭鱼肉,然而摆出来的盘钵里,却是各类时下难得一见的腊货干货,有腊肉腊鱼,还有干笋干豆角。更为难得的是,每一样的味道都非常正。遂食之而大快。回到家里,母亲和往常一样拿出了为我精心储备的腊货。先是每顿饭都有腊肉,然后是,在我离家前两天,母亲拿出了腊猪蹄。那天下午,为了烧制一盘可口的腊猪蹄,母亲花了很长时间。可是,一位热情好客的婶婶找上门来,口口声声对我说"你一年到头都没喝我家一口水了",硬是要我晚上去她家吃饭。我却之不恭,又实在不忍心去体会母亲隐隐的失落,最后还是恋恋不舍地出了家门,上婶婶家去了。走到门口了,还听得到母亲的自言自语:那就明天再吃好了。第二天真是一个好日子,城里的舅舅和舅妈都来了我家。于是,腊猪蹄终于得见天日,亮油油,香喷喷,一扫昨天的忧郁和黯淡,大放其光彩和香味。当母亲摆放菜盘子的时候,我有意俏皮了一次:"妈,你今天准备了这么多好菜啊?我要把昨天的都吃回来!"母亲白了我一眼:"你这伢仔,想吃就吃好了,怎么这么夸自家的?"舅舅和舅妈都笑了。虽然母亲语带嗔怪,但我分明看见了她皱纹里的笑容。或许是有皱纹的缘故,那笑容很深,很久都散不去。

　　平时,就我们俩在家吃饭时,母亲也会不住地说:"多吃几块吧,快。"我当然不会客气了,就算母亲不"劝"我,我也不会客气的。每当母亲如此"客气",我"对付"她的办法就是大声地说:"真好吃,我已经吃了八块了!"母亲又笑了:"哪有,我怎么没看见?再吃几块吧!"那时我就只剩最后一个办法了:"不敢再吃了,我怕吃稀了,会跟我爸一样。""吃稀了"是土话,意为一次吃过量了,会腻味的,以后就不敢吃了。父亲就是我家活生生的反面教材。据说,曾祖母有一次煮熟了几块大肥肉,是待客用的,足有一小碗。父亲那时年幼,只知道肉好吃,何曾见过这么多肉。他瞅准了老太太抽身上楼的时机,以手指代替筷子,以风卷残云之势将那些肉一一纳入了腹中。这一次就吃够了,吃稀了。直到现在父亲还是专攻瘦肉,而且一顿只能对付三五块小的。母亲见我重提旧事,当然怕我续写了父亲的教材,只好作罢。于是,"劝"与"被劝"的场景暂时落幕,留待下一次用餐时继续上演。

　　母亲制作各种腊货的本领,确是小有名气的。本村有一位姑姑,现居广州,吃过哥哥带去的腊肉腊鱼之后,赞不绝口。此后哥哥每次过年返回广州,行李中就多出了那么一大块腊肉。嫂子的姐姐来过我家一次,第二次来时,还没入席,就回想起了母亲上次烹煮的腊货。还有就是每逢爷爷奶奶的生日,母亲必是毫无例外地要忙碌好一阵子。菜肴未必很多,而腊货总是其中备受欢迎的佳品。父亲虽然有时会故意挑剔母亲做的饭怎样怎样(其实,那些"怎样怎样"多半应该归咎于我家那只历史悠久的电饭煲,而且,父亲这些年来已经不再作评了),但是对于那些腊货们,却从未加以片言只语的负面评价。不仅如此,闲时聊天,父亲总不忘向我提到一点:等你将来在外面成家了,我和你妈也就老了。那时节,哪怕什么都做不动了,也要好好饲养一头猪,每年熏些腊肉,好让你带到外面去尝尝。每当此时,我总是感慨无言。其实,他们现在也就"老"了,眼角眉梢遍布着岁月的风霜。可就算是这样,他们对将来的期盼却那么真切、那么实在,似乎他们还很年轻。这总是让时常暮气沉沉的我无地自容、无言以对。

  这次,临走的那晚,三人在院子里乘凉时,父亲又旧话重提了。我疑心父亲这不是记性好,而是真的老了,话就多了。月光下,父亲的背部竟有些佝偻。母亲仰面靠在椅背上打盹,脖颈里不知是皱褶还是月影。我的眼睛突然有些湿润,喉咙感觉很堵。我觉得自己必须说点什么才好。于是我赶紧清了清嗓子,说:"要是外面的媳妇不会煮腊肉,该怎么办呢?"

  父亲哈哈一笑:"那个应该很容易吧,你可以先学会再教她嘛。"

  我说:"那还不如让她直接跟妈学呢。"

  母亲笑着坐直了身子,说:"那你告诉我,她现在在哪里啊?"

  我也笑了:"我也不知道她在哪呢!但愿她会煮腊肉吧!"

2008 年 8 月

六十年的距离

　　每次寒暑假回到家里,我总要和母亲一起去看望外婆,这几乎已成惯例了。母亲虽然不说,但我明白,外婆已经太老了,说不准什么时候就见不着了。

　　从我记事起,外婆就时常逗弄我:"伢子,我们俩是一样大的呢!"

　　我那时想必总是睁大了眼睛,连连摇头:"怎么会呢,你都这么大了!"

　　这时,外婆忍不住就笑开了层叠的皱纹,说:"是真的啊,外婆不骗你。"接着她又说了:"就是的,我们属一个生肖呢!"

　　外婆还是笑着的,而我小小的脑袋里却兀自多了一串疑问:什么是生肖?人为什么要有生肖?为什么属一个生肖就一样大呢?……

　　后来我才从书上得知,中国传统的办法,以天干地支纪年。六十年为一轮,又称为"一甲子"。外婆说她和我"一样大",其实是说我们出生的两个年份,恰好是用同一个天干地支来标记的。她恰好比我大了整整六十岁。这样的例子后来还有:爷爷和堂弟也是"一样大的"。

　　然而,六十年,这又是多么长的一段距离呢?随着我渐渐长大,我开始明白,这个距离很长,很长,长到无法计算。我在长大的时候,外婆却是在变老,而且是日益苍老了。长辈最大的乐趣,可能也就在于亲眼看着后辈长大成人吧。遗憾的是,直到如今,我才领悟到这一点。直到如今我才明白,为什么外婆每一次看见我都那么高兴。我无助地体会到,六十年的距离,乃是一段守望的距离。一个老人无助地消耗着自己的暮年,却满怀期望地守候着后辈们的成长。消耗与成长之间,遥遥相隔六十年。

　　六十年,是一段伴随着挣扎与放弃的距离。如果说我是挣扎着哭喊着来到这个世上的,那么外婆就是在挣扎着劳碌着趋近告别的终点。母亲不止一次地说过,我在三岁多时,因为她在外面学习缝纫,那年的整个夏天,我都由外婆带在身边。那时的我,每到夜里,总是因为想念母亲、因为暑热生疮和蚊虫叮咬而难以入睡。外婆不厌其烦地软语抚慰,陪我度过了那些难熬的夏夜。最后,我口里对母亲的呼喊逐渐微弱下去,终于在外婆的拍打下进入了梦乡。上学以后,我再也享受不到那种拍打的甜蜜,但每去外婆家,她一定要做饭给我们吃。看她挪动着小脚来回奔忙,我总想到那是一种挣扎。但我们无法劝阻她好好歇息,她甚至拒绝母亲的帮忙。于是我明白,只有敞开肚皮狼吞虎咽,才能告慰外婆的一番忙碌。再往后,外婆再也忙不动了,甚至她自己都需要人照顾了。她竟然时常诅咒自己,为什么不早点死去。每每闻听此类言语,我总是心酸无语。多少年来,外婆一直在挣扎着守候子孙儿女甚至曾孙一辈的长大,然而,一旦再也无法独立生活,她就立即觉出自己是多余的。她甚至愿意放弃自己的余生,也不愿成为儿女们的负担和拖累!

六十年是一段令言辞日渐乏力的距离。时间的巨轮无情地碾过一切,言辞已经渐渐丧失其必要性。近几年,每次见到外婆,她的话越来越少,只是默默注视我的时候越来越多。在接受注视的沉默中,我总是想说点什么,却又更实在地觉出言语的贫乏和无力。我清楚地知道,我的世界、我的生活、我读过的书、我写过的文字,这一切都无法用言语向外婆转述,她也不想知道。她只是静静地看着我,偶尔说话,也是"你吃了吗?"有一次,她甚至将我认作了我父亲。我倒情愿她的错觉是真的。那样的话,外婆必然比现在年轻,比如还有很多的话要讲,比如还有很多的日子可活。但是,稍后外婆又回过神来了,又陷入了沉默。我也陷入了沉默。

六十年,也是一段足以让所有的颜色消退的距离。我不知道外婆的心中还有没有未了的心愿,还有没有需要着色之处。但就我而言,不知道心目中已经消退了多少道幻梦的色彩。从前的黄毛小儿长大了,但幻梦消散了。我的头发依然黑亮,然而外婆的头发已经白了不知多少年了,由花白而白亮,由白亮而灰白。时间可真是一位执拗的画师,偏爱在人的头发上调弄无情的色彩。

六十年的距离,一段足以让人视线模糊的距离。这次去看外婆,虽然她还是一眼认出了我,但我明显察觉病榻上的她,双目已然空洞无物,全无神气。如果我不是高度近视,那么我一定是泪眼模糊吧。泪水风干之后,我的眼前不再模糊,而是清晰地现出了几幕场景:

月影之下,柳枝婆娑,然而微风毕竟无法穿越窗棂,更无法掀动厚重的老式蚊帐。一位头发花白的老太太,手中挥舞着蒲扇,不住地给床单上翻滚的小男孩扇风。在她抬手给自己擦汗之际,可恶的蚊子从蚊帐的间隙钻了进来,趁机掳掠一番,然后鸣着喇叭盘旋飞过。老人赶紧执扇猛摇,孩子却翻滚得更加厉害,手指在全身上下四处乱挠,终于哭了出来:"妈——妈——"老人慌忙在孩子背上拍打,一边说:"宝宝乖,宝宝乖乖的,妈妈就会回来了……"孩子还是哭。热疮的痒痛再加上蚊子的叮咬,实在让他无法安宁,"妈妈,我要妈妈……"老人耷拉的眼皮下含着一汪水,双手抱起了孩子。她不断地轻轻在孩子背上拍打、抚摸,嘴里不住地说道:"乖,宝宝要乖,妈妈很快就回家来了。"孩子止住了哭声:"那我喊妈妈,她听不听得见?""她听得见的。我们喊吧。她听见了,明天就回来了。""那我喊妈妈,你喊妈妈的名字,对不对?""对啊,宝宝真乖,宝宝要乖乖睡觉……"月光转过了窗户,房间里渐渐暗下来。蒲扇带动的风加上有节奏的轻拍,终于使得孩子渐渐踏实下来。

  老太太在女儿家小住了几天。几天来,女儿什么事都不让她做。小外孙放学回来,第一件事就是央求她明天别走。她还是放心不下农活多忙、儿女尚小的小儿子,放心不下自己饲养的几只母鸡,放心不下逢到大雨就可能滴漏的屋顶。这天,吃过早饭,她就站起来要去门后摸她的拐杖了。小外孙刚背上书包要走,见状立即跑过来抱住了她:"外婆不走,外婆不走!"她摸了摸孩子的头:"乖,外婆回去看看就来。"孩子一脸不信:"外婆骗我,外婆你骗我!你上次回去的时候也这么说,可是后来隔了好长时间才来我们家!"她脸上的皱纹堆成了一片笑容:"乖,你去上学吧,外婆今天不走。""真的?""真的。""嗯,那我去上学了。""快去吧,别迟到了。"孩子走了,她又去门背后寻她的拐杖,但怎么也摸不着。转头问正要出门的女儿,女儿说:"早被小家伙藏起来啦!妈,你就再住一天吧,啊?!"

  一处破败的老房子,四周长满了及膝的野草。一条小路从草地远处蜿蜒而至,路上走来一对母子。做母亲的走得火急火燎。年轻人背着一个包,眼睛微眯,不过还没戴眼镜。两人走进大门,母亲喊:"妈——"年轻人也在喊:"外婆——"没有人应答。母亲推开卧室,两人走了进来。两人又喊。卧靠在床头的老太太嘴唇抽动了几下,没有发出声音。她用眼神示意两人坐下。两人来到床前,女儿抓住了老人枯槁的双手,没有说话。年轻人的声音有些发抖,他问:"外婆,外婆,你认得我是谁吗?"老人目光有些迟滞,但还是艰难地点了点头。

年轻人艰难地收回目光,缓缓打量了房间一周,突然转过身去,找了一张椅子坐下。他颓然地将脑袋埋在握紧的双拳间,静默了足有一分钟。当他抬起头来,双拳已沾满泪水。只听他轻轻地说道:"六十年哪……"

2008 年 8 月

白马岭传说

一

晨光熹微,万籁俱寂。一匹白马在一处高岗上缓辔徐行,但马铃不响,马蹄声也不可闻。马背上跨坐着一位战士。他斜背长枪,左手执着缰绳,右手举着一个大喇叭。他一边眺望着远处,一边将喇叭口对准双唇。他神情坚毅,两腮鼓起,但是喇叭不响……

这种无声无息的情境,当然只能属于传说了。这个传说还有其他版本,比如,有人就坚称自己听到过马蹄声,还有人说自己见到过白马和战士的影子。不过,大家一致认可的是,因为地势险要,在抗战和内战中,曾有很多士兵战死于此地。因为有了这个传说,这处位于城北的高岗就得名"白马岭"。

我第一次来到白马岭,是在1999年1月的某日下午。那时,此地已经属于"国营通用机械厂"所有。我是来报到上班的。对于这个等了半年之久才分配下来的工作,我曾有过很多不切实际的想象。沿着一条狭长的街巷走了很久,终于走到挂着厂牌的大门口时,许多的想象都在瞬间破灭了。我怀着莫名的心情,走进了大门。我在门口的厂办大楼里递交了报到证明之后,就被指派去剪刀分厂的模具班报到。我不想向人问路,只是独自边走边看。路边黑乎乎的锅炉房让我倍感压抑,我不由得加快了脚步。眼前出现了一段长长的陡坡路,坡的半中间是一扇大铁门,上面挂着几块破旧的牌子。就是这里了,我想。我沿着坡路走进铁门,毫不费力地看到了右手边的厂房。那么,左手边的一排小平房,就应该是办公室了吧。我问到了分厂办公室,里面正有一男一女在办公。男的看过了我的证明材料,就让女的去把"柯主任"喊来。不多时,柯主任就来了。他身材黑而瘦小,却一副干练的样子,倒也符合我对车间主任的想象。柯主任得了领导——后来我才知道,刚才给我安排工作的,就是剪刀分厂的厂长——的指令,领着我出门了。他在前面不紧不慢地走着,随口问一些话。第一句问我是哪里毕业的,第二句又问我学什么专业。他才问完两句,我就发现了,我们都在学说县城话。可他毕竟年纪大了些,学得还是不够像。等他再问我是哪里人时,我立刻就表现出了乡下孩子的没规矩:"柯主任也是我们乡下人吧?我听出来了……"好在他并不以为意,反而是露齿一笑,"是啊,你是哪个乡哪个村的?"为补救刚才的唐突,我这次回答得老老实实清清楚楚,最后还无师自通地加了一句"请多关照"。柯主任竟然有些不好意思似的,说:"厂里其实不忙的。"从那一刻起,我就无端地认定了他是一个实在人。我甚至为遇到这样的领导而有些兴奋起来。可是,我们很快走到了一个大车间面前,眼前的景象立即将刚冒出头的兴奋冻结住了。

尽管在学校时参加过两次车间实习,但是这个大车间还是让我颇感意外。在我的印象中,车间里应该是忙乱而嘈杂的,这里好像太安静了。难怪柯主任刚才就说了,厂里其实不忙的。我知道,不忙就意味着无事可做,无事可做就是没有效益。我一边胡思乱想,一边跟他走进车间。车间里竖立着几架机床,它们的形状大小不尽相同,却用了同样油污而庄重的面孔,摆出夹道相迎的姿态。不知是地上的灰尘太厚,还是不敢搅扰这份冷清,我的脚步突然变得很轻很轻。恍惚间,我竟不知身在何处。好在阳光从仅有的两扇大窗户里射进来,适时地将我拉回现实。我们走到了车间尽头,这里有两间小房。柯主任推开第一间,看了一眼,随后又带上了门。我注意到房里有办公桌,就问这是不是他的办公室。他摇了摇头说:"其实是公用的。"柯主任又推开第二间的房门,这里就杂乱多了。我还没来得及将里面的摆设看清楚,里面就传出一声"主任来啦",随即走出一个穿着工作服的青年人来。柯主任向他介绍了我,又对我说:"这里就是模具班。这位是小詹。"我赶紧喊"詹师傅"。柯主任简单交代了几句就要离开。我跟了出去,问他:"这个詹师傅以后就是我的师傅了吧?"他说:"不是。小詹也才学了没多久的。明天田师傅就来了,我让他做你师傅。"

二

送走柯主任之后,我就有时间细细打量这个房间了。这个房间不大。进门左手边有三只半人高的工作柜。詹师傅说,他和曹师傅各用一只柜子,另一只柜子是田师傅的。我不由得想到,这里连我的位置都没有啊。房间的正中是一

个大工作台,不锈钢的台面已经破旧不堪,上面盖着一层厚厚的油腻,杂乱地堆放着一些废弃的模子和工具。詹师傅戴着帆布手套,拿了一把锉刀,来回锉拉着虎钳夹上的一截圆铁棒。我问他这个锉了做什么用。他不好意思地笑了笑,说:"这个是废铁。我拿来练基本功的。"我立即想起过去实习时的那个老师傅。他经常夸我的头发黑而粗硬,还给我讲过八级老钳工的精湛手艺。但他不让我干活儿,不知道是不是怕我把他的东西弄坏了。所以我至今都没干过钳工的活计。莫非詹师傅有志于做新时代的八级钳工?我这么想着,就问他废铁从何而来。他向工作台右边努了努嘴,"喏,那边的架子上很多呢。"我这才注意到右边有一整排铁皮架子。架子上确实堆放着各种奇形怪状的废铁,但更引人注目的是架子上的铁锈,都快变成红褐色了。詹师傅看我一直站着,就让我坐一会。我看了看,正前方的墙上开了一扇窗户,窗户底下有一张长木椅。这椅子倒是很结实的样子,可我才看清了表面的油漆是淡灰色,立即又发现椅子上布满了细细的尘灰渣滓。有心找个什么东西来擦一擦,环视四壁,这里已经是最干净的了。詹师傅见状,笑了一笑,"小徐啊,工厂就这个样子,你要习惯。"他放下锉刀,摘下手套,打开自己的工作柜,找出一对崭新的手套给我,"你用这个擦一擦吧。"我感激他的理解,接过手套,擦净长椅。坐下之后,一时间竟觉得无话可说。詹师傅又告诉我,因为最近不忙,老曹师傅和小田师傅都很少来。"你以后没事也少来点,"他一边拉动锉刀一边说,"我是因为住在厂里,上班近,所以每天都来。"我连忙问他,厂里的职工宿舍条件如何,还有没有空房间可住。他听了连连摆头,"能有住的就不错啦!"詹师傅夫妻两人都在工厂上班,在单身宿舍熬了几年,好不容易等到已婚宿舍空出一间,就赶紧搬了进去。我问他:"就一间?"他点了点头,"那里就一间破房子,还有一个破吊扇。其他东西都自备。"我闭上眼睛想了想,需要自备的东西还真多。可我没想到,詹师傅夫妇还"自备"了一个女儿,一家三口就住那么一间房。他说,幸亏现在没什么事可忙,否则真没办法照顾孩子。也幸亏老家没人来给他带孩子,否则都没法住。我沉默了。

  詹师傅提议到外面走走。我们在车间门口的阳光下站着聊天。他详细地为我指点四周都有哪些车间。陈旧而高大的厂房让我的心情突然沉重起来,我下意识地张目远望。"这个地方其实不错,难得位置这么高,还有一大片平地,"我有些言不由衷地说,"其实挺好……"詹师傅立即笑了,"你知道这个地方叫什么名字吗?"我当然不知道。于是,他给我讲了"白马岭"的来历。他讲得绘声绘色,有鼻子有眼,以至于我的脑海中立即出现了一个背着长枪、骑着白马、举着喇叭的战士形象。这个形象在我心上刻下了一道最初的也是最深的印痕,带着些神秘和惊悚,永远都无法抹去。此后,不管听到别人怎么讲述白马岭的来历,我都觉得不如詹师傅讲得好。我一直觉得,这是我和詹师傅之间的缘分。詹师傅的直爽、热情、健谈,让我很快熟悉了环境。多年以后,每当我回想起模具班,我首先就会想起詹师傅,想起我们各自拿了一把锉刀练习基本功,想起我们坐在长条椅上东拉西扯,想起我们一起推车去别的车间拉模具,想起我们一起去南昌出差……

三

第二天上午,我早早地去了车间。这回见到的人就多了,有男有女,年龄不一。为避免尴尬,我通通称呼"师傅":曹师傅,柯师傅,郑师傅;等等。这是我过去在工厂实习之后总结出来的有效经验。那时班上有一个男同学,面相有些显老,嘴巴却是很甜。一下车间,被指派为一个年轻女工的学徒,他张嘴就来了一声"阿姨"。那阿姨比他大不了几岁,而且没结婚,回头看见一个小伙,竟跟自己岁数相仿,顿时就满脸通红。这事也给了旁观的我们一个切身教训:进了车间,见人就喊"师傅",肯定是不会错的。眼下,我们车间的师傅们听了我这声"师傅"都很高兴。他们听柯主任介绍了我的情况,纷纷谦虚地表示:小徐年龄虽小,学历却是最高的,不该喊我们做师傅的。我说:我什么都不懂,就是来学习的。大家聊了一阵,就各自做事去了。车间里响起机床的声音,虽是单调而沉闷,却比昨天热闹多了。

大概九点多的时候,田师傅来了,后面跟着柯主任。田师傅身材不高,肚子却不小,一张娃娃脸上有红有白,说话时总是带着笑。柯主任向我介绍说:别看小田师傅年龄不大,技术却是很老练了。我说:我会好好学习的。田师傅领着我在车间外面转了转,向我大致介绍了剪刀加工的流程。我们这个车间叫做"模锻车间",负责压模、切边、冲孔和整形等工序。这些工序由锻压工和机床工完成,但都需要我们模具班提供模子。他又领着我去锻工班转了转。几只大炉子烧得熊熊旺旺,炉口的工人全副武装,忙着送进生料,再拨出熟料。后面坐着一排锻工，系着围裙，戴着手套。他们两手钳起一根熟料，放在装好的模子上，脚尖轻点，锻压机的锤头就砸了下来。田师傅说，这样冲压出来的就是剪刀的粗坯了。他随手拿起一片冷却的粗坯，为我讲解。这个粗坯随后会运到模具班所在车间，先由切边工切去外面的废边，再由冲孔工冲出剪刀上的圆孔，最后由整形工将剪刀毛坯压平。我一边听，一边想象着手握剪刀的情景，可我还是没办法将这些粗黑的毛坯与明晃晃的剪刀画上等号。于是我问他："后面还有哪些工序呢？"田师傅告诉我说，后面还有淬火、抛光、电镀、开口和组装等步骤。我将自己的记忆艰难地搜索了一遍，大致明白了剪刀的生产流程。突然间，我想起理发剪上似乎是有小齿的，不知是由哪道工序来加工？田师傅听我一问就笑了，"问得好。理发剪的齿子在对面车间的铣床上做。文具剪就不需要开齿了。"

回到模具班之后，田师傅打开了他的工作柜，拿出一堆崭新的帆布手套给我。他看着又在练习基本功的詹师傅说："没事的时候，你要是愿意，就跟小詹一样练练基本功吧，"说着，他又交给我一把钥匙，"这个柜子的钥匙就交给你保管了。"这时，柯主任又给我送来工作服和手套。田师傅让我都放进柜子里。我这才发现，柜子里有很多手套。我说："看来，我们厂真舍得给劳务用品啊！"田师傅闻言，哈哈一笑，说："他们哪有那么大方？主要是没什么活儿干，手套都用不完……"正说着，柯师傅捧着一副模具走了进来，"谁说没活儿干了？小田，来帮我修一修这个模子……"田师傅又是一笑，"活儿都被你干完了，人家当然没活儿可干了"。他戴上手套，又找来外面的粗坯，仔细比划了一番，锉刀和电钻轮番上阵，很快就说可以了。柯师傅心满意足地离去之后，这一上午都没有人来要求修模了。我知道，柯主任说的厂里不忙，田师傅说的没活可干，道理就在这里。但我还是禁不住问了："我们模具班就不开发设计新模子吗？每天就修一修旧的？"田师傅看了我一眼，说："这些旧模子其实还是好用的，关键是厂里现在找不到订单啊！"这话说完，我们三人都陷入了沉默。田师傅终究是静不下来的人，他找来一把锉刀，问我会不会用。我说不会。他就耐心地给我做示范，还讲解了平锉和扁锉的不同用法。我敢保证，詹师傅听得比我还认真。后来我才发现，这就是田师傅教得最认真的一次了。

田师傅走后，詹师傅又开始了认真的练习。他对我说，柯主任说的都是真的:小田师傅年纪不大,手艺确实很好,都快赶上年长的曹师傅了。可惜的是,我那时从未立志要成为几级几级钳工,也就从未想过要把基本功练得如何如何。好在田师傅对我也没有特别的期待,我们就这样相安无事。五月份的时候,我在厂办领到了人生的第一笔工资:六百元。这是之前四个月的实习工资。我找到一家中国银行,开了一个户头,存了四百元。一个多月之后,端午节要到了,我从银行取出了两百元,给田师傅买了一条"红梅"香烟,又买了二十个鸭蛋。母亲突然打来电话,说是曾祖母去世了。我立即又把剩下的两百元取出,找到柯主任请了假,匆匆赶回乡下老家去了。此后,在"通用"上班的日子里,我再也没去银行存过钱。

四

那时候,最常来模具班的,就是我和詹师傅了。曹师傅因为也住在厂里,所以时常来转一转。看着没什么事,他就转回家去了。曹师傅对人很和善。我一个人在模具班没事可干,就在工具柜上面用粉笔写字玩。有一次忘了擦掉,被曹师傅看见,他对我大加褒扬了一番。他时常说我是读书人,不应该到这里来。我不知道怎么回答才好。曹师傅在家爱看相声小品,在车间没事就说赵本山。他还把我拉到他家去看赵本山和宋丹丹的《昨天今天明天》。曹师傅问过我一个问题,我至今都无法回答他。他说:"都说'咱们工人有力量',这歌唱了几十年了,可咱们工人的日子却越过越差。你说这是为什么?"

外面车间里负责切边的柯师傅也经常来。的确,就像田师傅说的,活儿都快被他干完了。我至今还记得他大冬天里吸溜着鼻涕,叼着香烟,穿着大头皮鞋在机床边操作的样子。若干年后,我和他的儿子成为隔房连襟,再说起柯师傅,没想到他已病故了。我们都感慨不已:当初,他干活确实是干得太狠了。

负责切边的还有小刘师傅,他结婚时,我还去随过份子。刘师傅的习惯是,干完活,洗好手,换好衣服,穿上皮鞋之后,进来模具班坐上一阵,从容地抽上两支烟再走。小严师傅也负责切边,但他比小刘师傅多了不少市井气。他的衣服牌子都不错,而他不像小刘师傅一样换来换去,围上长裙就干活了。他在长条椅上坐下之后,也要抽上两支烟,侃上一阵。侃的多半是他外面的朋友以及"泡妞儿"。他结婚的时候,我也去随过份子,并亲眼见识了他如何被他的朋友们整

得死去活来。我一直想不明白,他为什么会待在厂里做工。

负责整形的老刘师傅也常来模具班,他的苦干劲丝毫不逊于柯师傅。他一进来必定是有事,而极少坐下闲聊。冲孔的郑师傅和送料的董师傅都是女人。郑师傅也是直爽人。她说过,第一眼看到留着长头发的我,就以为是又一个小严来了;没想到我竟然是读书人。这让我深感惭愧。我暗想,要是不能把书念好,恐怕我就什么都不是了。董师傅干的活儿不需要什么技术,只需要吃苦。她的爱人在街上拉大板车。两人竟攒钱买下了厂里新建的大房子。她为人非常热情。在她家先吃饭再打牌的活动,连我都参与过两次。

与这些人熟识之前,我经常感到无所适从。詹师傅在的时候,我还能有个伴儿说说话。詹师傅不在车间时,我就很无聊了。我在长条椅上呆坐一会儿,再拿起锉刀练一阵基本功,又在长条椅上呆坐。我时常一个人在外面呆呆地晒太阳,看风景。我不止一次地想过,要是背着长枪、跨着白马的战士突然在我面前出现了,我会怎么办?我想,我多半会转身而逃。

五

现在想想,要是当时没有报名参加自学考试,我恐怕都没办法在那里熬过两年。在模具班适应了一周之后,我就偷偷揣上书去上班了。到了模具班,我换上工作服,然后把书藏在宽大的衣袖里。看看四处无人,我就拿出书来翻看。开头的两天难以进入状态,接下来就好很多。我坐在窗下的长条椅上,双手捧书,低头看了起来。听到有人推门进来,我立即将书藏好。被人看见我没在干活还不要紧,反正现在无事可忙。我只是担心工人师傅们说我假装斯文——这在工厂里可是大忌。可是,常在椅上坐,怎能不暴露?詹师傅最早发现了我的秘密,但他说这个不要紧:"学习是好事。"柯主任发现之后,也没说什么。我想着日后还得向他请假去考试,干脆就多跟他说了几句。我说:我保证会先做好手头的活儿,然后才看自己的书。看他没做声,我又说:这个自学考试,其实是得到国家承认和肯定的。他终于说话了:"我看,你也适合读书。不过,你最好不要被外人发现了,到时候传出去,说我们模具班的人上班不干活,"他说着说着,又露出不好意思似的微笑,"相信你能理解我,对吧?"我连连点头称是。我想了想,他说的"外人",应该不是指模具班和外面车间的人。所以,从这以后,只要没什么要紧事,我就心安理得地坐在长条椅上看书。我永远忘不了这样的场景:阳光穿过身后的窗户,细碎地洒在书页和手指之间;白炽灯下,詹师傅勤奋地拉动锉刀;外面的车间有时嘈杂有时安静,渐渐都与我无关……下雨天只能在房间里待着,要是天气好了,我就出去看书。在车间附近的草地上,找一个隐蔽的角落坐下,看看四处无人,我就从工作服里掏出书来。不知是这样独处的日子太寂寞,还是受了书上那些诗文小说的影响,我有时会莫名其妙地走神。一走神,我就会想起白马岭的传说。在最感到孤独的日子里,白马战士竟然淡去了惊悚的意味。我甚至期盼着能与他相遇。如果他能让我听听他的喇叭声,或者听听他的故事,我就愿为他朗诵一首诗,或者与他分享一篇精彩的小说……可是,他自始至终不曾出现。

六

在模具班的日子里,我干得最拿手的活儿,就是打孔。具体过程是,先用剪刀样板在模子的平面上划出轮廓,然后用极细的小钻头打上小孔,将这轮廓勾勒出来。孔不宜打得过密或过疏,也不宜太深或太浅,尤其不能打偏。一旦打偏,这模子就得送去刨床重新刨出面来。那时我的眼睛还没有近视,干这样的活儿倒也称职。做完之后,我就与詹师傅将模子送到对面的金工车间,由他们依样加工。等他们加工好了,我们又去拉回来。接下来就得曹师傅和田师傅来精加工了。我和詹师傅——主要是他——在旁边认真学习。田师傅曾交给我一片剪刀的粗坯,说是不限日期,让我将这粗坯打磨成剪刀样板。他说,如果我做成了,就可以自己做师傅了。我当然没有那样的野心。我只满足于偷空看书。看他来了,我就老老实实地喊"师傅"。

剪刀分厂那时已经是半死不活的样子了。我听曹师傅和柯师傅他们说过,二十世纪九十年代以前,通用机械厂还是不错的单位。那时的老厂名,叫做拖拉机厂。除了极少部件不能自主生产,其他部件的生产以及整体的组装都没问题。往日的荣光风流云散,拖拉机厂改名为通用机械厂,下设剪刀、齿轮齿圈和煤矿机械三个分厂。九十年代末以来,厂里的经营每况愈下。齿轮齿圈和煤矿机械分厂还能时不时地接些外来加工的活儿,剪刀分厂的订单却越来越少,让人发愁。正常生产吧,成品只能积压,厂里的资金无法回笼,工人们的工资只能一个月又一个月地往后拖。要是停产呢,说不定人心就涣散了,万一哪天来了一笔订单,恐怕都没办法吃下。这样一来,剪刀分厂就只能尴尬地耗着,工人们时常要饿上几个月才能暴吃一顿。我一向对时局大势不甚敏感,只是看着来模具班的人多了,或者我和詹师傅出去送模拉模的次数多了,也就感觉到厂里来了订单。或许下个月就能将拖欠工资给结清了?这样想着,我虽然没空看书了,但也有几分高兴。有时,厂里接到一笔大单,为了鼓动大家加班加点的斗志,还没干活儿就让大家先去领上一个月工资。接下来,车间外面的路上人迹稀少,里面却到处都是机器轰鸣和欢声笑语。这样加班加点的日子虽然很少,但足以见出"咱们工人有力量"。事实证明,只要厂里能拉来订单,工人们就绝不会误了出货的日期。曾经有一两次,我们模具班在晚上被抽调到组装车间去帮忙。我很不乐意地骑上车,一路上都在叹惜晚上的学习计划被打乱了。到了组装车间之后,竟然认出不少人,他们也是从其他车间借调过来的。大家的装配速度快慢不一,但同样地紧张,同样地严肃,同样地带着兴奋。我发现,这里面既有柯主任这样的人,也有曹师傅这样的人,还有詹师傅这样的人,甚至还有我们分厂的厂长。想到大家都在为生存而奋斗,我立即感觉到一己之渺小。我没有任何理由置身事外。

　　经历过突击加班之后,我对上班的抵触情绪少了很多。主任让我们干什么,我们就干什么。有一次,他竟然神色匆忙地跑过来,让我和詹师傅去"帮点忙"。原来厂里进了一批油,油车在对面的金工车间就把油桶全卸了,而靠近模具班的下料库房里还需要两桶呢。我问主任:"用车去拉吗?"主任说:"用手去滚过来。"我顿时就不好受了。我很想申明一下我的"干部"(那时中专毕业生都是"干部编制")身份,还想说明自己不擅长干体力活——其实我最想说的是,干体力活也行,可为什么连推车都不让我用呢?不过,想想柯主任平时对我的放任,想想他从不阻挠我请假去考试,我还是忍住了。到了地点才发现,原来我错怪了柯主任。那两个油桶又粗又高又重,别说小推车放不下,就算放得下,我们也搬不上去。我们沿着水泥路将两桶油滚到下料库房里,就回到了模具班。坐下没多久,柯主任又来了,让我们去分厂办公室填表。我和詹师傅满腹狐疑地去了,却是每人领到了十五元的搬运费。我想想自己每月工资也就五六百元,这次不到半小时,竟然挣了十五元,一时感慨无言。詹师傅倒真是直爽,"要是每天都有这样的活儿就好了！"那时，我每天一个人买菜做饭，当然也知道这笔钱的用处。可我总觉得还有什么地方不对劲，想了一想，才回了他一句："那我们不就成了搬运工了？"詹师傅白了我一眼，说："嘻，管它是什么工，能挣钱就行！"我心里一惊，又无言了。多年以后，我还记得他当时的眼神。如果说我从他那里悟到了什么，那就是：要想成为自己生活的主人，就必须懂得钱对于生存的意义。

七

在白马岭上班的日子里，我一开始是住在城西的二舅家。每天骑着破旧的"飞鱼"牌自行车，从城西赶到城北，路上要花去将近半个小时。大半年之后，父亲找到了本村的一位叔叔，他在工厂对面有空房闲置，暂时就借给我住了。这样一来，我不仅省去了骑车上下班的苦恼，还就近用上了厂里的锅炉房。一年前让我倍感压抑的黑乎乎的锅炉房，让我省下了不少花费。每天早晨去上班时，我用搪瓷缸兑好米和水，放进锅炉房的蒸笼里，中午下班时则把蒸熟的米饭带回去。下午也是这样。傍晚还可以去锅炉房打开水，提热水。

我在厂里出现的时间多了，认识的人自然也多了起来。印象较深的多半是年轻人，大家打了招呼之后才发现，原来彼此早就见过面的。从市技校毕业的小朱，身材挺拔，面相俊朗，待人热情。我时常感慨，像他这样的好小伙，竟然只能在金工车间操作车床，这真是一个误会。还有一个小伙，和我一样毕业于省城某中专学校，但我已经记不得他姓什么了。我只记得，他长得极为白净，走路有点像女孩子，说话的声音细细的，偏又粗眉浓须的。第一次遇见他，是在分厂办公室，当时我们都去取信件。第二次就是他去我车间找我聊天了。他当然也时常没事可干，于是玩命地自学CorelDraw和Photoshop，说是为出去打工做准备。他的态度是如此坚决，以致我每每自惭形秽。

那时最另类的是小陈，我们都喊他"茂哥"。他是我所知道的唯一的大学毕业生，毕业于燕山大学。他也是我们这批年轻人中唯一戴了眼镜的。因为学的是电镀专业，他就被分配到电镀车间了。电镀的活儿不需要太大气力，车间里的工人也就以中老年女性居多。茂哥学历高，很快被提为车间副主任。我去电镀车间转悠过几次，看着茂哥戴着眼镜，穿着工作用的胶皮靴，领着一批中老年女性，提着几大串的剪刀毛坯忙来忙去，我心里就堵得慌。茂哥自己却总是很快活的样子，见了办公室的人都喊"领导"，见了其他人都喊"哥"或"姐"。茂哥对待工作十分敬业，只是很忌讳谈自己的学历和专业。茂哥与我相熟之后，就邀我去厂里住。我告诉他单身宿舍早满了。他说他自有办法。茂哥果然很快弄到了一间，并极力邀请我同住。我却之不恭，就告别了借住一年的住所，搬进了厂里。我们一起买菜做饭。茂哥对买菜极有兴趣，对烧菜却极为谦虚。其时，我也只会做几个家常菜，但茂哥吃了总是赞不绝口。茂哥对小葱拌豆腐情有独钟，在他的极力鼓动之下，我居然也学会了做这道菜。茂哥绝不做吃完不认账的事儿，对于洗碗的苦差事，他总是逆来顺受。不知道有多少个夜晚，茂哥与我谈天谈地胡侃海聊，就连他以前最为忌讳的事情，我们都畅谈无阻。茂哥最享受的事情，就是与熟识的人聊天。聊完之后，大家就出去轧马路。但是，只要我拿起了书本，茂哥就出去找别人聊天了。有一次他回来得晚了，我知道他是有意为我创造条件，心里过意不去，就问他："又去哪里潇洒了？"茂哥轻松地笑了笑，说："哥离了你就不能轧马路啦？告诉你，哥虽然混迹车间，但世上有品位的好女孩还是不少的！"我忍不住也笑了，同时暗下决心，下次要把小葱拌豆腐烧得更好。

那时，我们都没用上手机。后来又各谋出路，竟然都失去了联系。

八

模具班与锻工班紧紧相连，又同属模锻车间。于公于私，这里都是我常去的地方。那一排锻压机前坐着的人，有男有女，我至今还能记起他们的面孔。男的多是粗壮有力之辈，但也有例外。小张师傅就是其中最清秀、看起来最斯文的一个。不过，他一旦闲下来，嘴上就一点儿都不斯文了。他不止一次地跟我说过，锻压工们有事无事都将各种荤腥段子挂在嘴边。女工们起初只听不讲，后来自己也讲，甚至还能接受别人的毛手毛脚。有一次，他说着说着停了下来，点上一支烟，意味深长地看着我，"你知道我们为什么每次都能超前完成任务吗？"我说："男女搭配，干活不累？"他哈哈一笑，重重拍了一下我的肩膀，说："还是你们读书人聪明！"我赧然难言。像小张师傅一样的工人，我后来还遇到过很多。不过，他们也就是说说而已。

或许，在外人看来，工人们都是五大三粗的汉子：成天满身油污，只顾埋头干活；一闲下来，就满嘴荤腥。其实不然。总厂办公大楼前的篮球场，几乎每天傍晚都有工人在打球。厂里每年都组织职工象棋比赛，我还报名参加过一次。可惜学艺不精，一进入"单淘"就被杀得片甲不留。后来，我被柯主任安排到下料库房去帮过一晚的忙，却发现那师傅正是比赛时的对手。"仇人相见，分外眼红"，恰好他身边也有象棋，我俩就在哐当哐当的机器声中排兵布阵厮杀起来。大战一宿，我只赢了一局，不得不表示心服口服。他却说自己年年在厂里参赛，最好的成绩也只是第三名。

我还参加过厂里的"拖拉机"比赛，当时与模锻车间的刘副主任搭档。刘主任白胖而高大，长得简直就是黑瘦矮小的柯主任的反义词。刘主任常年留着板寸头，戴着黑色的眼镜，穿着黑色的衣裤，骑着黑色的太子型摩托车来上班。不过我从未与他闲聊。我直觉地以为他是一个混世小太子。比赛的过程中，他充分地展现了对于牌局的猜度和掌控能力，可惜我还是学艺不精，我们终究没有进入前三名。出局之后，他笑着拍了拍我的肩膀说："小徐，你打得不错，后面发挥越来越好了。"我说："我还是不行……不然，你肯定可以拿名次的。"他又笑了笑，"了解搭档比拿名次更有意思吧？"我也笑了笑，走了。

九

2001年开春，酝酿已久的"私有化"事宜终于提上了议程。来到车间，大家都无心干活，而且也无活可干。柯主任几次碰见我，好像想说点什么，终于没说出来。倒是刘主任来找我了。他还是穿着招牌式的黑色衣裤，留着板寸头，但没有一点笑容。我心想，他必定是来做下岗动员工作的。他把我叫到一边，说："小徐啊，我是刘某某，上次比赛跟你合作过的。"我点了点头，"我知道，你是刘主任。"他连忙接过话头，"刘主任什么的称呼，就没意思了，对吧？"见我没做声，他又接着说下去，"我说过要了解搭档的……你看，我知道你在自学，都快要拿到本科文凭了……"我插了一句："还没有呢。"他摆了摆手，又说："你看，你还很年轻，又是读书人，应该到外面去闯……"我明白了，他必定是从柯主任那里了解了我的情况，然后来替柯主任做动员工作的。我看出了他说的都是空话，却又是不得不说的话。我突然间心烦意乱起来：我怎么就一直没有想过要去外面闯荡呢？我又该去哪里呢？耳边却听得他还在说："你看，我们厂里有那么多老师傅，他们就算没有功劳也有苦劳。你还很年轻……"我的烦躁瞬间达到了一个爆发点，突然就抬起头来直视着他说："你不用再说了，我都知道了。"他的眼神里竟然掠过一丝闪躲，"你都知道啦?"我说了一声"是"，就转身回去了。过了两天，我与厂里签订了下岗协议，结束了为期两年的第一份工作，也砸掉了十多年寒窗换来的"铁饭碗"。当时，我大概是有些责怪他的，但我后来想通了。平心而论，他是一个好的说客，而我注定了只能是一个过客。

离开白马岭之后，我一直都记得白马岭的传说。有时候，我甚至觉得，自己在白马岭经历过的一切，也像一个传说，无声无息地就过去了。但是，只要回想起那里的人和事，我就真真切切地感觉到自己在那里生活过。在那里，我既自学了大学文凭，也学到了社会大学的第一课。在那里，我学会了待人接物，也锻炼了适应恶劣环境的能力。在那里，我体会过集体力量的强大，也感受过个人梦想的艰难。在那里，我体会过生存的迫切与庄严，也感受过生活的恬淡与安然。所以，我至今都无法忘记白马岭。

2010年4月

父亲的手

从小学起，每到冬天，我的手掌就会皮肤开裂。脸上的皮肤也是干巴巴紧绷绷的。脚跟部位偶尔会裂出口子。"雅霜""百雀羚"和无名的防冻霜，是我冬天里的老朋友。可就算这样，皮肤还是很干燥，让我很不舒服。母亲时常感慨："你怎么偏偏就要像我呢？也怪我，皮肤不好，都传给你了。"母亲的皮肤确实不好，还没到冬天，手上就到处裂开了口子。她说，我要是像我父亲就好了。父亲有一双好手。

父亲怎么就会有一双好手呢？我一直不明白。从我记事起，父亲的"职业"就是一名拖拉机手。他时常开着拖拉机出去给人搞运输。我看过父亲给人运木材，运谷米，运红薯，运沙石砖瓦，还运过猪和羊。那时我很怕汽车里面的气味，却很喜欢坐拖拉机，因为这是敞篷的，没味儿。新学年开始时，父亲经常开着拖拉机，将一大批新书从乡里的中心学校运回我们村的完小。这事很让我在小伙伴面前很长脸，可惜我从没坐过运书的拖拉机。因为，父亲开着拖拉机给学校运书时，我们都在教室里等着老师来发新书。

运输之外，父亲时常给人加工木材。一块很大的锯片被固定在木架子上，由拖拉机头的皮带送来源源不断的动力。锯片转得飞快。父亲戴上草帽和手套，系上腰裙，站在木架子的一头，抱起一根或长或短或圆或方的木头，慢慢地往锯片靠近。木架子另一头站着父亲的搭档，他负责接收经过粗加工的木头。小时候，我特别喜欢看那样的场景。木头与锯片接触之后，柴油机嗒嗒轰鸣，锯屑漫天飞舞，空气中满是树木的清香味，新切开的木头截面整齐而干净。这一切都让我感到着迷。可是，父亲看到我了。他猛地向我挥一挥手，嘴里还大声说了一句什么。机器轰鸣声中，我听不清他的话，但我还是读懂了草帽檐下那严厉的眼神：一边儿玩去，这里很危险！我只有乖乖地走开，回家。天快黑了，父亲才回到家里。听到拖拉机的嗒嗒声，我和哥哥立刻跑到大门外去看。拖拉机上经常装满了锯屑，这是东家送的。我们家的伙房一角有个圆柱体的炉子，

专以锯屑为燃料。在炉子里倒满锯屑，慢慢筑实，再在炉子底下放上一根小木柴，锯屑就会缓缓燃烧并发出持久的热量了。父亲亲手筑好的一炉锯屑，能为我家两口小猪煮熟一顿美餐。在很长的一段时间里，我都觉得这是父亲用手创造的一个奇迹。母亲筑实的锯屑，却有过那么几次塌陷的记录。

父亲在家的时候，时常整修拖拉机。有时也打磨锯板用的那块大锯片。这时他就不戴草帽了，连手套也戴得少，而且不那么严厉。他低着头专心致志地锉拉锯片，偶尔抬起头，点一支烟，或者吩咐我去帮他取工具。我喜欢这时不严厉的父亲，但不喜欢看父亲锉锯片，不仅因为发出的声音尖锐刺耳，还因为母亲说过，这活儿很伤手。可是父亲的手没事。父亲真是有一双好手。

我更愿意看父亲修理拖拉机。看他把上下左右的零部件拆下，清洗完毕，又装上去，我总是想起书本上讲的"科学"。父亲其实不怎么懂科学。他只念完初中，就没法儿再念书了。曾祖母被划成"富农"之后，爷爷被迫中断了学业；没想到，到了父亲上中学的年代，那个所谓的"成分"威慑力还是很大。听爷爷说，父亲读书不太用功，但成绩稳居中上。很多年后我才明白，在那个年代，只要你不是"根正苗红"，成绩再拔尖都没用。所以，父亲在中学里积极参加各类比赛，一手操办黑板报，都无济于事。父亲也知道，他的出路就是毕业之后回家放牛、种地。他在学校做的一切，更多是兴趣使然。那个年代无法让他的兴趣、特长得到充分生长与施展。就连后来学开拖拉机，也并非出于兴趣，而是为了谋生。我那时尚不知晓谋生的沉重与艰辛，我只是对父亲拆卸与组装机器的过程感到好奇。等到组装完毕，我回过神来，就为父亲的手担心了。这怎么洗得干净？他的手上沾满了油污，似乎都要渗进指纹里去。然而，事实证明，我的担心是多余的。父亲捧了一大捧锯屑，和上洗衣粉，双手交错来回搓动，再用水一冲，油污就去了大半。再用洗衣皂清洗一次，就只剩下一些油味。第二天，油味淡去，双手似乎光洁如初了。

的确，如母亲所说，父亲有一双好手。我不止一次地看到，这手干活时干脆利落，经常沾满了油腻、树油和屑末，洗过之后又是干净、光滑而温暖了。母亲还说，父亲曾经用手狠狠地打过我一次，我却记不得了。在我印象中，父亲根本不需要动手，只要使一个严厉的眼神，我必然会乖乖就范。父亲的严厉是有名的，不仅我和哥哥对此深感畏惧，就连隔壁大伯家那个最调皮的哥哥，也亲口向我表达过他对我父亲的害怕。可我真记不得父亲打过我。我只记得,父亲用他的双手教会了我很多,很多。

有一次,哥哥在父亲的大抽屉里发现一根粗短带孔的竹棍,忙问父亲:"这是什么?"父亲说是笛子。他接过笛子吹了一曲。我们哥俩睁大了眼睛,看父亲的手指时而抬起时而放下,听着笛子声音的变化起伏,心里满是好奇:原来父亲会吹笛子。从这以后,父亲有时收工比较早,晚上就吹上两曲。父亲认真教过我们,可是我们谁也没有学会。有时,父亲放下笛子,意犹未尽,又取下墙上挂着的二胡。父亲会拉二胡,这是我们早已知道的。父亲拉二胡的时候,常跷起二郎腿,微眯着双眼,偏着头,似乎在倾听远处传来的声音。他一手持琴,一手拉弓,有时还情不自禁地跟着曲子唱起来。母亲说,父亲以前是唱过戏的,还说父亲上台唱戏都不用化妆。我不知道他唱得好不好,也不知道什么叫化妆,但我记得在过年时看过唱戏。只是,我实在没有办法将戏台上那些粉面朱唇的角色与眼前黑瘦的父亲联系在一起。我问母亲:"爸爸他这么黑,唱戏的人不是都很白的吗?"母亲笑着看了看父亲,父亲也笑了。母亲说:"孩子,你父亲现在老了。他年轻时很白的。"父亲老了吗?可是我觉得他的手还很年轻。

父亲还教过我们打乒乓球。孩子们将门板拆下,架在两条长凳上,这就是球台了。中间摆上两块砖头,砖上再横放一根短棍,这就是球网。大家手上拿着的方方正正的球拍,都是大人用木板削成的。父亲却从抽屉里找出一块像模像样的球拍,那上面的商标已很模糊,不过胶皮还在。父亲挥动手臂,为我们演示怎样发"转球",怎样扣球,怎样削球。父亲还教过我们怎样削制木球拍,但我们只对有皮的球拍感兴趣。这块老旧的球拍,不仅记录了父亲当年的兴趣,也激发了哥哥练球的兴趣。哥哥很快从孩子们当中脱颖而出,后来还参加过村里组织的比赛。哥哥对打乒乓球的兴趣,一直延续到很晚。这大概也算得上延续了父亲当年的一大兴趣。

在很长的一段时间里,我都难以相信:执拍打球的手与那修理拖拉机的手,都是父亲的手。可是,父亲手上的秘密还有很多。父亲还教会了我和哥哥下象棋。哥哥相对更好动一些,和我下了没几盘,就还是去打他的乒乓球。我只好央着父亲和我下棋。实际上,这事儿既让我害怕,又让我高兴。最让我感到高兴的是,我苦思冥想走出的一步棋,被父亲赞为"好棋"。但更多的时候,父亲都是有意带了奚落的笑,说:"这个棋呀,你快要过上好日子了!"我知道这是反话。他似乎完全无视我内心的紧张和屈辱,手起子落,噼里啪啦,就将我杀得落花流水。父亲有时玩兴大起,全然没有平日的严厉,活脱脱一个大孩子。"吃子"的时候,他往往将自己的棋子高高举起,重重地盖在我的棋子上,嘴里还不忘说上一句:"又被我吃了一个!"说完,将我不幸牺牲的棋子放在棋盘边上,叠成高高的一摞,用手一指,"哎,一共才十六个棋子的。我说,你还剩几个啊?"我见大势已去,只好低声求饶,可父亲连连摆手,"不行,没有战斗到最后一兵一卒,就不是男子汉!"我只能硬着头皮,逆来顺受。父亲明明可以轻易将死我,却偏不叫将。他非常乐意将我杀得只剩一个光杆司令,然后他就将"车"驶进我的"九宫",逼着我的"老将"团团打转。父亲说,这就是"推磨打转"。我都快委屈得掉下眼泪了,他却对我说:"看到了吧?下棋不好好动脑子,就是这后果了!"如果说此后我的棋艺有了逐步提高,那么,当初推磨打转的羞辱无疑是最重要的推动力。只要放假在家,我就缠着父亲下棋。父亲被我缠不过,只能放下手中的事来应战。我渐渐熟悉了父亲的套路,又时刻记着推磨的屈辱,棋艺渐渐有了提高。父亲再也做不到逼我推磨了,就改为"让子"。一开始是让车、马、炮,后来逐渐递减,直至不让。我总寻思着要一洗往日的屈辱,可是父亲越来越少陪我下棋了。念中专的第三年,我竟有幸在三个班级的小型比赛中拿了冠军。回到家里,我不动声色地又找父亲下棋。父亲竟不应战。我通过母亲向他施压,他终于答应再下一次。那个下午,父亲竟是输少赢多。从那以后,父亲就再也不和我下棋了。但是,只要看到棋盘,我就会想起父亲教我下棋的场景。

我还记得父亲教我包书皮。我从小就爱书,尤其爱干净、整洁、散发着墨香的新书。三年级以后,书包里的书突然多了起来。书本在书包里放得久了,很容易就变得皱巴巴的。尤其是新书的封面,每天在课桌上磨来磨去,特别容易变脏。这让爱书的我愁眉不展,但难不倒父亲。他找来大报纸,教我包书皮。他先将纸张裁小,然后将书本放在纸上,稍作比划,就开始动手了。书脊两端要留下口子,父亲不需要剪刀,用手就行。封面和封底要收紧了,父亲才用上一点点糨糊。父亲包好的书皮,平整,熨帖,又不影响书页的翻动。这手艺让我羡慕。我一直保留着包书皮的好习惯,一直以这种方式表达我对书本的喜爱。我包过的书皮很多,但我总觉得,没有哪一本像父亲那样包得好。

有一次,父亲拿出毛笔,在包好的书皮上题写了书名:"语文"。以我那时的眼光看去,这两个字写得真好。我一直不知道父亲能写好毛笔字。父亲用圆珠笔和钢笔记的账本,字迹多半很潦草,我说不出是好是坏。父亲写得最认真的时候,是帮母亲抄写教案或者填写表格。我曾经在父亲的大抽屉里找到一本钢笔字帖。字帖的扉页是微笑的领袖和通红的领袖语录,再翻一页就是"我家的表叔数不清,没有大事不登门……"很多年以后,我才知道这是"样板戏"里的著名唱段。我对样板戏说不上明确的好恶,但我一直记得字帖上的这几句。父亲没有教过我练字,倒是给我买过几本字帖。后来我大着胆子学写对联时,父亲只要有空,就会帮我将纸裁好,抚平;等我下笔了,父亲又在前面帮我提拉纸头。有一回,我铺开父亲裁好的红纸,就准备俯身去写;父亲却拿着废报纸走过来,止住了我。他说,这纸上有一层像油又像蜡的东西,不擦一遍肯定不入墨。我找了一小张裁下的废边,试了一试,果然如此。我总疑心父亲写过很多大字,但我没见他为自己家写过春联。他似乎更乐意为我裁纸,更乐意看着我写。他很少称赞我写的字,倒是对邻居家门头上的四个大字赞不绝口。他说,这是一位老先生的大手笔。那四个字结体灵巧,气韵生动,至今还印在我的脑海里。我记得父亲最常说的是:"写成这样,才叫好字。"我还记得父亲说过:"读书读得高,裁纸不用刀。"父亲给我裁纸,从不用刀。他伸出双手,抚平纸张,一手按住,一手拉动,很快就裁出一联。父亲动作利索,裁出的边口却很齐整。如今,我的书比父亲读得"高"多了,裁起纸来还是做不到他那样的干净利索,这让我深感惭愧。

作为一名体力劳动者,父亲的双手很少闲下来,手上的皮肤却很是光滑。他的手很少抹百雀羚和雅霜,但从不开裂。我问过母亲:父亲以前是不是没有现在这么忙?母亲摇了摇头:不,以前比现在苦多了。听母亲说,她与父亲生了哥哥之后,就按照惯例与爷爷奶奶"分家"了。那时,大家不用再去队里"挣工分",但自家的田地很少,也没有好的出路。父亲听说干红薯粒能在邻乡的"食品站"换米换面,就决定去山坡上开荒,多种红薯。红薯插秧要趁雨天。父亲一大早就从种子地里剪下了薯秧,来不及吃早饭,戴上斗笠,披上蓑衣,挑上薯秧,就往坡地上赶。母亲做完家务再送来早餐,往往已近中午。父亲就着雨水冲了冲手,接过碗筷,很快吃完,接着又干活。母亲说,那时的吃食只有干薯粒稀饭。

母亲的讲述时常让我眼前浮现出遥远而真切的情景：父亲坐在泥水地里，双手捧着一只大碗，不管不顾地将头上的雨水、手上的泥水和碗里的汤水一股脑儿吃下。母亲说，地里挖出的新鲜红薯，要花去三大箩筐——每箩筐重约五十斤——才能晒干捣碎成一箩筐的干红薯粒。就在我出生的那一年，我们家整整晒制了四十箩的干红薯粒。

红薯的丰收换来了米面，父亲又张罗着要建房子了。母亲说，那时都是自己搭窑烧砖。砖坯在水田里采泥压缩而成，然后成批地送进砖窑里去烧制。那时的砖窑都由匠工临时搭建，越是往后，砖窑就越费柴火，而且越有倒塌的可能。父亲从田里砌完砖坯，就没日没夜地去山上砍柴供窑火。母亲说，那时的父亲有使不完的力气，不仅采泥砌砖是一把好手，上山砍柴也是一把好手。只是，谁都没有料到，还差两天就可以大功告成，砖窑却在清晨时分塌陷了。父亲砍柴回来，目睹一片狼藉，大哭了一场。哭过之后，父亲决定从头来过。他又请人搭窑，自己下田砌砖，上山砍柴，又是没日没夜地苦干，终于烧出了好砖，建成了新房。

父亲成家立业的艰辛，有一半是属于母亲的。因此，我能理解母亲在讲述往事时的潸然泪下。从这以后，我对父亲的手有了特殊的感情。我渐渐发现，父亲从不相信运气也不迷信鬼神，他只相信自己的双手。他从不认输。用他自己的话来说，就是"只要能吃苦，就能做成事"。他亲手将拖拉机开往远近各地，四处揽活儿。父亲的手掌上渐渐爬满了老茧，但手背上的皮肤似乎依然光滑，似乎体内有种特别的血液源源不断地流向这里，让这双手永远充满干劲永不老去。

在拖拉机的轰鸣声中，我念完了小学，念完了初中，父亲又亲手将我送进省城的中专学校。我先后经历了毕业、待业、就业、下岗、再就业，从没向父亲手上交过一分钱。我感觉自己愧对这双手。也许是因为我长大了，也许是因为我和父亲相处的时间渐渐少了，我再也没有像以前一样，时常关注父亲的手了。我有时垂头丧气四顾茫然，有时昂首阔步踌躇志满，父亲却一直固执地推着我前行。如果说我多少有那么一点不怕从头来过的意志，那肯定也是得益于父亲。回首这些年走过的路，我毫不怀疑，站在我身后的父亲，步伐和双手一直都比我坚定有力。我越走越远了，终于与父亲相隔两地，每年才能相会一两次。父亲却还是闲不下来。我劝他别再干活了,他总说他还行。去年,父亲抱上了孙女,又抱上了孙子。我想,父亲这下总该歇下来了。可是,母亲告诉我,父亲干活更有劲了,几乎每天都是早出晚归。这次过年,我回到家里,又劝父亲别干了。他说:"比我年纪还大的人,都还在干活呢。再说了,你们目前条件还不够好,我可不能坐着吃闲饭。"我沉默了。父亲转身抱起儿子,俯身逗弄。看儿子笑了,父亲也笑着将他举了起来。灯光下,我清楚地看见,父亲的手指上竟然有许多裂口,有的地方还缠着创可贴。我的心里猛地一紧,像是被谁的手给揪了一把。再看父亲,他还在笑着用他的双手将儿子举得很高,很高。我突然意识到,我对那双手的了解,还欠缺了很多,很多。

2011 年 3 月

医者大伯心

中学毕业之前,每到夏天,我的手脚就会长疮。药膏止不住了,就只有打针或挂瓶。挂瓶虽然耗时较久,但不那么痛。也就是一开始扎针的时候有点刺痛,只要扎准了,再粘好胶带,剩下的事就是躺着等瓶里的药水滴完。打针就不一样了,光是长长的注射器针头就让人害怕。更可怕的是,医生嘴上对你温言软语,手上却拿了冷津津的药棉在你某处轻抚慢捻,趁你不注意,一针就扎了下来。你一哆嗦,皮肤就下意识地收紧,妄图抵挡某处传来的胀痛。可医生的手还在那里轻抚慢捻,还不断提醒你要"放松"。他越这么做,你就越是无法放松;你越无法放松,就越是感到胀痛。好不容易抽出针来,你还得胀痛半天。所以,我害怕打针。记得有段时间,我每天早晨都必须去村里的医生家打上一针,以控制疮势蔓延。我心里很害怕,可为了治病,也为了不让母亲过于担心,我都是硬着头皮送上门去,再装着笑脸回来。母亲问我痛不痛,我说其实不痛的。用强颜欢笑或委曲求全来形容那时的我,恐怕是再合适不过了。

强颜欢笑也好,委曲求全也罢,都无法真正掩饰我对打针的害怕。而且,由于害怕打针,我对几乎所有的医生都感到害怕。一说起医生,我的脑海中立即会出现一个穿着白大褂、不苟言笑的人。在充斥着或浓或淡的药味的房间里,你忐忑不安地在他的对面坐下,像是一个犯下罪行等待裁决的嫌疑犯。他不看你则已,一旦看着你,你就止不住地觉得他好像要使劲把你看穿看透。他不说话则已,一旦跟你说话了,就好像要把你的饮食起居打探得一清二楚。他有着一双似乎洗得过于干净的手,手指冰凉而没有温度,一如他向你伸过来的听诊器。当他的手拿着听诊器在你身上左听听右听听时,你感觉自己好像掉进了冰窟里。他终于收回了手,收起听诊器,却又拿起桌上的笔和处方笺,埋头写了起来。你知道,他要判处方了。你有心去瞟一眼他写的是什么,但是你知道,他的书法一向飘逸脱俗,常人绝对是看不懂的。你还知道,他的判决书多半会提到你最害怕的事:打针……

我当然知道,医生其实是治病救人的,他们不是故意要让你感到害怕,但我还是无法抹去心里的小疙瘩。在相当长的一段时间里,医生都无法让我产生亲近感。直到某一年的暑假,我的一位大伯改变了我对医生的看法。

这位大伯的爷爷,与我父亲的爷爷是亲兄弟。这关系看起来有些远了,但毕竟还没出"五服",两家又一直住得近,平常往来也还密切。从记事起,我就多次看到过有陌生人来找大伯。因为他那时当了我们小队的队长,所以我总以为人家找他都是公事。后来我渐渐发现,竟有不少人是冲着他的"手艺"来的。问了父母,我才知道大伯擅长"推拿接斗"——也就是为那些跌打损伤的人接骨、按摩。但是,大伯家从没有挂过什么诊所的牌子,他本人也从未穿过医生的白大褂,所以我很少将大伯与医生联系在一起。再加上大伯平常有些不苟言笑,我们很少敢在他面前打闹,所以我一直都不明白推拿接斗是怎么回事。

这一次,当两个陌生人抬着一个哼哼啊啊的人向大伯家走去时,我的好奇心突然就来了。我跟着他们走了过去,恰好大伯也在家。于是,我目睹了大伯施展手艺的全过程。伤者是几里外某村的一个小伙子,不慎摔坏了脚。大伯简单询问了情况,然后仔细地看那人的伤处,最后说是小腿骨折。看着来人面面相觑神色黯然,大伯倒是不慌不忙。他去房间里找来了石膏和夹板,请人搭手做了固定。然后又细细嘱咐了很久。来人千恩万谢地回去了。他们后来还来过,有时还拎着药包回去。最后一次,是小伙子一个人来的。后来我再也没见到他来。听父母说,他后来好了。我倒是时常见到大伯。他还是一如往常地严肃。他肯定不知道,我已经把他看做不需要打针就能治好病的医生。

从这以后,我就对大伯的手艺留心起来。大伯在家给人推拿,我去看过。他应邀去别人家治疗,我也跟着去看过。印象最深的,是他给扭伤的人做按摩。譬如有人扭伤了脚掌,他就坐在伤者的面前,拉过对方的脚来,也不管那脚脏不脏,直接放在自己的腿上,开始按摩。按摩时用的油,只是常见的食用菜籽油。只要伤者没有大呼小叫,大伯就好像一直在加大力度。有时是用手指前后推拉着按摩,有时是用手掌盖住再原地打圈。看着他满脸严肃,双手使劲,一手抓着伤者的脚,一手给人按摩,我又觉得这时的大伯不是医生,而像一个认真务实的老农了。除了按摩之外,大伯还给伤者敷用草药。他家里大概常年都备着些晒干的草药。有些药不曾备得,或是临时采来敷用效果更好,而伤者和家属多半又不认识药草,大伯二话不说就上山采药去了。有些伤者病情较重,每隔几天就来取一次药。

大伯的推拿和草药治好了很多人。村里有位太奶奶,七老八十的了,先后两次摔坏腿骨,都是请大伯前去。我在工厂上班才一年多,竟然突发腿病,被县里的医生诊断为风湿性关节炎,中药和西药双管齐下,见效还是很慢。百般无奈回到乡下疗养,还是靠大伯的摸索和总结,用草药调理痊愈的。

我曾经问过父亲,大伯是怎么学会这门手艺的?父亲告诉我,大伯是从他的祖父那里学来的。大伯的手艺得到了很多人的信任和好评,但是大伯从不收受钱财作为报酬。任何伤者及家属都不得打破这个规矩。所以,他们只能在过年过节的时候,拎上一瓶酒、一块肉或是两条鱼,来大伯家表表心意。

大伯的祖父大概是专门行过医的,但是大伯没有,他并不以此为生。虽然他还当过一任队长,但那也只是客串。更多的时候,他都只是大家庭的长兄、三个孩子的家长以及几亩田地的劳作者。大伯常年保持着长兄的严肃和务实:为人不苟言笑,干活不到天黑不收工,管教子女极为严厉。大伯家的大孩子——我的堂哥都已经是两个孩子的父亲了,依然免不了被他高声责骂。我们这些侄子辈的,不仅极少见到他与人闲侃说笑,就连自己在闲侃说笑的时候看到他,都会下意识地停顿一下。过年时大家聚在一起打牌,都要想方设法避着他。

大伯不是医生,但他肯定是一名合格的医者。他从不在任何处方笺上龙飞凤舞,只用自己的双手和小药锄埋头苦干。我一度以为,虽然大伯为人可能过于严肃了一些,但是他真正地诠释了"医者父母心"的内涵。真正的医者就应该像大伯一样,严肃、务实、尽心尽力而又不求回报地守护着你的健康。我甚至还想过,要是每个医生都像大伯一样,那该多好。但是我没有料到,一向生龙活虎的堂哥,竟会突然被诊断为肝癌。作为一名医者和一个父亲,大伯的伤痛和无奈可想而知。从县城、地区到首都医院的医生都没有办法挽留堂哥远去的脚步,大伯的双手和药锄也做不到。堂哥离开以后,大伯仿佛一年间老了十岁。堂哥病危时,大伯对我说过,他情愿自己一点都不懂医术。当时,我无以应答。此刻,要是能让我许愿的话,那么我情愿这世上没有医生,没有患者,也没有疾病。

2012 年 12 月

老屋里的旧时光

　　一条马路穿过山岭和村庄,从远处蜿蜒而至,来到"岗美山"下。马路的右边有一条河,河边曾经有一片老房子,老房子被我们叫做老屋。

　　老屋到底有多老?我说不清。我问过爷爷,爷爷也说不准。曾祖母在世的时候说过,从她嫁到我们家起,老屋就一直在这里了。我和哥哥都在老屋出生。从我记事起,我们就住在父亲另建的新屋里,不过,我们还是爱去老屋玩。

　　老屋里有曾祖母,有爷爷和奶奶,有叔叔和姑姑,还有二爷爷一家。从爷爷家去二爷爷家,只需要穿过一扇"耳门"。两家紧紧相连,形成一个"L"的形状。在这个L的后面,还平行地分布着三排长短不一的房子。父母告诉我和哥哥,那里面住着的人,都是与我家同属一个"大房头"的。那时,我们对这些既不太明白也无心追问,我们只是爱去老屋玩。

　　老屋是砖木结构。或许是年深日久了,层累的青砖早已褪去了灰白,显得黑重而粗糙。木门、木窗、木桌和木凳,无不厚重而黑亮。就连爬楼用的扶梯也是黑亮黑亮的。我们有时也去爬梯玩,但不敢让大人看见,因为这扶梯是可以移动的,他们多次告诫过不许玩梯。老屋的地面由泥土压实而成,常年都是黑亮而阴凉。小姑家的表弟就是在这地上学会了爬行和走路。看着浑身黑乎乎的小家伙,大家都笑了:好一只乌鳢!表弟终于敢站起来挪步了,爷爷在一旁笑着说:还是老屋好,泥巴地,不怕摔。我不知道自己是否在这地面上摸爬滚打过。我只是依稀记得,我曾经口出豪言,要在这地上睡上一晚。

　　那时我可能是念一年级或二年级,饭量一直不行,但总是莫名其妙地羡慕别家的孩子吃花生——自己家种的花生。尤其在学校里,看到别的孩子从口袋里掏出花生来——不管是晒干的,盐煮的,还是炒熟的——时不时嚼上三两颗,我就禁不住眼红心热。回到家里就问父母:为什么我们家不种花生?他们说,种花生要沙土地,可我们家的沙土地实在太远了。所以我迟迟没能吃上自家种的花生。有一天晚上,父母带上我和哥哥去老屋,说是给爷爷家摘花生。我高

177

兴得不知道说什么好,一路小跑着去了。爷爷家的地上,果然堆着很多花生,都是白天才从地里挖回来的,还带着藤蔓呢。大人们一手拿着花生藤,一手摘下根部的花生,随后扔进旁边的篮子里,动作熟练而麻利。我学着摘了几次,就问可不可以吃花生了。爷爷一听就笑了:都听你说了好几次了,这回不就是想让你吃上自家种的花生吗?你敞开肚皮吃吧!我才吃几颗就发现,湿花生确实甜而脆。爷爷又让我挑大个儿的吃。可我的饭量确实不争气,很快就表示吃不动了。爷爷说,那你就歇会儿再吃。这一晚上,我有时摘几颗,有时吃几颗,更多的时候,是带着满足感在一边看——从肚子里到心理上,都很满足。奶奶将摘下的花生洗去泥土,倒入大竹匾里。我带着无比的满足感在旁边看着看着,竟然昏昏欲睡了。朦胧中听到母亲喊我,说是花生都摘完了,可以回家睡觉了。我说:"我不回家,我要在老屋睡。"大家都忙问我:你要跟谁睡呢? 我说:"我要跟花生睡上一晚!"这话一出口,屋里顿时笑声一片。很多年以后,母亲都还记得大人们是怎么逗我的:"花生睡在地上的竹匾里,那你也睡在地上吗?"我说:"嗯,就睡地上!"

　　再大一些,我在语文课上学到了鲁迅的《少年闰土》。鲁迅说,除了闰土,他和他的朋友们,都只看见院子里高墙上的四角的天空。我再去老屋时,就禁不住留心察看。这样我就注意到了天井。只有从这里抬头望去,才能看到四角的天空。我还发现,二爷爷家、隔壁大伯家和后排老屋的其他人家里,都有天井。天井都是长方形。天井上面空荡荡的,连亮瓦都没有,四周的瓦片都朝着天井倾斜。我问过叔叔,天井是干什么用的。他说是接水用的。我觉得有道理。下雨的时候,雨水从天井上空的屋瓦四角淌下来,确实是被天井接住了。此外,洗菜淘米的水,洗脸洗澡的水,也都是被天井接住了。可是,我总觉得叔叔的解释不能让我满意。直到老屋被改造成新房之后,看着没有天井的屋子,我终于明白了天井的多方面用途:除了接水,它还可以采光、透气。天井,无疑是老屋里的祖辈们的一大发明。天井里时常有水,但天井极少堵塞。老屋坐南向北,天井也配有一道由南往北的排水沟,从堂屋的地面下穿过,一直通到屋外很远处的水沟边。逢到大雨,天井里一时间水声闹腾。一到雨停,天井里的水很快低下去,而小水沟里的水就涨上来。叔叔有时捉了鱼或泥鳅回家,就先把天井的排水口堵上,然后把它们养在天井里。天井里还"养"过藕。在没有水的时候,天井里还堆放过红薯和芋头。

　　天井的用处实在很多,但大人们不让我们在天井边玩得太久,怕我们不小心会掉下去。于是大家就在地上"打纸炮"。孩子们各自用废旧纸张折叠成小纸牌,在地上捉对厮杀。通常是先通过"锤子剪刀布"决定谁的纸牌先躺在地上;再由对家拿出自己的纸牌,用力往地面拍下去;然后换别人用他的纸牌来拍你的。用自己的纸牌将对方的纸牌打翻了个儿,你就将他那纸牌赢过来了。这就是"打纸炮"。打纸炮有很多讲究,比如太薄的纸张不宜用来做牌,因为这很容易被对方拍翻。太厚的纸牌也未必就好,虽然你鼓鼓囊囊地躺在地上,看似岿然不动,但这纸牌弹性太好,只要对方的牌够分量,就能借力打力,把你的牌拍得跳起来再翻上一个个儿。所以,打纸炮的第一诀窍是看牌出牌:看对方用什么牌,你再来选什么牌。不过,一旦选定,中途是绝不可调换的。当然,要是双方势均力敌,两人把手臂都甩得酸痛了,还是没有决出胜负,那就可以换牌再战。我也玩过一阵打纸炮,但一来气力不足,二来不懂窍门输少赢多,又怕母亲责怪我浪费纸张,所以我更爱看别人玩。打纸炮的高手——比如我的一个堂弟——要有眼力。看着你的纸牌躺在地面上,他并不快速出击,而是绕着看上一圈(有时甚至趴到地面上去看),找准一个空隙较大的角,然后就用自己的纸牌朝这个角拍下去。他使的劲并不太大,但他的纸牌往往能如愿掀翻对家的纸牌。不过,人家也有防他的招儿,那就是尽量出相对较薄而软的纸牌,先将纸牌的四周仔细捻平,再将纸牌放在地上迎战。这样一来,持久战就打响了。看着两人在地上转来转去折腾了半天,大人们就会催他们去玩点别的——比如"打老鼠"。

　　"打老鼠"也算是简单而有趣的游戏。找来一小截硬实的圆木棍,削成圆锥体,双手将它一拧,它就能在地面上转起来了。再用长布条绑在一根小木棍上,这就是鞭子。看着圆锥形的木陀螺转动得不够快,你就"呼啦"一鞭子抽下去,让它转得更欢。这就是"打老鼠"了。这个游戏对地面、"老鼠"和鞭子的要求都很高,而且甩鞭子也要有技巧。做木匠的三叔,肯定给他的孩子们制作过最好的"老鼠"。他不但找到了足够硬实的木材,还为"老鼠"打造了极佳的体型,更在圆锥体的最尖端嵌上一颗滚珠。这样的"老鼠"转起来快而平稳,气势十足。若在圆锥体的顶端画上几圈墨线,再在墨圈中心点上一点朱红,它转起来就更好看。他家的孩子在"打老鼠"比赛中屡屡获胜。

我对打纸炮和打老鼠的兴趣都不是很大,倒是迷恋过一阵"打纸枪"。先用细长的空心竹节做成"枪管",一端开个小孔,另一端全部打通。再找来一段粗细相同的短竹节,无须打通,只在竹节中间嵌入一根竹筷子,这就是"枪把"了。在枪管的小孔里塞入用水浸湿的小纸团,再将枪把使劲推入枪管,"啪"的一声,"纸弹"就发射出来了。自从学会了打纸枪,又看了电视剧《乌龙山剿匪记》,孩子们的"打仗"游戏玩得更欢了。我们那一代的孩子们,大概都有一个保家卫国、除恶扬善的军人梦。

老屋里外的游戏项目很多。跳房子、跳皮筋、踢毽子之类的游戏,我偶尔参与,但更多的时候是看别人玩。我和哥哥很小的时候就爱跟着叔叔玩。叔叔是奶奶最小的孩子(我们方言叫"满崽"),只比哥哥大八岁,比我大十岁。他不乐意带着我们玩儿,但是我们偏偏愿意跟着他。不为别的,就为跟他一起玩不会真受委屈。我们乡间俗话说得好,"娘疼满崽,婆疼长孙"。奶奶当然疼爱叔叔,但她也疼爱哥哥。只要我们哥俩发出了哭声,奶奶就会重重地跺着脚板冲过来责怪叔叔了:"你怎么又欺负你侄儿?"叔叔有口难言,只好沉默。其实,叔叔经常去外面玩,我们都不知道他玩些什么。我至今还记得,他在老屋做过的最好玩的事,是找到了一窝麻雀。老屋南边有一扇厚重的耳门,这门不知道安了多少年了。有一天,我和哥哥发现一只麻雀从门头上飞走,就喊叔叔来看。他的个子够高,站在门槛上左看右看,看到了一个隐秘的小洞。他顺着洞口伸进手去,摸索一阵,再拿出手来,手里就多了一只小麻雀。我们大吃一惊,连忙央求他再去摸。他又摸到了两个麻雀蛋。后来,叔叔用一根小绳子拴了小麻雀的脚,并慷慨地将这活玩具送给我和哥哥。哥俩一个拉拽绳子,一个在旁边作声吓唬,小麻雀就忙不停地要展翅高飞。玩了没多久,它就快飞不动了。奶奶逼着叔叔给小麻雀松了绑,再把它放回洞里去。叔叔心不甘情不愿地去做了,我们哥俩也舍不得。此后的很多天,我时常去南边耳门下踮脚张望,但从没看到过麻雀。后来我还央着叔叔去那洞里摸过一次,但里面什么都没有了。

老屋的左前方有一座碓臼屋,右前方则是一口水井。听爷爷说,碓臼屋是我们大房头共有的财产。这屋子不上锁,里面只有一架碓臼。哪家需要用碓臼了,直接推门进去就可以使用。但是大人们不让我们进去玩,怕我们伤着手。

其实，我们偷偷地进去试过，但那个碓锥将自己的头深深埋在臼窝里，我们根本没有办法让它抬起头来。于是，一听到碓臼屋里想起"咚咚"的响声，我们就赶紧跑去看。通常是男子汉负责碓锥的升降起落，婆娘家则蹲在臼窝旁做细活。碓锥抬起时，婆娘家用手中的小帚子麻利地搅动一下臼窝里的谷米；婆娘家缩回手，那头的男子汉则放下碓锥。因为乡下有了打米机，碓臼屋里真正舂米的时候很少。大家来这里，主要是为了打糍粑。糯米团在臼窝里舂的次数越多，糍粑就越是细腻好吃。不知道是不是因为"住近则亲"，我一直都对这种打出来的糍粑情有独钟。

碓臼屋的右边有两棵果树，一棵是枣树，一棵是李树。就是在这枣树下，我死皮赖脸地抢了哥哥的风头，随二姑的婚车"陪嫁"到她婆家去了。也就是在这枣树下，哥哥赌气似的不要人扶，自己一个人练会了自行车。还是在这枣树下，爷爷在乘凉的时候，一边抽着烟袋，一边给我讲故事。每到打枣子的时候，我对叔叔的敬佩之情就要多上几分。枣树笔直地站在那里，枝干不粗，刺却不少。奶奶和姑姑举着竹篙打枣子，没过几分钟就累得手臂酸麻。这时就该叔叔出场了。他三下两下就蹬掉脚上的解放鞋，很快爬上了树。他跨坐在一根大枝丫上，使劲一通猛摇，枣子就如雨点般纷纷落下。我们就四处去捡。抬眼望叔叔，他正在上面不慌不忙地品尝枣子呢。这时要是有人路过，奶奶必定要送给人家一大捧枣子。奶奶的热情使得枣子脆而甜的美名四处传扬，也招来了不少半大孩子们的垂涎。第二年，枣子还没熟透，隔三岔五地就有馋嘴的孩子来偷吃了。长竹篙他们是不敢用的，只好用石子砸。还有那调皮捣蛋的，就使劲往树上蹬。奶奶一见就急了：你说你等它熟好了再来不行吗？连带着枣树遭殃的，还有旁边的李树。这棵李树长在水沟边，可能是水分充足、养分肥沃的缘故，每年结出的李子不少，味道也不错。可是后来越结越少了。其实奶奶知道，不是李树结得少，而是贪吃的孩子们下手太早。李树中间那根斜着的大枝丫，后来硬生生地改成了横向生长，那样子像极了一条长凳。我一想到很多人坐在那凳上品尝李子的情景，就愤愤不平。我曾经问过哥哥："李树为什么就不长刺呢？"哥哥说："长刺也没用啊。要长得像枣树一样高才好。"

果树们大概是经受不住成年累月的摧残，渐渐很少结果了。有一年，两棵果树都被砍倒了。爷爷说，反正都不结果了，不如砍掉，前面的空地刚好种些菜蔬。又一年，碓臼屋被四叔买下，改成了打米厂。又一年，叔叔把老屋彻底变成了新屋。又一年，因为门前的路要拉直拓宽，水井不得不被石土填死，菜地也被压去大半。又一年，爷爷连菜都种不动了。

老屋如今已彻底消失了。与老屋有关的一切，也即将消失殆尽。前年，我从一位当族长的爷爷那里借阅了族谱，才真正弄明白了大房头的来龙去脉。我站在远处，一边观望，一边回想。尽管老屋已经被新房子所取代，但老屋当年的样貌还是清晰地印在我的脑海中。我突然想明白了一些事。老屋的 L 形状和三排房子，其实构成了一个相对封闭的生活区。在这个封闭而稳固的空间中，祖祖辈辈聚族而居，繁衍子孙，延续亲情，延续着对于生活的梦想。我知道，老屋的许多叔伯兄弟们，都以走出老屋或改造老屋为荣。在他们看来，像我这样最终定居于异地他乡，算得上有出息了。但是，我一直以为自己的家还在老屋。若干年以后，爷爷、奶奶和父母都将追随老屋远去，那时的我，又将寄身何处、以何为家呢？我不知道。我不敢往下想。

此刻，在春节的鞭炮声中，写下这些文字，我又想起了远处的家，想起曾经的老屋，想起逝去的时光。我知道，所有的这一切，就像一个有着强大惯性力的梦境，它时常降临于我难眠的夜晚，出没于我不安的脑海，引领我不知疲倦地去回顾老屋的旧时光。

2013 年 2 月

母亲的迷信

一

　　夜渐渐深了。我从书房走出来,去厨房倒一杯水。路过儿子的卧室时,隐隐听到里面传出低微的声音:"宝贝啊,你出门吓着快回来啊……宝贝啊,你下楼吓着快回来啊……"我不用进去看都明白,这必定是母亲和妻子又在为儿子"叫魂"了。小家伙最近几晚老是睡不踏实。一旦连着两天睡不踏实,母亲就说要为他"叫一叫",妻子和我都想不出反对的理由。叫就叫吧,说不定有用呢。于是,等到孩子入睡,母亲就拿出一个事先煮熟还没剥壳的鸡蛋,一团包着大黑豆的手绢,还有一只小盒子。母亲蹲在儿子身边,手中握着鸡蛋,轻轻地在儿子头上比划着,让鸡蛋一路"滚"到背部以下。每滚动一次,她就喊一声儿子的名字:"宝贝啊,你在外面吓着快回来啊……"妻子——有时是我——则站在床头,把手绢包儿打开,又把小盒子准备好。母亲每喊一声,妻子就应一声:"回来了——",同时,从手绢上捻起一粒大黑豆,放入旁边的小盒子中。如此一呼一应,循环往复。待到一百粒大黑豆全部从手绢上进入到盒子中,妻子就会提醒"好了"。于是,母亲接过话来:"好了,我宝贝好了,我宝贝什么都好了……"随后,母亲将小盒中的豆子倒回手绢中,包好,放在儿子的床头。妻子——有时是我——则必须当晚将那鸡蛋吃下。

　　我无法确定这样的叫魂是否真的有效。我只知道,这事儿既然已经开始,就必须善始善终。尽管深夜吃鸡蛋对肠胃不利,我们还是得把它吃下去,不然这回就是白叫了。当然,我还知道,这是迷信。但是,我找不到任何理由拒绝这样的迷信,正如我没有任何理由吝惜对孩子的关爱。我想,绝大多数的迷信之所以传续下来,或许就因为它与人们的情感密切相关。人只要还有情感,就无法真正地拒绝迷信。

二

我对迷信的认识，就是从母亲这里开始的。可以说，在我还不明白迷信一词的含义时，母亲就已经用她的行为处事，多次诠释了迷信的内涵。有些未必是迷信，可看着母亲行事神秘，我也将其归为迷信了。小时候，我几乎每天都盼着过年。看着家家户户都贴上大红春联，听着此起彼伏的鞭炮声，我心里别提有多高兴了。当然，我更喜欢穿上新衣服，挨家挨户去说上一声："我给你拜年啦！"我那时并不知道，为了让更多的大人孩子穿上新衣服，母亲这个兼职裁缝——她的主业是民办教师——却最怕过年。每到年关，她除了做家务，就是赶着给人裁剪衣服了。她必须把七大姑八大婶家送来的布裁剪完毕，尽快送到一位奶奶家去"锁边"（我们家没有锁边机），然后取回来，缝好。父亲则是忙着劈柴、挑水、杀鸡、剁鱼。年尾的这十天半月，母亲经常每天只能睡三四个小时。可就算这样，母亲还忘不了让父亲把大水缸挑满，又亲自找来几枚硬币放进去。看着硬币摇摇晃晃沉到缸底，我的疑惑却升了上来："妈妈，这个钱放到水里有什么用呢？"母亲笑了："这叫财源滚滚，风调雨顺啊！"大年三十的晚上，火炉里的大树根烧得通红火热，我和哥哥早已浑身暖烘烘懒洋洋了，就想去睡觉。可是母亲居然不让："明天就是大年初一了，今天要晚睡，明白吗？"我们当然还不明白，可是想到明天有新衣服穿了，只好再坚持一阵子。母亲又交代了：明天一早起床就要对她说"拜年"；三天之内不许玩剪刀；三天之内不许扫地……我正纳闷着，哥哥嘟囔了一声："妈，这不是迷信吧？"母亲瞪大了眼睛："这是规矩，过年的好规矩！"

母亲的"好规矩"可真不少。大年初一还没过完，母亲就已经对父亲说了，初三要记得去祖人的坟前拜年。大年十五则是去"送灯"。清明节要上坟"送伞"。七月十五要在家"烧钱"。腊月三十要去"送年饭"。我和哥哥很小的时候，就跟随着叔伯兄弟们一起去祭拜先祖了。一群人手里提着篮子，篮子里备着"供献"，从"祖宗堂"开始，再到"徐方堡"，然后才是依次亲敬列祖列宗。母亲忙活家务，多半是没法儿去的，但临出门时她必定忘不了交代：每到一处，都要先摆开供献，然后点上三根香；点香之后是燃放鞭炮；放完鞭炮就要作揖；作揖完毕就上香；上香之后要赶紧站到一边，不要面对墓碑或牌位；待上几分钟，才能收拾东西离开;在山上要特别注意火种,不要烧着茅草;下山要小心,以防滑倒;等等。如此耳提面命一番,我们才能出门。虽说路途遥远,途中还要翻越几座山头,但一路上长幼有序,说说笑笑,倒也不算寂寞。好不容易转回家里,母亲又来问了:供献有没有一样一样地摆开?上香是不是上了三炷?该不会忘记放鞭炮和作揖了吧?

  有时我会禁不住去想,母亲这个讲究法,究竟是为什么呢?是为了我们的安全着想,还是为了把规矩做好?我曾经以为,规矩当然也要,而不要放火烧山,不要跌进山沟,肯定是最要紧的。至于祭拜,不过是走个形式而已。一位性格开朗的叔叔就说了,这些事只是"骗鬼",像那么回事儿就行啦。可是,当我和母亲一起去祭拜过后,我看出了母亲的毫不含糊。每到一处,她必定要先将供献一一摆好:"刀头肉"要放在中间,四周摆上其他的荤素和点心。然后是数出六根香,捻拢,比齐,点着,再分给我三根。点香不可吹气,只能轻晃。鞭炮要全部舒展开了再点,点着后不可乱扔。鞭炮响过之后,母亲双掌含着燃香,合掌作揖。作揖之后,要用左手上香,务必将香棍直直地插入香炉之中,不可倚靠或歪斜。做这些事的时候,母亲神情肃穆,一语不发,我也不敢做声。可是,母亲上完香退回来,又作了三揖,而且对着前面说话了。我不由得想,又是"规矩"来了吗?我一动不动看着母亲,可她根本不看我,只是平视前方,嘴里念念有词:"太公老人家在上,我是某某家的长媳妇,今天是……日子,我带着孩子来给您老人家送点吃的来啦,"她这才看了我一眼,又继续说,"望您老人家显应显灵,有求必应,保佑全家清洁平安,万事顺利,孩子好吃好睡,易长易大,读书上进有功名……"母亲一气说完,又作了三揖,才拉着我转过身来。两人站立了几分钟,才上前收拾东西离开。

  母亲的这些说辞,我多年之后才能明白大意,并把它记下来。有时,依据祭拜的对象不同、时日的不同,说辞也会稍有变化。但"万变不离其宗",虔诚恭敬的态度是必须的,说辞中则离不了"保佑""平安""顺利"和"如愿"等。我有一次问过母亲:"我们为什么要给他们作揖啊?有个叔叔说这是骗鬼……"母亲严厉地打断了我:"胡说!他们是我们的祖先,没有他们就没有我们,明白吗?"我怯怯地说:"那他们真会保佑我们吗?"母亲摸了摸我的头,"会的。只要你乖乖听话,祖人们就会保佑你的!"我好像有些明白了,为什么每次出门祭拜,母亲都要交代那么多规矩——原来,这规矩就连着我们全家大小的平安和顺利啊。

三

母亲的规矩还有很多,比如,深水凼里是有水鬼的。我小时体质瘦弱,一般不爱和小伙伴们打闹,但下河去玩这事却对我有莫名的吸引力。在我家门前的小溪沟里抓弄鱼虾,母亲还会允许;要说去大伯家边上的浅水湾洗冷水澡,母亲就急了。我和哥哥拼命央求,还说大伯家的兄弟们也可以去玩,母亲才让父亲带着我们去了。在那河里,我抓住岸边的水草,学会了"狗爬"。大人们大概也知道,这里的水还是不够深。于是我们被允许去了第二次、第三次。堂哥在水中间拍着胸脯说:没事,才这么一点深!我终于鼓起勇气,拍打着滔天的水花游过去了。回家后,我告诉母亲说,那里真的不深!母亲没有夸奖我的泳技,反而沉下了脸:千万不要去深水凼里面玩,知道吗?母亲这声色俱厉的样子,我在课堂上没有见过,在太公老人家前面也没有见过。我心里虽想着"我划水的技术不是进步了嘛",嘴上却不得不连声答应"一定不去"。暑假开始了,小伙伴们又开始提高泳技了。有大胆的孩子,还真去过下游的深水凼。"不深!"他们回来后互相转告。于是,去过的孩子越来越多了。隔三岔五地就有人来约我同去,可是我想起母亲声色俱厉的警告,就一直不敢去。有一天,母亲出门有事,我终于禁不住伙伴们的怂恿,去了深水凼。深水凼果然比浅水湾更深,也更适合"扎猛子"。这里离马路不远,因为有柳树遮阴,水很是清凉。玩兴正浓的时候,有人喊我了:"快,看马路上……"我顺着人家的手指看去,看到了母亲。看着母亲的一脸冰霜,我感觉自己身下的水变成了冰窟。我提心吊胆地回到了家。母亲见我进来,只说了一句"回房间跪下",就去忙别的了。我跪在房间里,都快要听到自己的心跳声了。因为我知道,她越是沉默,就越是愤怒。母亲终于进来了。看着她手中拿着一根竹桠条,我赶紧低下了头,脑中却禁不住要去想象被竹桠条抽打的疼痛——尽管我从来没有被这么责罚过。母亲走到我身边,来回晃动着竹桠条,却没有打在我身上。我听到了竹桠条带起的风声,还有母亲急促的呼吸,但那竹桠条始终没有落下来。良久,母亲长叹了一口气,说:"给我抬起头来!"我知道母亲要开始训话了。我还知道,她一旦开始训话,也就要消气了。我心里窃喜,但是还不敢直视她。

母亲发话了:"你知道你今天犯了什么错吗?"

"我……我偷着去洗冷水澡了……"

"你还敢说,不是跟你说过千万不要去吗?"

"……"

"说话啊!说,为什么要去?"

我知道,不说是不行了。只好硬着头皮说:"他们……说那里的水其实……不深……"

母亲手中的竹桠条猛地一扬,差点就要落到我的身上,"他们?他们说话你就听了,我说的话你就不听,是吧?"

我不知道怎么应答了。

母亲坐了下来,喘了几口气,又说:"你知道我今天做什么去了吗?"我这才注意到她的左手拿着两本书。她顿了一顿,"喏,我今天特地去找了何老师,向他借了两本书。你不是说没书看吗?"她的神色又严厉了起来,"我去帮你找书来看,你倒好……还跟着人家去深水凼了!你真是太不争气了!"

我确实很不争气,咬了咬牙就说了:"可是……可是深水凼真的不深,为什么他们可以去玩,我就不能去?!"

母亲突然扬起了手,我以为竹桠条终于来了,却只是两本书重重地落在我的面前。母亲长叹一声站了起来,一字一顿地说道:"那里有水鬼的!"

深水凼事件终于过去了。我当然没敢再去深水凼。可是,我翻遍了那两本书,都没有找到深水凼里有水鬼的证明。倒是母亲在我心目中的形象又复杂了一些。我始终弄不明白,为什么我这个小学生都知道世上并没有鬼神,而母亲作为老师,却以为处处都有鬼神?母亲怎么就这么多迷信,这么多规矩呢?

我还没来得及想明白,母亲又要领着我去福仙宫了。我们家对面有座"岗美山",岗美山后面有座"福仙山",福仙山上有座"福仙宫"。我跟母亲去过一次,只知道福仙宫里有菩萨,有道士,就是没有仙人。道士先生姓熊,人很和善,可我不喜欢他的外地口音,也不喜欢他家那些样貌可怖的菩萨。我不想去,可母亲又说了:这是规矩。去过一次,就必须连着再去几次。很多年之后我才明白,因为我身体瘦弱,母亲就求人介绍,带我到菩萨那里"记名"许愿了。说是连去几年,菩萨就能保佑我"易长易大"。我至今已不记得菩萨给我取了什么名,

187

但我还记得去了之后的规矩。到了菩萨那里,必得先摆开供献,然后是作揖,下跪,上香,最后还要跟熊先生说上许多好话,才能离开。回来的路上,我想起母亲在菩萨那里的毕恭毕敬,忍不住就问了:"菩萨也是我们家的祖人吗?""不是。""那我们为什么要给他又下跪又作揖的?"母亲说:"菩萨和我们家的祖人一样,也是能保佑我们平安的。"

四

我渐渐意识到,只要是能保平安的,母亲都信。信得多了,规矩自然也就多了。就说端午节吧,我们那里包粽子的人家很少,倒是蒸馒头的很多。正赶上新麦成熟,取之方便,食之新鲜,所以几乎每家都要一次性地用去不少面粉。我那时对米饭没有太多兴趣,对馒头、米粑之类倒是情有独钟。但是母亲说了:吃馒头要有规矩。饭桌碗筷摆好之后,要恭恭敬敬地先请祖人"吃"上几分钟,然后才是我们去吃。不仅如此,临睡前还要拿出几个馒头,放在洗净的炉罐里,盖上盖子,等着祖人们夜里来"摸炉罐"。出于好奇,有一天早上,我抢在母亲前面打开了锅盖,居然发现某个馒头上有两个明显的指印。我立即将这个重大发现报告了母亲。母亲走过来看了看,笑了。我有些结巴了:"真的,真的有人来摸炉罐了?"母亲点点头:"是啊,肯定是祖人来过了。"我又问:"可他为什么不吃呢?"母亲停了一下,笑着说:"他不吃,就是留给你吃的,你吃了之后就清洁平安易长易大了……"不知道为什么,我觉得母亲这个说法很不可信。祖人们大概是不分白天黑夜都会围绕在我们身边的,这得多累啊,可是他们并不真吃什么东西。饭桌上的,炉罐里的,还有以前送到他们面前的,通通都没有吃啊。这真让我疑惑不解。

有了这样的疑惑,我就更留心观察母亲的言行了。中学毕业以前,我几乎每逢夏天就会长疮。不管是手上还是脚上,只要冒出了一个小头儿,在周围牵带出一批大小不等的来。看我又痛又痒,母亲就连声念叨:"唉,都怪我,怀你的时候,干活太狠了……"母亲跟我说过不止一次,那时候父亲拼命地干活,在荒山的坡上开了地,插上红薯秧,每年就靠着卖干薯粒去换米、换面、换钱。红薯秧一旦扎下根来就长势疯快,可是杂草不除,就会害了红薯。一到盛夏,红薯的藤蔓在地面上四处伸展蔓延,需要及时去牵扯理顺,不然也会影响到红薯的生长和收成。在烈日下给红薯锄草、牵藤的活儿,我后来"客串"过几次,确实很苦很累。但是我仍然无法完全体会,怀胎七个月的母亲在红薯地里劳作时,该是多么辛劳和心酸。每次讲到这里,她都无法控制自己的眼泪,"孩子,那时太穷了,可苦了你了……生下来的头几天都睁不开眼睛,有时眼里还冒血水……害得你一到夏天就出热气,长热疮……"我不知道怎么安慰母亲,但我知道,我肯定又得打针和挂瓶了。我本来很怕那细长的针头,可是后来渐渐不怕了。我是想表现自己的勇敢,还是想让母亲感到些许的安慰呢?或许,两者兼而有之吧。总之,一旦相信医生的葡萄糖注射液和青霉素能让我好起来,我就接受了可怕的针头。

　　我发现,母亲也相信医生。每当我热疮发作的时候,母亲就催着父亲快去将村里那位医生请来。母亲从没有带我去祭拜祖人,求他们保佑我的热疮快快消退。每逢医生下乡来到我们大队支部,不管是县里来的,还是乡里来的,母亲必定风风火火地拉上我赶往大队部,让医生帮我好好看看。那时的我除了夏天生疮和身体瘦弱之外,根本就没什么病。医生也只说是挑食造成的营养不良。那时的我确实够挑的:吃鱼怕腥味,吃肉怕油腻,喝麦乳精也怕腥,只能喝点瘦肉汤。于是,下一拨医生来时,母亲又会拉上我,走上五六里路,赶往大队部。有一次,母亲终于碰到一个细心又有办法的好医生,他为我制定了补充营养的明确方案:将黄豆晒干碾成粉,每天取上两勺,再加进鸡蛋汁,兑点油盐水分,蒸熟就吃。医生向母亲保证,只要一熟就吃,肯定不腥也不油腻。母亲也这样向我保证。我却不过母亲的请求,将信将疑地试吃了一次,果然不腥不油腻。母亲别提多高兴了。可是好景不长,有一次,父亲一大早去了对面人家,迟迟没回家吃早饭。母亲就差我去催。等我回到家,搪瓷缸里的营养品稍微有些凉了,我立即觉出了其中的腥味,坚决不肯再吃——从此再也不吃了。母亲为这事儿不知怨了父亲多久。

　　上了中学,因为念的是所谓的"重点班",我时常在学校加班加点。起初是隔上两周才能回一次家,到了初三,甚至三周或一两个月才回一次家。母亲实在担心不过,她知道我的食欲一向不好,一时半会儿也改变不了,就让父亲送来两瓶鱼肝油。父亲反复地强调:你妈说了,这个必须得吃。现在不保护好视力,以后就没办法把书读好!我仔细看了说明书,上面确实提到了对于视力的功效。母亲什么时候开始不讲"规矩",也信科学了呢?这鱼肝油既腥又稠,简直让我如临大敌。但是,为了把书读好,我还是接受了这个残酷的现实。后来,我直到博士毕业,还没戴上近视眼镜。每当有人对此感到惊奇,母亲就会不无自得地提起当初那两瓶鱼肝油。其实,我这时已经有些低度近视了,只是一直不想戴眼镜。来福州工作一年之后,我终于戴上了眼镜;再过一年,眼睛的度数就提高了不少。这样的变化不仅让母亲大为吃惊,也让我自己颇为伤感。

五

事实证明,只要我离开家里久了,不在母亲身边了,我就忘记了她的那些规矩。睡觉的时候,吃饭的时候,脑子里想的尽是母亲的叮咛:饭要吃饱;衣服要穿暖和了;视力要保护好;该花的钱一定要舍得花……我知道,这些与规矩无关。想着想着,我就想立刻回到母亲身边。可是,在家里待的时间稍长一些,我就不得不重新面对母亲的规矩。母亲还是有那么多规矩!尽管我不想接受,还是必须面对。这样的情形,到了上中专之后似乎有了些改变。我上的那所中专位于省城,离家三百多里地,那时交通还不够便捷,所以我只能到寒暑假才回家。每次回到家里,母亲都要想方设法让我多吃,可我的食欲还是不好。毕业那年,正值洪水泛滥,又碰上分配形势紧张,我就只好坐在家里听天由命了。奇怪的是,那个暑假我的食欲特别好。不管是稀饭还是干饭,我都能轻而易举地扒下两大碗。两三个月下来,我的体重足足增长了二十多斤。母亲看在眼里,喜在心里。可是,我的脾气也同体重一起见长了。想想当年,我们那一届毕业生就我一个人考上了中专,稳稳地抓住了公家的铁饭碗;可四年下来,却是窝在家里捧着父母的老饭碗。再看看当年的同学,"委培"上了师范的,却早我一年就捧上了铁饭碗;辗转念了高中的,去年就有人考上了大学。我从来没有感到这么委屈。我很生气,可是又不知该向谁撒气。我强烈地感觉到,这个世界正在朝着不可预知的方向变化。然而,母亲却还有那么多老规矩,这让我心里更为生气。听到她说某某去哪里求神了,某某去哪里拜佛了,某某去哪里"看日子"了,某某去哪里"还愿"了,我居然敢顶撞她了。特别是看到她"搞迷信"还是那么认真,我就怒不可遏。

七月半是"中元节",照例要在自家门口给祖人们"烧包袱"。自从跟爷爷学会后,这个活儿就一直是我来干:先把火纸铺开,再拿出人民币,从上到下、从左到右地比划下来,这就是"印钱"了。母亲说过,没有印过的火纸,烧化之后就是白钱,阴间的祖人们是没办法拿去用的。印完之后,三张一叠,全部叠好。然后就是裁纸。再将火纸用白纸包好,糊紧,背面写上一个"封"字,正面则要写明:某年中元节,某某后人"虔具",某某大人"受用"。这个活儿不苦,只是要细。火纸要叠得薄一些,否则不易烧化;白纸要裁得宽一些,否则包不下火纸;糨糊要尽量用少一些,否则会洇湿火纸;毛笔字要写得小而正,否则纸上写不下,而且对祖人不敬。这些事我全知道,但这一次我做着做着,想着想着,心里突然就很憋屈了:我从小就四处祈求祖人的保佑,现在倒好,寒窗十几年下来,却成了个待业青年!

母亲从我身边经过,大概是看出了我有些漫不经心,不由得停下了脚步,问道:"钱都仔细印过的吧?"

我说:"嗯。"

母亲拿起爷爷列出的祖人名单,又问:"这上面的,你都没漏吧?"

我说:"嗯。"

母亲又说:"记得给你曾祖父的包袱要厚一些。"

我说:"嗯。"

母亲点点头,大概很满意。她竟然没有察觉,我的音调已经拖得很长,里面有满满的不满。她正要离开,却看到桌上放了一张百元人民币,然后又看了看火纸,说:"用这么大张的钱来印纸,火纸会印得刚好吗?旁边是不是留下了小空?我不是告诉过你,印了大钱还要印小钱的吗?祖人们也是要用一些小钱的……"

我几乎是吼了出来:"怎么还是那么多破规矩?这种事,应付一下,差不多就行了吧?"

母亲愣住了。其实她知道,我这个暑假都在心里憋着火呢。所以,她明知道我小时候连泥巴都很少玩,却总是鼓励我和堂弟一起去挖泥鳅、摸黄鳝。所以,她明知道某某和谁谁考上了大学,在我面前却绝口不提。可是她终究忽略了,我也是一个被惯坏了的孩子,一个曾经自信昂扬如今却自卑抑郁的孩子。这孩子吼完,低下了头。这一刻,他肯定忘记了母亲时常教他的规矩:一个男子

191

汉,不管何时何地,都要昂首挺胸。他只是低着头,从眼角的余光里瞟着身边的母亲。眼泪涌上来了,他不敢动,生怕泪珠掉下来,生怕被母亲看到。

母亲几次欲言又止,终于说话了:"你……你怎么……和你爸爸一样……"

母亲转身走了,但我却不明白母亲话里的意思。她是说我和父亲一样有时脾气很大,还是说我也长成大人了?或者,她是说我和父亲一样,都不够理解她?我知道,作为一个曾在陡坡上开荒种薯养活全家四口的男人,父亲从不拜佛求神,他只相信他的双手,只相信勤劳才有收获。对于母亲的诸般"规矩",父亲多半是不以为然的,但又不好拂了她的意。有时难免就偷点懒:"差不多就行了"。有时甚至阳奉阴违:"这规矩咱们好像没弄对,别让你妈知道。"他不应该忘记,随他在荒山上春种秋收锄草牵藤摸爬滚打一路走来的,正是身边的她。他不应该忽略:他不争气的小儿子,耳濡目染之下,就可能学会了他的阳奉阴违;举手投足之间,就可能重现了他的男子气概。

六

这次事件之后,母亲就尽量避免在我面前提及各种规矩了。但是我知道,母亲不可能不讲那些规矩。后来,我到一家工厂上了两年班,又到一所小学当代课教师。成天生活在乡村,成天与乡亲们打交道,这使我对于"迷信"有了更多的见识与体会。我认真地想过,像过年、祭拜之类的事情,绝对是不可能少的,也绝对是不可能离开规矩的。母亲曾经说过,"没有他们就没有我们"。我对此深信不疑,记忆犹新。人不能忘本。我只是反感相面、算命、测字之类的事。我那时正在努力通过自学改变自己的处境,所以我特别害怕有人在我面前说起命运波折之类的话,我更愿意像父亲当年一样,用自己的双手在荒山上开创新生活。我郑重其事地跟母亲谈过一次:"这些都是迷信,我们就不要去信了。"母亲说:"我没有啊……都有很多年没给你哥俩算个命了……"我粗暴地打断了她:"那你还嫌算得不够多了?被算命先生算过之后,命就能变了吗?他真那么厉害,怎么不把自己的命算好一点?怎么就让自己沦落成算命先生了?"面对我的男子气概,母亲垂下了眼皮:"我不去算就是了。"

一次周末,我从单位回到家里。我去父亲的大抽屉里找一件东西,无意中发现了两张纸。打开一看,竟是关于我和哥哥的"运程"详解。又是这些东西!

我的心里"腾"地一下冒出了火。我耐着性子读了下去,越往下读就火气越大。就这薄薄的两张纸,竟然把我们哥俩的过去和未来囊括其中了。今后,我俩就按照纸上说的去过日子了吗?我把两张"运程"揣入口袋,就要去找母亲问个究竟。母亲正在厨房准备晚餐。看着她系着围裙忙进忙去,我的心软了下来,放弃了正面强攻的打算。我在炉灶旁坐下,拿起火钳子,有一搭没一搭地拨着火。我突然不知道怎么开口了。

倒是母亲先说话了:"你这孩子,好不容易周末回趟家,也不去休息一下。我这里不需要你帮忙烧火的。"

"我不累,"我迟疑了一下,"你最近又给我和哥哥算命了吗?"

"没,没有啊……"母亲脸色一变,被我看在眼里。

我不想兜圈子了,就从口袋里掏出那两张纸,"那这是什么呢?我在爸的大抽屉里发现的。"

母亲的慌张已经无法掩饰,但她显然还不想放弃,"那个……那个人,他不是算命,他是测字……"

不知道为什么,看着母亲说话都不流畅了,我突然觉得自己有些过分。或许是我当了一段时间的老师,不知不觉中就练成了一副班主任的口吻?我必须得缓和一下气氛。于是我打开那两张纸,一边看一边说,"那还不都是一样。这上面不还是有我哥俩的时辰八字吗?"

母亲的表情松弛下来了,"这个人跟以前的那些算命先生真不一样,他主要根据姓名来推算。还有啊,很多人都说,他测得挺准的。"

"是吧?这纸上说的,都是他算出来的?也是他亲手写的?"

"是啊,所以大家都说,这个先生很认真……"

出来糊弄几个钱,也不容易啊。不"认真"才怪呢!我认真看了关于我的那张,看着上面尽是些空话套话,禁不住就起了一丝玩笑的念头,"那他有没有算到我现在是代课老师?"

"那倒没有,"母亲回想了一下,"他只是说你这几年运道不太好……"

"那些话我也会说啊,运道好的,谁没事去找他算命啊?"我停了一下,"他还说了别的什么没有?"

"他说……"母亲笑了一笑,却又不说了。

难道还有什么不能说的吗？我赶紧催促母亲："他到底说什么啦？"

"我说了，你可不许生气，"母亲看了我一眼，"他说啊，你这个命吧，将来要讨个恶婆娘，而且鼻梁要坦一些的，运道才会好……"

那时的我当然还没讨到婆娘，但已初尝爱情滋味。个中虽不乏苦涩，但并未动摇我对恋爱婚姻的甜蜜梦想。只是，我从未想过，我的大半生竟要与一个塌鼻梁的恶婆娘终日厮守。我能不生气吗？我"噌"地一下站了起来，"我就只配一个塌鼻梁了？尽是胡说八道，"我顾不得斟酌言辞了，"叫你不要搞这些迷信八大卦，你还是成天东算西算的……这下好啦，你们都好看我的笑话了！"

母亲着急了："你这孩子，你说了不生气的！"

"我能不生气吗？我说过多少次了，不要信这信那的，省得花那冤枉钱……你给他多少钱了？"

"不贵，不贵"，母亲低声地辩解，"一个人十块，你们哥俩就二十……"

"还不贵是吧？"我忍不住喊了起来，"你舍不得吃舍不得穿，拿这二十块买点什么不好，偏要拿去信他？我们哥俩的命就只值个二十块！"由于激动，我的手都抖了起来。我没有任何犹豫，一把将手中的纸捏成一团，扔进了灶膛的火中。"就这个破命了，还算什么算！"我抬腿就要走。

我没有料到，母亲也爆发了。她一把撂下了手中的锅铲，喝道："你给我坐下！"我吃了一惊，立刻就在母亲的身上感到了久违的声色俱厉。是的，母亲很久都没有这么严厉了。我只顾着自己要长大成人，要破除迷信，要有男子气概，要有独立主张，要展翅高飞，却忘了我始终都是母亲的儿子。我垂头丧气地坐下。那一刻，我肯定像极了一只折翼的笨鸟。

"你给我抬起头来，"母亲的规矩又来了，"跟你说过多少次了，男子汉大丈夫，不管何时何地，都要昂首挺胸！"我只好抬起头来。母亲清了清嗓子，说出了一番让我意想不到的话：

"你们哥俩的命，在我这里比谁的命都金贵。儿是娘的心头肉，看着你们一天一天长大，看着你们读书、升学和工作，没有谁比我更高兴。可是，看着你们遇到不顺心的事，没有谁比我更着急。特别是这几年，你哥满世界乱跑，也没找到个好去处，而你呢，都弄回来当代课老师了。你们不在家的日子，我都没睡过一夜踏实觉，时常还梦见你们出了事……"

"妈……"我想说点什么。炉火烧得很旺,可我的眼里却湿润起来。

母亲打断了我:"让我说……要是可以的话,我真想你们一直都在念小学,不像上中学那么远,那么让我挂欠。每天看着你们吃得饱饱的,穿得暖暖的,带着你们上学,又领着你们回家,"母亲抬手擦了一下眼睛,"那是我最安心的日子。可是,谁家的孩子不要长大呢,谁家的孩子不要离开父母呢?我就是没有想到,你们哥俩会这么不顺……我去找人算命,不为别的,我就是想知道,到底哪里不对劲了,我也好有个防备。可是,你爸不体贴我,你也不理解我……我知道,算命先生改不了你们的命,可我就是想早点知道,你们日后的命是什么样的……"

"我们的命,"我上前抱住了母亲的肩膀,"妈,我们的命都会好的。"

七

母亲究竟为我算过几次命,我真不清楚。我只记得,有那么一次,连父亲都说是算准了。那是2003年3月的一个周末,我们一家都已经睡下。家里的电话响了,是我一个初中同学打来的。她在广州的一所大学念研究生,而我那时还不怎么懂上网,所以就请她帮忙查询成绩。大概是成绩刚一发布,她就看到了我的分数,顾不得时间已晚,立即打来电话连声贺喜。我也不确定是否真的可喜,但她反复强调,这个成绩绝对是上了。于是,皆大欢喜。隔壁的父母早就被电话吵醒,也听了个大致明白。放下电话,我和父母说了一会话,就准备回房睡觉。父亲却突然说道:"孩子,你妈这回可真是算准了!"我纳闷了:"我妈算的?我妈怎么也会算啦?"母亲连忙说:"不是我算的啊。这事你爸最清楚,让你爸说。"原来,在我去考研之前,村里来了一位算命先生。这先生颇有几分名气,也少不了有几分脾气——据说,他现在是不肯轻易给人算了。可他越是不轻易开口,就越是有人找他。连父亲都同意母亲的提议,去找他算一算。我知道,父亲这破天荒的积极配合,肯定是因为心里放不下我的考试。父亲和母亲找到先生借宿的大伯家时,先生却已睡下,自然坚决不肯开口。父亲好说歹说,先生终于同意听一听年庚八字。说到这里,父亲突然从床上坐了起来,说:"我把八字一报,先生静默了两分钟,突然从床上坐了起来!他说,'我本来是说了只听一听,绝不开口的。可这个真是好八字啊!这孩子命带文昌,二十三岁必定发达于他乡,此后必定人见人敬'……"先生还说了些什么,我都听不明白。我只记得,父亲最后的话是:"你今年不刚刚好二十三岁吗?这老先生还真是灵验了!"我破天荒地对这位先生的来历多问了几句,就回房去睡了。但是我怎么能睡得着?我听到隔壁的父母也迟迟没睡着。我翻来覆去地想,似乎想清楚了几个问题:要是我这次没考上,父亲会把这次算命的事儿说出来吗?肯定不会。父亲会因此看低那位先生吗?应该不会。父母会因此对我失去信心吗?肯定不会。这样自问自答反复几遍,我突然懂了,之所以有那么多的父母会去"搞迷信",就因为这里面依稀闪现着孩子的未来。为人父母者,有谁真能做到对孩子的未来不闻不顾呢?我又想起母亲说过的话:"我知道,算命先生改不了你们的命,可我就是想早点知道,你们日后的命是什么样的……"

很多年以后,我才真正明白,母亲的"迷信",其实也就只是讲个规矩。譬如,我们家至今都没有设过香案铜炉,没有摆放过任何祖人的画像(就连最疼爱母亲的外祖父,我也只在外婆家见过他的画像),更没有请来任何菩萨神像。我过去对规矩不胜其烦,于是笼而统之将一切规矩都斥为迷信,而没有去想过母亲为什么那么讲规矩;现在看来是不妥当的。母亲之所以凡事讲个规矩,首先应该是与她的穷苦出身有关。穷人的孩子早当家,母亲从小就跟着外婆打猪草、喂猪、养鸡、磨豆腐,干活是一把好手。外婆说过不止一次:"那时太穷了,你妈干活越是麻利,我就越离不开她这个帮手。"直到十二岁那年,经过连日的哭闹,母亲才如愿以偿地第一次踏进小学的大门。初中才念了两个月,外婆就把自家的大姑娘扣住了。学校的老师前来挽救这根"好苗子",母亲自己也多次要求继续念书,依然未能打动穷家主妇的心思。所谓"穷讲究,穷讲究,越穷越讲究",我在外婆那里多次领教过这一点。外婆的言传身教之外,母亲长达十五年的民办教师经历,肯定也强化了她对规矩的重视。她总说凡事要有个规矩,教书是这样,读书是这样,做人也是这样。就连一天到晚的家务,什么时候该做什么,什么事情该怎么做,她也要安排得井井有条纹丝不乱。直到我来福州工作了,她来帮我做家务时,还是如此这般:煮饭的米一定要事先浸泡;西芹一定要斜着切碎;孩子的衣服一定要靠着边上晾晒;等等。她的规矩是如此之多,以至于我和妻子偶尔做些家务事,她都不放心。我们只好袖手旁观了。

不过,我总觉得,母亲之所以讲规矩,根本原因在于她谨小慎微的性格:尽力做好自己该做的方方面面,"不该自己的"东西,则一定不作妄想。母亲当民办教师那会儿是"赶鸭子上架",但也正因为觉得自己学历不够,她下的工夫实在比别人多得太多,才渐渐在架子上站稳了。她所任教的科目,在每次期末的评比中,从来没有低于全乡前三名。二舅当了多年的校长,为了避嫌,硬是没有给母亲评过一次"优秀教师"。不少民办教师为了"转正",不论是否符合政策条件,都去找二舅帮忙。母亲却一直干了十五年,干到被政府统一清退为止。我后来问过母亲"为什么不找二舅帮帮忙",母亲却说:"我本来就不符合转正条件啊。再说了,也不能让人说你二舅坏话不是?"在我"运道"特别差的那几年,母亲的谨小慎微,简直就是到了凡事做好最坏打算的地步。教育局第一次面向全社会公开招考教师时,我那时还没拿到自考本科的文凭,只能以专科学历去报名参加考试,没想到居然考了第一名。二舅让我赶紧打电话通知母亲。电话接通之后,我才说了一句"妈,那个成绩出来了",母亲就把话头接了过去:"怎么样,没考上吧?那也不要紧……"二舅在旁边听了个八九不离十,立即抢过话筒喊道:"他考了第一名!"母亲这才喜出望外地说道:"我就说了吧,认真做事总是有好结果的。"

我有充分的理由相信,母亲其实并不迷信任何菩萨鬼神,她是敬畏鬼神,她相信鬼神总有鬼神存在的理由和意义。不只是对待鬼神如此,对待身边的每一个人,她都要尽力做到与人为善。记不得有多少次了,我骑着摩托车载着她穿过大大小小的村庄,母亲一路上都在忙着跟人打招呼:"吃过了没啊?""最近好吧?"我总是提醒她:"我们这一滋溜就过去了,人家可能都听不清,说不定都不知道是你呢。"母亲肯定会说:"说什么呢?见了面不打个招呼,怎么行呢?你外婆说过的,不管人家是老人还是小孩,见面打声招呼总是没错的。"她对规矩和细节的重视,其实也只是为了把事情做得更好。事实已经证明,母亲作为一名民办教师,应该是成功的。我刚刚成为一名代课老师的时候,领导找我谈话,就反复强调"要以你母亲为榜样"。母亲在被清退之后,村里甚至有人去学校提过意见,希望让她继续教下去。但是学校没有办法答应。后来,在村里人的再三请求下,母亲终于在自己家里办了一个"幼儿园"——那时,母亲已被清退七年了。我还记得,幼儿园"开张"的时候,我用朱红大漆写了一块牌匾:"育源幼儿园"。母亲抬眼看了几遍,问我:"这个名字怎么这么拗口?里面有什么意思吗?"我说:"幼儿园是教育的源头,而我们村也恰好名叫源头。"母亲想了一想,笑了。我想,她终生都不会忘记,每年暑假都有人请她去升学喜宴坐"上宝位"。不为别的,就为她是孩子们的"破蒙"老师。我也不会忘记,母亲还是我的破蒙老师。不过,在我当年的升学喜宴上,她却没能坐上"上宝位"——因为,她是我的母亲。

如今,母亲已经做奶奶了。母亲还不到六十岁,可总有那些不知情的好心人,问母亲今年六十几了。这也怪不得他们,看着皱纹满面、头发花白、牙齿稀疏的母亲,我也觉得母亲老了——很老了。母亲自己也时常感慨自己老了。但是,她还忘不了为孙女和孙子操心。她一操心就又记起了那些规矩。奇怪的是,我现在很少去反驳了。我甚至已经习惯了这样的情形,凡是我们哥俩遇到不顺,母亲就会无奈地感叹:"都是我命不好,害得你们不顺利……"每当此时,我总要提醒她"不要迷信"。直到有一次,看着母亲又在感慨伤神,我突然应了一句:"不,是我自己的命不好。"话才出口,我就大吃一惊:我什么时候也变得迷信了?难道是因为我也有了孩子?

呜呼,愿天下所有儿女都易长易大平安顺利!愿所有母亲都喜笑颜开,都不再需要迷信!

2013 年 11 月

人有好伴

一

人生于世,不可避免地要与他人发生各种各样的关联。人的本质是一切社会关系的总和,诚哉斯言。除了自己的亲人,朋友就是我们最重要的交往对象了。所以《论语》里说:"有朋自远方来,不亦乐乎?"不过,朋友也分很多种,有净友、益友、良友,也有佞友、损友、恶友;有忘年之交,也有总角之交;有"君子之交淡若水",也有"小人之交甘若醴";有点头之交,也有生死之交;有心照神交,也有口蜜腹剑;有一见如故而不离不弃者,也有若即若离却形同陌路者;有一朝相知的终生知己,也有朝三暮四的酒肉朋友;有患难见真情的朋友,也有遇事先走人的朋友……

严格来说,真正的好朋友少之又少。有些所谓的"朋友"是必须加上引号的,而最被推崇的朋友显然是知己之交。从"士为知己者死"到"人生得一知己足矣,斯世当以同怀视之",似有低沉而执著的声音穿透历史的雾霭,长久地回荡于国人精神世界的上空:谁来懂我?

高山流水遇知音的佳话流传千古,尽人皆知。不管这事是否如实可信,它都表明了人们既渴望被他人理解,同时也珍视理解自己的人。"伯牙所念,钟子期必得之",这大概是最令人神往的境界了。子期死而"伯牙破琴绝弦,终身不复鼓琴",这又是何等令人神伤!我向往这样的相遇与相知,但我更明白,知音可遇不可求。

从小到大,我听得最多的是来自师长们的教诲:"人有好伴,树有好邻。"这是我们乡下的一句大白话。但是,从来没有人就"好伴"的内涵说出个一二三四来。我也说不清楚。我只是觉得,如果说人与人的相遇相识是因为说不清道不明的缘分,那么人与人的相交相知则必定是基于彼此包容和相互理解。我相信,好朋友就是那种曾经相遇相识而各奔东西之后仍然会彼此怀念和相互问候的人。我相信，好朋友就是可以一起谈理想、谈事业、谈爱情的人，可以分享喜悦、分担苦恼的人，可以相互鼓励、相互批评、相互见证的人。我相信日久见真情。我相信时间无情而朋友有情。时间流逝的节拍单调而冰冷，它一刻不停地将每一个现在变成过去。如果没有朋友，我们对过去的回忆又如何得以丰富而温暖呢？回首这些年的生活，我由衷地感谢命运，命运适时地在我身边安排了一些朋友，朋友使无声无息的逝去变成了有情有义的回顾。

二

我与L相识很早。他家在离我家三里远的另一个村子里。我一进完小的三年级，就听闻了四年级L的大名：会读书，成绩拔尖，但不爱说话。在期末成绩单里，很少有老师不会写上"学习努力，成绩优异，但与同学交往不够多"之类评语。从小学到初中，L作为尖子生的声名和地位一直很稳固——甚至越来越突出，同时，期末成绩单上得到的评价也很稳定——甚至有个别老师还会强调"或因家庭贫困，性格略嫌孤僻"。只要去家访过的老师就会发现，他家兄妹共有四人，全靠着父母向土地讨生活。在L的求学生涯中，"贫困"是令人无奈而又无从逃避的现实，"孤僻"则是自尊自信自怜自卑交织而成的混合体。

L初中毕业，毫不意外地考上了地区的师范学校。这是多数乡村寒门子弟的出路之一。他一如既往地热爱学习，也善于学习。但是，地区师范毕竟比我们乡村中学大多了，以至于他在第一个学期里显得有些默默无闻。直到在九江地区三所师范学校《心理学》联考中获得第一名，他才被老师和同学所注意。再到他在数学课上埋头看小说，却圆满回答了老师的提问时，他再想保持默默无闻也不可能了。

师范毕业，L毫不意外地被分配到一所乡村小学。由于师范只念三年，而小中专要念四年，所以，当他在周末骑着自行车来我家时，他已是有了两年工作经验的小学教师，而我则是新鲜出炉的待业青年。说实话，我不知道他从何得知我赋闲在家，也不知道他为什么会来找我。过去尾随他从完小一路念到初中毕业的日子里，我们并没有太多交往。我的成绩单上虽然没有"性格略嫌孤僻"的评语，但我也不热衷于与人交往。那时，只要你能把书念好，哪怕不爱与人交往，老师们大概都是不以为意的。然而，越是长时间习惯孤独的人，就越是可能爆发出逃避孤独的本能冲动。当我在中专学校与一帮同学成天吃喝玩乐以求融入集体时,深感无法融入周边的 L 却在学校里尝试着与初中的同学写信,尝试着以回忆的方式打开新的生活。他曾经给我哥哥(从完小到初中一直与他同班)写过一封长信,字迹端正,言辞恳切,并将哥哥视为发展友谊的极佳对象。这封信感动了我们全家。我们一致认为,L 变得活泼开朗了很多。所以,他这次主动来到我家时,我并未感到不可思议。事实上,在那段焦躁不安而又无所事事的日子里,我每天都在期待着发生一点什么新鲜事,以改变一潭死水般的生活。

L 与我父母打过招呼,就大大方方地坐下来了。他问我最近在干些什么。我说什么也没干,只是等待,等待毕业分配。他看出了我的尴尬,就开始天南海北地拉扯了一阵。尽管我预先知道他确实发生了一些改变,但我还是惊讶于他的能侃,惊讶于他的信息面之广。他突然问我,有没有继续学习的打算。我愣了一愣才问道,学了还能干什么?他说,通过自学不仅能获得知识,还能获得国家承认的学历和文凭。随后他又谈了一大堆自学考试的便利性:不需要脱产学习,在家自学即可;不需要支付学费,只需要交纳考试科目的报考费;没有学习年限和进度安排,一切都由自己把握。我越往下听就越是感到心动。我说可以考虑一下。他立即表示,下次带一些相关材料给我看看。又聊了一阵,母亲留他吃晚饭,他婉拒了。

L 走后,家里又平静下来,我的心情却前所未有地躁动起来。我想,他的确已开朗许多,但显然还是有些寂寞,所以才来找我的哥哥发展友谊。哥哥已经外出务工,于是他就与我闲聊了一阵。他自己确实已经参加了自学考试,但未必是特意来将我拉入自学考试的阵营。不过,他还是把相关事宜解说得那么清楚,这是因为他的健谈呢,还是因为他对我的看法呢?记得刚才还特别问过他:"像我这样的,适不适合去参加自学考试?"他说:"肯定适合,非常适合!"我在他心目中的印象,大概还是中学时代那个只知道学习的"三好学生"吧。他并不知道,我懵懵懂懂地跨进中专的大门,不到一年就后悔莫及,很快就加入了吃喝玩乐的阵营,并一直抱着破罐子破摔的心态熬到了毕业。我感激他对我的信任和肯定,却没有办法重拾勇气和信心。我没有料到,我在向父母说到自考的事情时还有些犹豫不决,而父亲却是十分坚决地认为可行。父亲说,不管随后会不会分配下来工作,不管把我分配到哪里,他都会不惜一切代价为我铺路。父亲知道,我在填报志愿的时候,由于种种原因,选择了中专而错过了高中,也错过了大学。我在中专过的生活越来越荒唐,而周围考上大学的人却越来越多。父亲说,他在心里一直感觉亏欠着我。我沉默了。我知道,父亲已经决定将过去的一切通通忘记,却又对我的未来生出了新的期待。我感激父亲的宽宏大量,但我不知道能否重新找回自我。我只有保持沉默。

周末终于到了。L如约来了我家。他给我带来了一本好像叫做"自考指南"的书,这上面把自考的全部流程分解得一清二楚。这次我们谈话的时间更长了。他看出了我的兴趣,也看出了我的犹疑,主张我先上手"试一试"。于是我就在自考指南里选择了一个专业:汉语言文学。他笑了笑:"原来你也喜欢文学?"我连忙解释:"也说不上特别喜欢吧。只是看着这个专业的考试科目比较少,拿到文凭的时间肯定要短一些,对不?"他还是笑一笑,不置可否。随后,我向他请教了自己更为关心的问题——如何购买考试用书?他说,这个完全不必担心,等他下次去九江考试时,顺便就可以帮我买书。我又向他问明了一些细节,他都详细地做了解答。天色渐晚,母亲又留他吃饭,他这次没再拒绝。回去的时候,他郑重地邀请我下周末去他家玩。

我很奇怪地发现,虽然我已经很久都没认真读书了,但是自从与L谈天以来,我对书本的兴趣在这两周里逐日递增。可是家里实在没多少书可看。我甚至迫切期待着L给我买来考试用书。但是我知道,他要到十月份才去九江参加考试。所以,我只能等待。我想得很清楚,周末去了他家,一定要向他多借几本书回来。

周末到了,我吃过早饭就匆匆地跨上了自行车。L见我到得这么早,很是高兴。但是他并不急着坐下与我长聊,而是提议一起骑车去玩。我问去哪,他说随便走走。我们顺着大马路往下,一直骑到了三四里之外的村庄。这个村没有我们村大,但是地理位置较好,店铺也更为多见。L突然停下车,走进一家肉铺,大大咧咧要了两斤肉,只问价钱,却不还价。他又去别的店里买了一些菜蔬。我问他今天是不是家里要来客人,他笑说不是。两人骑上车,不紧不慢地原路返回。L的车技真说不上好,他本来骑车就是一直两手齐握车把,这回车头上挂了两个塑料袋子,就更是小心行事了。可就算这样,他还是天南地北地不停跟我说着话。看他有时都要歪到路边去了,我赶紧提醒他,他就立刻向路中间一歪,接着又说。我提议把袋子挂到我车上来,他也不让。后来的几年里,我不知多少次骑着摩托车载他四处游玩,但我永远忘不了那样的日子:两个年轻人,并非男女朋友,却各自骑了一辆破自行车,游荡在乡村的沙子马路上,无所顾忌地放言笑谈。路人讶异的眼神,汽车扬起的灰尘,他们全都视若不见。他们或许只是太过寂寞,或许只是为找到可以说话的人而高兴,总之,他们有那么多的话要说……

到了L家,他取下两个袋子交给他母亲,说:"朋友来了,你把这个肉给炖了,菜多炒几个。"我这才明白,之前他说出去"随便走走",其实是有意为之,而我还傻不唧唧地问他是不是来了客人呢!敢情,我就是他要招待的"客人"。我为他的盛情厚意而感动,赶忙对他母亲说随便吃点就好。我们进了他的书房接着又聊。这里说是书房,其实是兼做卧室。房间里的陈设简单得不能再简单,只有一床、一桌、一椅而已,倒是床头和桌上随意摆放的书籍为数不少。大概是我看着书的目光有些异样,他示意我随便翻阅。我很快发现,他的书大概可以分为三类:一类是文学名著,一类是英语教材,一类是会计方面的。我知道他眼下自考的专业是会计,就拿起一本翻得很破的《三国演义》问他,"这些书都是你自己买的吗?"他说是的,还说他在师范期间就花了很多时间看小说。我问他为什么不报考汉语言文学专业。他想了一想,说:"我本来是想报考中文专业的,可是,小说看得越多,我就越是觉得文学里面的黑暗东西太多了……"我质疑道:"文学本身并不黑暗吧?"他连连摇头,"我当然知道。我的意思是,文学作品读得多了,就越是觉得生活里面的黑暗面太多了。文学只能把这些东西写出来,却没有一点办法去改变它们……"我一时有些无语,可又无法完全认同他的观点,只好硬着头皮说:"可是生活中不只是有黑暗啊,比如理想,比如爱情……"他似乎料到我会这么说,看了我一眼,说道:"理想谁没有过呢?爱情,谁又不向往呢?可是,很多事情不是我们想的那样……"他说着说着,就毫无顾忌地现身说法了。

他说,毕业分配之前,他就已经明白,像他这样的学生,必定是"发回原籍"回到乡下教书。他对某某女同学产生了好感,并在给对方的书信中将她描绘得无与伦比。但是,对方并没有给他任何回应。他也知道,她必定是要留在九江

203

市区任教的,但他依然无法释怀。直到毕业前夕,他鼓起勇气向一位舍友倾吐心声,却才知道,暗恋那女同学的,远远不止他一个——眼前的这位恰好也是。他哭笑不得地说,自己吐露心扉时深知爱情已经远去,却没想到收获了一个同病相怜的朋友。那个朋友后来在九江某单位工作,他每次去九江,几乎都要去找对方。听着他唏嘘不已,我一时感慨良多。我发现,获得友情的前提,就是彼此坦诚相待,就是与对方分享秘密。我还发现,此刻他正在向我袒露他的秘密。我很为他的诚意感动,可是我又能做些什么呢?我想了想,问他:那个女孩现在是不是结婚了?他说好像没有,但也不能确定。我那时实在对爱情没有太多的体会,只好宽慰他:"没有开始的爱情,说不定更好呢?至少,你的心目中一直会有她美好的形象……""哎,不说她了……"他沉默了一下,用力挥了挥手,好像要把恼人的思绪赶走,"我为什么不选择中文专业呢?你看,伟大的文学作品一定会描写爱情,一定会把爱情描写得很美……可是,现实中的爱情却经常让人感到无奈,"他意味深长地看了我一眼,"你能不能说说自己的体会?"我感觉他问得有些直接,但又意识到这是分享秘密的时候,我要是退缩了,就是不把人当朋友了,只好将自己半生不熟的那点经历体会和盘托出。他听得很是专注,最后来了一番慷慨陈词:"你看,我们都为爱情写过那么多用心的词句,可是,那些东西和文学一样,都是没有用的。所以,我当初决定参加自考的时候,就选了特别有用的专业——会计!"大概是看我愕然无语,他又补充了一句,"会计嘛,只和钱打交道,够实用了吧?!"我听出了他的愤慨和自嘲,回道:"这么一直学下去,学完专科,又学完本科,你就能改变当老师的现状吗?"他不假思索地说:"嗯,我打算去考注册会计师,或者考研!"

听他说起这些新鲜事儿,我自然少不了一番盘问。他向我描绘了注册会计师和研究生的光明前景,但我终究觉得离自己太远。于是转而问他,为什么对英语这么有兴趣。他说,英语不仅是自考本科中极难通过的一门科目,也是考研的重要科目,必须要早做准备。由于师范教育只重视什么"三字一画"和"两学",根本不开英语课,所以,几乎所有的师范毕业生都把初中学过的英语忘光了。我对他的高瞻远瞩未雨绸缪极为钦佩,同时立刻想起了自己的英语水平。我就读的中专学校倒是开设过几个学期的英语课,不过定位却是次要科目。同学们非常乐意跟着颇有气质的女英语老师学唱"Yesterday Once More",对考试却完全不上心。某次期末考试,某男生宿舍的八位同学一共才得了一百多一点的分数,以至于漂亮的老师都气歪了嘴。我倒是侥幸每次都过关,得分却是每况愈下。最后的两年,英语课甚至彻底退出了我们的课程表。这样想着,我突然就有了一种危机感,立即向L请教,用什么办法可以尽快恢复自己的英语水平。他指了指桌上的书说:"这里有两套英语教材,一个是许国璋英语,相对简单一些;一个是新概念英语,难度更高一些。我目前正在学新概念英语了。"我也顾不得追问他的学法是否合理,连忙请求将许国璋英语借走。他毫不犹豫地答应了。带着许国璋英语回到家里,我为自己制定了一份计划:每天要用多少时间读英语,要记多少单词,要做多少习题;等等。我好像回到了中学时期,渐渐找回了一些读书的感觉。看完了许国璋英语,我又从他那里借走了新概念英语——这些都是后话了。

我和L还是时常见面。看着我为工作还没着落而焦躁,他却劝慰我说,这也不完全是坏事。他经常说的是:迟早都会分配下来的。他们越迟给你分配,你就越是有时间把自己的学习状态调整好。这年十月底,L从九江考试回来,给我买来了考试用书。我的学习计划里又加上了几项内容。我还记得,我不知好歹地将考表上的三个科目全要了:《马克思主义哲学原理》《普通逻辑》和《现代汉语》。L吃了一惊,建议我不要这么着急,但终究拗不过我的坚持。如果说,后来的很多年里我在安排学习时间、调整学习状态方面保持了某种理性的自觉,那么,L显然是引领我走上良好开端的良师益友。

三

几个月之后,我与L一起去九江参加我的第一次自学考试。这也是我重拾学业之后接受的第一次考验。那时,自学考试的队伍规模颇为可观。我想着应该早些去熟悉考场,不料赶到考点之后,外面已是黑压压的一片人。更要命的是,几乎人人手中都拿着书本或是其他复习资料,正在抓紧最后时间温习呢。尽管我素来不喜欢临时抱佛脚,这阵势还是让我感到说不出的压抑。我突然也想抓住点什么来看看,可是我只带了准考证和笔。在前所未有的不安中,我终于等到了考试开场。打开试卷一看,许多似曾相识的东西,无论如何都想不起来了。回到住处,L看我垂头丧气的样子,并未多问,却来了一句"歪理":有的时候,自己越是感觉答得很糟,考试结果却越好。我默默感激他的宽慰,心里却暗下决心:以后要做到有备无患。

第一次考试的结果,以三门课程均涉险过关而告终。父母和L都为我感到高兴,可我自己才真正体会到重回正轨的艰难。再去考试的时候,我就多做了不少准备。我学会了如何琢磨教材上的考纲,也懂得了如何配合辅导材料来复习备考。第三次去考试,我竟然有了些云淡风轻的感觉。L自然看出了我的变化,当我们从住处分赴考场时,他竟然提出要比赛:看谁能先考完回到住处。这样的赌约胜负如何,如今我已说不清楚了。我只记得,每次去参加考试,都会遇到新的面孔,而新面孔很快又会变成熟面孔。一群人吃饭、睡觉、看书都聚在一起,只在考试的时候分赴各自的考场。我从未在九江念过书,对地理方位全无知觉,在找考场的时候就格外小心——有时还会头天就去"踩点"。L好歹在这里念过三年,找考场的经验也比我丰富,于是就义不容辞地充当引路人。记得有次我们去找"柴桑小学",他拍着胸脯表示,这个学校是常设考点之一,他本人也曾在这里考过。我们沿着一条长长的街道边聊边走,他时不时地说"快到了,就是这里",但我们一直没有找到。越走越不对劲了,他才使出了最后一招:问路。结果,人家告诉我们说,柴桑小学就在我们身后不远!我们擦了擦额上的汗珠,相视而笑。

认识L的人都不会否认,他属于那种"成大事不拘小节"的人。这个说法,最初是由我在经历了柴桑小学事件之后发明的。而且,他很善于在一群人中找到有趣的话题,并让大家都发出笑声。我不确定我是否在无形中学会了这样的本领。有一次,又是一批赶考者在九江汇拢了,我认真看了一遍正在用餐的战友们,发现了一个新面孔——而且,还是异性。这可是头一遭。我们这些人吃住说笑全在一起,从来就没有异性战友出现在身边的。我禁不住好奇,就悄悄对我身边的H说道:"这人是谁啊,又不很漂亮,怎么一直跟在我们身边?大家说笑都不方便了,是不是?"我的本意也只是说笑:美女既然一直都在我们身边,那就无妨再美一点。这位美女后来果然没再出现了。不久之后,H透露了他打探来的秘密:那女孩大概是对L芳心暗许,但L不甚热心。恰好她也参加自考,L就不声不响地让她出现了,也算是听听大家的看法。没想到,他就只听到了我一个人"不很漂亮"的评价!L什么也没说,悻悻作罢。我听了以后心里一紧。

我万万没有想到,我略带玩笑的一句话,竟然对L那么重要。我为自己的冒失感到懊悔,却又为L对我的"盲从"而自责。想到自己可能无意中就毁了L的幸福,我突然意识到,今后只要他开口征求我的看法,我就有了责无旁贷知无不言言无不尽的义务。

事实上,L对我的确是知无不言言无不尽的。我那句评价引起了他的一时不爽,但他并未因此而心生芥蒂。我们在一起时,话总是很多。我在县城工厂上了两年班之后,到了乡下教书,与他相隔更近了。两人之间的话也更多了。我们共享彼此的情感隐秘,关注对方的学习进度。九江考试认识的战友们,也都成了朋友。这些朋友分布在乡村的各所小学里,有的学校分布更多。大家上完课之后,就在晚上的时间里相互串门。你来看我,我去看你。周末则去朋友的家里。你来我往,好不热闹。大家凑在一起时,打牌和喝酒是常有的事,最要紧的却是聊天。有时甚至卧床夜话到天明。乡村的夜晚极静,灯火渐次熄灭了,两人低低地说着话,正是交心的时刻。有些话白日里说了听了可能会令人尴尬,换在深夜却是肺腑之言。深夜显然是交心的最佳时刻,否则不如拥被而眠了。我与很多朋友有过卧床夜谈,比如爱好美术和电脑技术的B,比如曾在初中同班三年的H,比如与我同年的J,比如一见如故的Z,等等。不过,仍以和L的对谈居多。最荒唐的一次是,某年轻女教师气质颇佳,追求者甚众,我与L均无"从众"之意,偏要假想自己也是狂热的追求者之一。两人心血来潮,即兴口占了一首写给那女教师的情诗。诗成之后,我疑心这诗的水平其实不高,L却认为已近于登报发表的水平。他甚至提议,由我将那诗誊抄下来,去报社投稿。我说:"署上你的名字?"他说可以。虽然投稿无果而终,但那诗我至今还记得几句:"你那火红的毛衣/是我天空的彩云/你那秀美的长发/是我泊船的缆绳……"如今想来,那时的我们,大概是本能地向往爱情却又不得不怀疑爱情的,所以才有了深夜的吟诗,所以才故意将那诗写得烂俗。

不知为什么,我与L无须夜幕的掩护,也无须卧床对谈,就能进入开诚布公的状态。我们交谈的话题,多半是感情问题。依我看来,L不相信还有爱情,实在是因为他对过去的那位女同学用情太深。他时常向我"汇报"他何时又梦见了她,何时又给她寄了一封信,但他深知这一切都是没有结果的。我不知如何劝慰他,只好做一个忠实的听众。其他朋友也有知道这事的,也是爱莫能助。

倒是有一位朋友,吃了L的激将法,找到那女孩的工作单位,帮L送去了书信和鲜花——当然,这也是没有结果的。我曾劝过L将对方忘掉,尽快开始新生活。L也知道这样下去不是办法,也曾努力将注意力转移到同单位的女孩身上。

有一段时间,某甲对L情有独钟,这事儿都快成了人人皆知的秘密。他偏偏属意于某乙,并在给某乙的信中急切地表白自己的心意:其实我不喜欢某甲,我在意的是你。某乙不知是出于虚荣还是为了撇清自己,不仅不将L的心意当作秘密,还当着很多女同事(包括某甲)的面抖搂了出来。这样一来,某甲就狠狠地将L给恨上了。L的日子更不好过:他好不容易鼓起勇气表白一次,却将自己陷入了更为尴尬的境地,还伤害了不该伤害的人。L左思右想,决定请某甲吃饭赔罪。他自己不便直言,却把我和Z拉去做说客。我觉得不堪重任,本想推辞,却想起自己曾随口毁掉他可能的幸福,想起自己对他负有不可推卸的义务,只好勉强答应了。Z见我已经揽了任务,便也答应同去,并表示关键时刻尽力帮着说说。因某甲家住县城,L就挑了一个周末,将谢罪宴设在了县城。饭局刚开始时,气氛还有些沉闷。L把我叫到一边做了最后的动员工作:成与不成都不怪你,但你好歹要开口啊。再回到席间,我抱着"破釜沉舟"的打算,嘴皮子竟然利索了起来。某甲的话语还是不多,脸上的笑容却逐渐多了起来。Z也看准"关键时刻"说上那么一两句。向来能侃的L这回却是"讷于言而敏于行"了:他说话很少,开酒、倒酒、添菜倒是一点不慢。在我的印象中,L如此的谨言谨行,真是空前绝后的。散席之后,不仅L郑重地感谢了我的口舌之劳,就连Z也夸赞我说话很"溜"。我不敢居功,连忙转移话题:"我好歹在城里上了两年班,县城话可能是说得比较溜一点。"Z有点急了,瞪着我说:"我是说你刚才那些话说得好!"我也不好意思再装,便问他"好"在哪里。Z正待开口,L一把夺过了话头:"那简直是口若悬河滔滔不绝的。"似乎是为了宣泄刚才席间积下的抑郁,L竟然将我从头到尾的表现大加评点了一番。我当然知道,他的评点里尽是掺和着感激的溢美之词,但看着他又回到了能侃的常态,我心里还是很高兴。不料,一向实在的Z也开始侃起来了:"是啊,我对你的那个敬佩之情,真是有如滔滔江水连绵不绝……"这下,我和L不约而同地向Z投去了惊讶的眼神。六道目光相接,我们都忍不住笑了。

四

  对待现实中的爱情，L一直是不用心的。只有自学和考试，才是他心心念念的事。他在2001年就急不可耐地迈出了考研的第一步。他得出的初步结论是：英语很难，而数学更难。但他不是一个轻易认输的人，第二年又迎难而上，两科成绩均有所提高。他进一步得出了结论：英语继续提高是有可能的，而数学确实再难提高了。关于英语的难，我也深有体会——我在这一年也参加了考研。在考研受挫之后，L又专攻注册会计师的考试。这考试虽然是资格考试，但难度相当大。L可能是过于急切地想要改变现实，一次就报考了三门科目，三科都以失利而告终。于是他又转向考研。我记得他曾与我商讨改换考研专业之事。当时我们单位有四人参加考研，数他在政治科目上最有优势。自从参加过一次考研，他第二次就不再特别去准备政治科目了。于是我提议他选一个与政治相近的专业。L觉得颇有道理，但他又不想选"马哲"之类的冷门专业，于是选定了"国际关系"。随后的日子里，看他时常捧着厚厚的《国际关系史》读得津津有味，我真心希望他的选择是对的。考试的日子还没到，他的自学苦读就已初现成效了。某日，H与其他朋友一道来访，恰好我还有三节课的"晚自习"，于是就把L找来作陪。一帮人在我房间里畅聊经济大势，我则离开房间去了教室。第一节课后回来一看，话题是财政金融，主讲人乃是L。我建议L换个话题。第二节课后回来一看，话题已变为时事政治，主讲人还是L。第三节课终于结束了，房间里的聊天还没有结束，L还在讲着，听者却已寥寥。我那时尚未意识到"知识结构"的重要性，只是觉得L的能侃必然与他先学会计再学国际关系有关。我当时还暗自替L高兴呢，不说考研能否成功，这个专业课程的学习肯定是打开了他的视野，也帮他找回了一些意气风发的自信。

  然而，L的考研还是不够顺利。2003年，我们又一次同去考研。L的专业课果然考得不错，但英语的分数还是不够理想。我则是幸运地搭上了调剂录取的末班车。我们单位另外两位战友也未能如愿考取，随后，其中一人借调去了县城中学，另外一人则通过考试转行去了新成立的招商局。那年的9月，我离开单位，告别了L，去南昌上学了。临别之前，我们没有说太多的话。事实上，我也不知道该说什么。我在心里默数着我们一起走过的日子，蓦然发觉，我们竟然一起经历了那么多的事。我们已经习惯于一起坐车回家,一起出去游玩,一起去看风景,一起学习英语,一起谈论文学、谈论爱情、谈论人生。我不知道自己能否适应即将到来的新生活,也不知道他能否孤军作战直到考研成功。

读研的第二个学期,L居然请了一段长假,找到我读书的学校,与我同吃同住了一些日子。我们又可以一起看书和聊天了。只是,他又在准备注册会计师的考试。如果我没有记错的话,此后很长的一段时间里,L就在考研和考注会之间左右摇摆。他甚至还抽了一个暑假,专门跑到更远的地方去"散心"。我们分开的日子里,通讯条件却是越来越便利了。我们还是会共享各种秘密,还是会及时向对方反馈生活中的变化。L还是会在梦中遇见他的女同学,还是会在现实中尝试"移情别恋",还是会仓促地将自己从爱情尝试拉回学业中去。一个人在房间看书的时候,我曾多次想象过,在几百里之外的另一个房间里,在各种无形压力的包围之中,L正在孤军作战或辗转难眠……

机会终究会善待坚持不懈的人。2005年,L如愿考上了武汉大学国际关系专业的研究生。我由衷地为他感到高兴。我们还是时常联系。听说他在那边担任了班干部,我又想起他的能侃——那真是口若悬河滔滔不绝的。他还经常组织各类集体活动,这却是我以前不曾见过的一面。我欣喜地发现,他终于不再是孤军作战,而是如鱼得水了——这才是新生活的样子。

L硕士毕业之后,去了广西的一所地方院校任教。我们虽然天各一方,但从未音信隔绝。那个略嫌偏远的城市热情地为远道而来的L准备好了一切:一个适合于他充分施展口才和学识的教席,一个同样硕士毕业同样有过故事的女孩。待到假期再聚于老家,L依然能侃,但他再也没有提起过去的女同学。后来,我们各自有了自己的家,甚至一年到头才能会一次面。不过,L的音信还是络绎不绝地及时传来:买房了,领证了,晋升了,考上博士了,生了女儿了。我们的每一次通话,都会不自觉地拉得很长很长,都会不自觉地回想这些年的变化,都会不自觉地感慨时光的流逝。有时,通话中竟会出现停顿,双方都默然无语,但并不令人尴尬。我想:他这时肯定也是在想,是朋友使无声无息的逝去变成了有情有义的回顾。

2014年3月

后记

　　这本文集所收录的文字,最早的写于十年之前,最晚的写于今年。十年的时间很长,而我却写得这么少,这样的发现让我深感惭愧。实际上,这十年来,我写过的文字远不止此。只是,有些文字太过青涩,有些文字有失严谨,有些文字体例不合,均不宜在此出现。另有一些文字,是板着脸孔的所谓"学术论文",也没有收入本书。

　　我大概是个念旧的人,故而时时处处执著于细节,但是我又满心渴望融入当下的世俗生活。本书所收文字,分为三辑,大致可以对应于以上三个方面。人们常说,成大事者不拘小节。可是,对于我来说,弃除了细节也就丧失了感知生活的敏锐。很多细节深深地埋在记忆之中,随岁月流转而剥落了颜色,却聚沙成塔般增加了分量,沉沉地压得我心头难受。我想,与其听任它们在我心上堆砌成石,不如调弄笔墨,筑石为桥。在这桥上,我看风景,也成为别人的风景。在这桥上,我频频回首过往,又时时张望未来。在这桥上,我敞怀呼吸世俗的空气,也极目搜寻这个年代的诗意。

　　尽管如此,这些文字还是有些拉杂。我只能尽力剔除文中的学究气和说教癖,而保留更多的生活气息。我说不好应该把它们称作什么。记得以前在南京大学求学时,黄发有老师对我们说过,做学术研究的人,最好要具备另一种笔墨。否则,生活就太单调太沉闷了。当时,我深以为然,却不知其所以然。如今将自己的非学术文字收拢一看,才知其所以然。我希望,这些文字中所沉淀的岁月的光与影,所携带的世俗的情感和温度,能以粗糙而不失质朴的方式,证明我曾经生活过。所以,我将本书命名为"另一种笔墨"。

　　谨以此书献给曾在我生活中出现的一切。

2014 年 8 月于闽畔旗山公寓